ESPOIRS PERDUS

POUR TOUJOURS #33

E. L. TODD

TABLE DES MATIÈRES

1. Skye	1
2. Cayson	7
3. Slade	15
4. Jared	25
5. Lexie	41
6. Cayson	67
7. Silke	81
8. Conrad	89
9. Beatrice	107
10. Trinity	113
11. Conrad	123
12. Skye	133
13. Arsen	143
14. Slade	161
15. Conrad	175
16. Lexie	195
17. Jared	205
18. Cayson	219
19. Slade	245
20. Cayson	259
21. Conrad	271
22. Roland	281
23. Arsen	285
24. Slade	299
25. Conrad	311
Du même auteur	327

1
SKYE

Je n'ai pas allumé la télé, même quand l'infirmière m'a dit qu'il y avait le câble. Je n'ai pas demandé à manger ni avalé ce qu'ils m'ont apporté. Je n'ai fait que rester allongée dans mon lit à penser à mon petit garçon.

S'il te plaît, respire.

J'avais besoin de le tenir dans mes bras et de sentir battre son pouls. J'avais besoin de le regarder dans les yeux et de voir son âme. Cayson et moi ne méritions pas de souffrir autant, et mon fils encore moins.

Il devrait être à la maison, avec nous.

C'était difficile de ne pas pleurer. Mes hormones étaient déjà déréglées après l'accouchement, et mes émotions n'aidaient pas à contenir le baby blues. Je n'ai même pas pu le prendre dans mes bras à la naissance parce que j'étais inconsciente.

Je veux mon bébé.

Quelqu'un est entré dans ma chambre, mais je n'ai pas ouvert les yeux. J'ai supposé que c'était une infirmière qui venait prendre ma tension. Mais quand la silhouette s'est approchée, j'ai réalisé que c'était tout autre chose.

Papa m'a regardée avec une expression sinistre, comme s'il ne savait pas quoi dire. La situation était trop douloureuse, trop dramatique pour qu'il trouve les mots magiques. Il s'est assis au bord du lit et m'a pris la main.

Je l'ai regardé, essayant de me retenir d'éclater en sanglots. Mes parents avaient perdu leur premier enfant, et ils prétendaient ne s'en être jamais totalement remis. Même après tant d'années, ils pensaient encore à lui. Je ne pouvais même pas imaginer ce genre de chagrin. En ce moment, mon fils se battait pour exister. Et s'il n'y arrivait pas ? Comment pourrais-je continuer à vivre ? Quand il était dans mon ventre, je ne pouvais pas le voir ni le toucher. Mais je le connaissais si bien. Je savais qu'il détestait les plats épicés parce qu'il me donnait toujours des coups de pied quand j'en mangeais. Il adorait écouter Taylor Swift et gigotait en rythme quand je mettais ses chansons. Sans même le voir, je le connaissais si bien. Je savais qu'il était fort comme Cayson, je savais qu'il était sincère comme moi.

Papa m'a caressé les phalanges du pouce, la respiration profonde et irrégulière comme s'il essayait de ne pas pleurer.

– Je suis vraiment désolé que tu aies à subir ça, ma puce. Tu ne le mérites pas.

– Je sais...

Ses yeux étaient mouillés, mais les larmes ne tombaient pas.

– Cayson dit qu'il est très beau.

– J'en suis sûr, murmura papa. S'il ressemble un tant soit peu à toi et Cayson, il sera magnifique.

– Je l'aime tellement... même sans l'avoir vu.

– Je sais...

– Il était dans mon ventre depuis si longtemps. Maintenant qu'il n'est plus là... je me sens vide et perdue.

– Il va s'en sortir, Skye. Il va vivre.

– Mais on ne peut pas en être sûrs.

– Il va vivre, affirma papa. Ne le pleure pas déjà. Nous avons une médecine de pointe qui réalise des exploits. Il recevra les meilleurs soins médicaux qui existent. J'y ai veillé.

C'était la première fois que l'ingérence de mon père dans ma vie par l'entremise de sa fortune et de ses relations ne m'a pas dérangée.

– C'est vrai ?

Il a opiné.

– J'ai passé quelques appels. Il va avoir les meilleurs médecins et soins du pays.

– Merci...

Cette attention m'a fait larmoyer. Je n'ai jamais bénéficié d'un traitement de faveur en raison de l'argent ou des relations de ma famille. Mais pour une fois, ça ne me gênait pas. Je voulais que mon fils soit en bonne santé.

– Tu n'as pas besoin de me remercier. C'est mon bébé aussi.

– Je ne survivrai pas s'il ne s'en sort pas, papa. Je suis sérieuse. Je ne peux pas...

– Ne pense pas à ça, dit-il doucement. Il va s'en sortir. Des bébés prématurés de six mois vivent. Il a de bonnes chances de s'en sortir.

– Tu n'es pas médecin...

– Non. Mais je sais quel sang coule dans ses veines. Les Preston n'abandonnent jamais, les Thompson non plus. Ne perds pas ta foi, Skye. Ne cède pas à la peur. Sois optimiste et le miracle se produira.

– Facile à dire pour toi…

– J'ai perdu un enfant, Skye. Ne l'oublie pas.

J'ai détourné le regard de honte.

– Ce n'est pas ce que je voulais dire…

Papa a laissé tomber, sans doute en raison des circonstances.

– Ta mère et moi sommes là si tu as besoin de quoi que ce soit. Tu n'as qu'à me dire ce que tu veux et tes désirs seront des ordres.

Dommage que ça ne s'applique pas à la seule chose que je veux.

– Merci.

– Tout le monde est dans la salle d'attente. Ils sont impatients de te voir.

Je n'étais pas sûre d'être capable de leur parler.

Papa a lu dans mes pensées.

– Ils comprendront que tu préfères être seule en ce moment. Mais ils respecteront aussi ta peine si tu les laisses te voir. Il s'agit de tes amis et de ta famille, ne l'oublie pas.

– Peut-être par un ou deux, mais pas tous à la fois…

– Sans problème. Qui veux-tu voir en premier ?

Je ne savais pas trop. Ils étaient tous égaux.

– Trinity ?

– Bien sûr, dit-il en me baisant la main. Je vais la chercher.

– Merci papa. Pour tout...

Il a esquissé un sourire énigmatique avant de m'embrasser sur le front.

– Je serai toujours là pour toi, ma puce. Même quand tu ne pourras pas me voir.

2
CAYSON

Cinq jours s'étaient écoulés et mon fils ne montrait aucun signe d'amélioration. Son état restait inchangé. Le respirateur artificiel lui fournissait l'oxygène, et une machine lui apportait l'alimentation dont il avait besoin. Parfois il bougeait, donnait des coups de pied ou remuait les doigts. Et quand il le faisait, je ressentais une décharge d'adrénaline.

Je ne quittais pratiquement pas son chevet. Je dormais sur le fauteuil dans la chambre et me nourrissais à la cafétéria même si la bouffe était plutôt médiocre. De temps en temps, je rentrais à la maison prendre une douche. Mais je ne le faisais que lorsque j'étais vraiment crade.

Je ne voyais pas beaucoup Skye. Je l'aimais de tout mon être, mais je savais qu'elle irait bien. Je n'avais pas besoin d'attendre à son chevet et de lui tenir la main, car toute la famille s'en chargeait déjà. Ma place était ici, à surveiller notre fils en clignant à peine des yeux.

J'étais assis sur la chaise et fixais intensément la couveuse quand quelqu'un est entré dans la pièce.

– Je peux ?

Je me suis tourné et j'ai vu Slade vêtu d'une combinaison stérile.

– Ouais, entre.

Il s'est approché doucement de la couveuse, puis il a regardé mon fils, l'air totalement fasciné. Il a posé une main sur la vitre et écouté le respirateur qui pompait non-stop.

– Il est tellement petit...

– Je sais... il pèse deux kilos.

Il ne m'a pas regardé.

– Waouh... Comment il va ?

– Pas de changement.

Slade s'est assis sur la chaise à côté de moi sans quitter le bébé des yeux.

– Il va s'en sortir, Cayson. S'il a réussi à tenir si longtemps, alors il vivra.

– J'espère.

Il s'est tourné vers moi et m'a tendu une main.

Je l'ai dévisagé, ignorant ce qu'il voulait.

Puis il m'a pris la main et il a fermé les yeux.

– Notre père qui êtes aux cieux, veillez sur...

– Slade ?

– Hum ?

Il a ouvert les yeux et m'a regardé.

– Qu'est-ce que tu fais ?

– Je prie, dit-il sans sourciller.

– Tu es athée.

– Je sais, mais ça ne peut pas faire de mal, non ?

C'est la première fois que j'ai souri depuis une semaine. J'ai serré sa main plus fort et nous avons prié ensemble.

– Comment va Skye ?

– Bien, dit Slade. Trinity reste scotchée à elle, alors elle n'est jamais seule.

Je savais qu'ils allaient tous la surveiller de près.

– Je crois qu'elle sort aujourd'hui, dit Slade. Ce qui est super, car je sais qu'elle a hâte de voir le bébé.

– Ouais.

Mais je savais que ça lui briserait le cœur de le voir ainsi. Il n'était pas lové dans une couverture bleue à hurler à pleins poumons. Il était confiné dans une prison de verre et luttait pour rester en vie.

L'infirmière est entrée pour vérifier les appareils.

– Avez-vous choisi un prénom ?

Je n'y avais pas pensé.

– Euh… non, pas encore. Je n'ai pas beaucoup vu ma femme.

– Eh bien, il va lui en falloir un très vite, dit-elle. Pour le certificat de naissance.

Elle me l'avait demandé plusieurs fois et je lui avais toujours donné la même réponse. Mais je savais que ça urgeait maintenant.

– D'accord.

Elle est repartie, nous laissant seuls à nouveau.

– Tu as des idées ? demanda Slade.

– Quelques-unes.

– Du genre ?

– Cornelius, Sawyer, Connor...

– Cool. C'est des prénoms sympas.

– Skye ne les aime pas trop. Je vais devoir lui demander... si elle est d'accord.

Slade a opiné.

– Ce bébé mérite un prénom digne de lui. Après tout ce qu'il a traversé, ça doit vraiment être un prénom incroyable.

J'ai acquiescé.

Un texto a fait vibrer le téléphone de Slade. Il l'a sorti de sa poche et l'a lu.

– Trinity dit que Skye vient juste de sortir.

– Tant mieux.

Au moins, elle allait suffisamment bien pour quitter l'hôpital.

– Et elle arrive.

Je savais déjà que ce serait la première chose qu'elle ferait. Je me suis penché vers la couveuse.

– Maman arrive... elle est impatiente de te voir.

Slade ne s'est pas moqué de moi parce que je parlais à mon fils, qui ne comprenait pas un mot de ce que je disais.

– Si ça peut te consoler, il est super mignon. Vous avez fait du bon boulot.

– Merci...

Il a souri puis s'est levé.

– Je suppose que je dois sortir. Tu sais, pas plus de deux personnes à la fois.

– Ouais, tu devrais y aller.

Rien ne pouvait empêcher Skye de venir dans cette pièce.

La porte s'est ouverte et Skye est entrée immédiatement, en combinaison stérile.

– Comment t'as fait pour arriver si vite ? bafouilla Slade.

Skye a fait comme si elle ne l'avait pas entendu. Elle s'est tout de suite dirigée vers la couveuse et a posé les yeux sur notre bébé. Elle a plaqué les deux mains sur la vitre, puis le nez.

Slade est resté silencieux et n'a pas bougé.

J'ai mis mon bras autour de Skye et je l'ai laissée profiter de ce moment unique. Des larmes ont roulé sur ses joues.

– Il est... beau. Il est parfait, renifla-t-elle en palpant la vitre. Il est minuscule, mais il est trop adorable. Regarde ses petits doigts...

Elle a sangloté de plus belle, indifférente à la présence de Slade.

– Je lui ai dit que tu allais venir, murmurai-je. On est enfin réunis.

Elle s'est penchée sur la vitre et a posé sa tête sur ses bras, fixant le bébé sans le quitter des yeux un instant.

Je lui ai caressé le dos tandis qu'elle communiquait en silence avec notre fils.

Slade nous observait, le visage déformé par la peine.

– Je suis désolé pour vous. Personne ne devrait avoir à subir une telle épreuve.

Skye a levé les yeux et l'a regardé, les yeux pleins d'émotion avant de reporter son attention sur la couveuse.

– Je ne sais pas... Mark ?

Putain, je déteste ce prénom.

– Non.

Slade a toussoté.

– Je ne veux pas me mêler de ce qui ne me regarde pas ni intervenir dans la discussion, mais... que pensez-vous de Cédric ?

On l'a tous les deux dévisagé.

– Ça signifie chef de guerre en latin, expliqua-t-il. Vous savez... parce que votre bébé se bat comme un guerrier pour survivre.

Mon cœur s'est arrêté, ses paroles résonnant profondément en moi.

À en juger par l'éclat soudain des yeux de Skye, elle éprouvait le même sentiment.

– Oui... c'est Cédric.

– Cédric, répétai-je lentement, réfléchissant à ce nom. J'aime bien.

Skye a regardé notre bébé dans la couveuse.

– Bonjour, Cédric.

Slade n'a pas souri victorieusement. Il nous a simplement observés.

– C'est un joli nom, dis-je. Qu'est-ce qui t'y a fait penser ?

– Je me suis souvenu d'un Cédric mentionné dans *l'Odyssée*. Apparemment, c'était l'un des plus grands guerriers que le monde ait jamais connus. Voir votre fils se battre pour vivre m'a fait penser à lui...

– C'est parfait, dis-je.

– Un jour, il nous demandera pourquoi on l'a appelé Cédric, murmura Skye en fixant la vitre. Et on lui dira que c'est parce que son oncle Slade croyait très fort en lui.

Slade a cligné des yeux rapidement, puis s'est tourné, comme s'il ne voulait pas qu'on voie son émotion. Une fois de dos, il a reniflé bruyamment.

Je l'ai laissé se remettre et je me suis consacré à ma femme. J'ai mis un bras autour de ses épaules en regardant notre fils. J'ai posé la main sur la vitre à côté de la sienne.

– Cédric... on est là, mon bébé.

3
SLADE

La période insouciante et heureuse de ma vie est terminée.

Je pensais sans arrêt à mon neveu — petit-cousin par alliance, peu importe. Cédric. Je ne pensais qu'à Cédric.

C'est un bébé innocent qui est venu au monde, mais à la seconde où il a ouvert les yeux, il a dû se battre pour vivre. Il n'a rien fait de mal. Il n'a tout simplement pas eu de chance. Voir mes deux meilleurs potes traverser cet enfer me brisait le cœur. Skye et Cayson ne méritaient d'être obligés de voir leur fils derrière une vitre.

Et ça me rend parano avec Trinity.

Et si le même drame nous arrivait ? Et si nous n'avions pas fait attention et que quelque chose de traumatisant était arrivé à notre bébé ? Et si je la stressais tellement que je mettais en danger notre enfant ? Ou si son boulot la stressait trop ?

Mon cerveau ne me laissera jamais en paix.

Je ne voulais pas être égoïste et penser à ma propre situation alors que Skye et Cayson traversaient une période difficile, mais en tant que futur père, je ne pensais qu'à ça. Que ferais-je si j'étais à leur place ? Je serais incapable de gérer la situation aussi calmement que Cayson. Si je voyais Trinity malheureuse, je me détesterais à vie.

Alors j'étais plus attentif à sa santé maintenant. J'essayais de préparer des dîners à base de légumes et de céréales. J'avais totalement supprimé la viande rouge et je ne lui servais que des petites quantités de viande blanche. Je détestais manger sainement, mais je ne pouvais pas m'attendre à ce qu'elle suive cette discipline si je ne m'y pliais pas moi-même.

Trinity était aussi bouleversée que moi pour Cédric. Plus rien ne nous faisait sourire tellement nous étions malheureux. Notre neveu risquait de ne pas s'en sortir et nous pourrions ne jamais le revoir.

Trinity était silencieuse en ma présence. Elle ne bavardait pas et n'avait pas de libido. Et quand elle parlait, c'était généralement de Skye et Cayson. Comme je ne pensais qu'à eux moi aussi, ça ne me dérangeait pas.

Nous avons essayé de reprendre à une vie normale autant que possible et de passer à l'hôpital tous les jours, mais c'était difficile. Trinity et moi avions envie d'y être tout le temps, mais nous devions travailler et assumer nos responsabilités. Mon père était très souvent à l'hôpital, et je savais qu'il était bouleversé par la situation.

Un soir, j'ai reçu un texto de Cayson.

Salut, j'ai besoin de ton aide pour un truc.

Je me suis immédiatement redressé et je lui ai répondu.

Je suis là. De quoi as-tu besoin ?

J'étais à sa disposition vingt-quatre heures sur vingt-quatre, mais il ne m'avait jamais rien demandé avant. Il avait peut-être besoin que je lui apporte des fringues ou de la nourriture.

Skye ne veut pas rentrer à la maison. Elle n'a pas pris de douche ni fait une vraie nuit de sommeil depuis trop longtemps. Je m'inquiète pour elle. Vous pourriez venir et la convaincre de se reposer ?

On peut faire ça.

Merci.

On a une chambre d'amis. Elle peut dormir chez nous si elle ne veut pas quitter la ville.

D'accord.

Trinity et moi étions derrière la vitre de la pouponnière. Nous pouvions voir la couveuse transparente et le petit Cédric à l'intérieur. Skye était assise tout près, maman vigilante surveillant son enfant. Cayson se trouvait sur la chaise à côté d'elle, l'air épuisé et anxieux.

J'ai tapé au carreau et fait un signe de la main.

Ils se sont tournés vers nous, mais aucun des deux n'a souri. Ils se sont levés et changés avant de nous rejoindre dans le couloir.

– Salut. Comment va-t-il ? demandai-je d'une voix hésitante.

– Pas de changement, murmura Skye. Ils ne l'ont pas débranché du respirateur.

– Laisse-lui un peu de temps, dis-je gentiment.

– Les dernières analyses de sang ne montrent pas non plus d'amélioration, dit Cayson.

– Il est tellement petit, voulut les rassurer Trinity. Il a besoin de plus de temps… c'est normal.

Skye a hoché la tête, sans conviction.

Je me suis éclairci la voix.

– Skye, te doucher ne serait pas un luxe...

Elle m'a regardé d'un air furieux.

Je me suis rendu compte de la nullité de mes paroles alors que le mal était fait.

– Je veux dire, on dirait que tu as besoin de te détendre. Et si tu venais prendre un bain chez nous ? On mangera une pizza et tu te reposeras un peu.

Sa colère est retombée tout de suite, sans doute parce qu'elle se fichait de tout.

– Non merci. Je suis bien ici.

Cayson m'a lancé un regard m'intimant l'ordre silencieux d'insister.

– Allez, Skye, intervint Trinity. On vient d'acheter un lit pour la chambre d'amis. Il est tellement confortable. Les oreillers sont en plumes d'oie.

– Oh le pied, s'extasia Cayson. C'est mieux que de dormir sur une chaise.

– Ben, tu devrais y aller, Cayson, dit Skye. Je resterai ici.

Il a soupiré d'agacement.

– Skye, tu viens avec nous, déclarai-je d'un ton autoritaire. Rester assise ici à te casser le dos ne changera rien. Pas plus que de ne pas respecter les règles de base de l'hygiène.

Trinity m'a fusillé du regard.

– Bravo, quel tact...

– Tu as besoin de dormir, insistai-je. Tu veux vraiment tenir ton bébé dans les bras pour la première fois dans un tel état d'épuisement que tu ne pourras pas te concentrer ? Tu veux vraiment lui coller tes cheveux gras sur la figure et lui filer une infection ? Non, tu ne veux pas.

Skye a soupiré comme s'il l'énervait.

Cayson est intervenu.

– Bébé, je leur ai demandé de venir te chercher.

Elle s'est tournée vers lui.

– Hein ? Pourquoi ?

– Parce que tu as besoin de dormir dans un vrai lit. Tu as accouché il y a deux semaines à peine. Il faut que tu prennes un repas chaud et une douche. Vas-y, Skye. Tu ne peux rien faire pour lui en ce moment.

– C'est pas vrai. Je veux rester ici pour qu'il ne se sente pas abandonné.

– Je resterai près de lui cette nuit pour qu'il ne soit pas seul, dit Cayson. Je veux que tu te reposes — vraiment. Tu seras à cinq minutes d'ici et Slade s'occupera de toi. Je t'appellerai s'il y a du nouveau. D'accord ?

Skye était trop lasse pour lutter.

– Skye, tu n'es pas invincible comme tu as tendance à le croire, dit Cayson. Je sais que tu t'angoisses pour notre bébé, mais tu dois prendre soin de toi maintenant. S'il te plaît, va avec eux. Si tu ne le fais pas, je serai extrêmement contrarié.

– T'es fatigué toi aussi...

– Je me suis douché et j'ai fait la sieste chez Slade. Crois-moi, j'ai plus dormi que toi.

Skye a croisé les bras sur sa poitrine.

Elle pue vraiment. Très fort.

Je ne savais pas comment Cayson pouvait rester si près d'elle. Si Trinity puait autant, je ne lui ferais même pas l'amour — ce qui voulait dire beaucoup.

Skye a fini par accepter.

– D'accord. Mais tu m'appelles dès qu'il y a du nouveau.

– C'est promis.

– N'importe quoi. Si le médecin dit que sa température a varié d'un degré, je veux le savoir.

– Compris.

Cayson l'a prise dans ses bras et serrée contre lui.

Comment il peut supporter la puanteur ?

Il l'a embrassée sur le front, et l'a regardée.

– Je t'aime. On se voit demain matin.

Puis il a fini par la lâcher.

– Occupe-toi d'elle pour moi, dit-il en me claquant l'épaule.

J'ai fait un salut militaire.

– Oui, chef.

Après sa douche, Skye a mangé un vrai repas, puis s'est préparée pour aller au lit. Elle n'a pas beaucoup parlé parce qu'elle était crevée, mais Trinity et moi surveillions chacun de ses gestes pour nous assurer qu'elle allait bien. Elle semblait distraite et n'arrivait pas à se concentrer sur la télé, sans doute par manque de sommeil.

– Je vais me coucher, dit-elle. Je n'arrive pas à garder les yeux ouverts...

– Bonne idée.

Je me suis levé du canapé et je l'ai escortée jusqu'à la chambre d'amis. J'ai ouvert les draps et posé une bouteille d'eau sur la table de nuit.

– Tu sais où est notre chambre si tu as besoin de quelque chose.

– Merci.

Elle s'est mise au lit immédiatement.

J'ai éteint la lumière.

– Tu veux autre chose ?

Elle n'a pas répondu, car elle dormait déjà.

Je suis sorti de la chambre et j'ai rejoint Trinity au salon.

– Elle est bien installée ?

– Elle pionce déjà.

Je me suis assis à côté de Trinity et j'ai étendu le bras sur le dossier du canapé.

– La pauvre, murmura-t-elle. C'est tellement dur pour elle.

– Je sais.

– Tout le monde traverse une sale passe en ce moment. J'ai l'impression qu'on est les seuls à être épargnés. Et je me sens encore plus mal, du coup.

– Je sais.

J'ai glissé la main dans ses mèches soyeuses.

– Skye et Cayson sont les personnes les plus géniales au monde. Ils ne méritent pas ça.

– Non, vraiment pas.

– Silke et Arsen sont séparés, Lexie essaie de se remettre avec Conrad... cette salope n'y arrivera jamais. Ward et Clémentine ont dû annuler leur mariage. Tout se barre en couilles.

– Ça s'arrangera.

– Tu crois ?

– Ben j'espère.

– Roland et Heath vont se marier... c'est chouette.

– Ouais.

Espérons que ça ne change pas.

– Je n'ai pas eu l'occasion de parler à Silke de ce qui s'était passé, dit Trinity. J'étais trop obnubilée par Skye.

– Il semble qu'Arsen a vraiment merdé. Mais quand je l'ai vu, il semblait sincèrement regretter ses erreurs. Et... je sais qu'il l'aime malgré tout. J'espère qu'ils se réconcilieront.

– Ouais, moi aussi. Arsen a souffert quand sa mère est morte.

– Je sais que j'ai fait beaucoup d'erreurs dans notre relation, et il a fallu que je te perde pour comprendre ce que je voulais vraiment. Peut-être qu'Arsen avait besoin de ça, de revivre le passé pour se le sortir de la tête une bonne fois pour toutes.

– Tu devrais parler à Silke, c'est ta sœur.

– Non, rétorquai-je aussitôt. C'est leur histoire. Je ne m'en mêle pas.

Elle a froncé les sourcils.

– Mais tu veux bien tirer les ficelles de la relation entre Skye et Cayson ?

– C'est totalement différent et tu le sais.

Je n'avais pas envie de me disputer, alors j'ai changé de sujet.

– J'espère que Cédric rentrera bientôt à la maison.

– Moi aussi, soupira-t-elle. Il est tellement mignon, même à travers la vitre.

– J'aimerais pouvoir le prendre dans mes bras.

– Ouais.

Elle a posé la tête contre mon épaule.

Instinctivement, ma main s'est posée sur son petit ventre. Il n'était pas encore bombé, mais j'ai aplati ma paume sur toute la zone pour couvrir l'embryon minuscule qu'il abritait.

– On doit faire attention, bébé. Je ne pourrais pas supporter que ça nous arrive. Je ne pourrais pas supporter de te voir pleurer comme Skye. Je ne pourrais pas... dis-je en étouffant mon émotion. Je ne pourrais pas respirer si mon bébé luttait tous les jours pour rester en vie.

– Ça ne nous arrivera pas, Slade. C'est rarissime.

– Quand bien même, tu dois lever le pied. Je pense que tu devrais travailler à la maison quelques jours par semaine.

– Je ne pense pas...

– Je ne céderai pas là-dessus, déclarai-je. C'est un de ces moments de la vie où j'obtiendrai ce que je veux, quoi que tu dises ou penses. Alors, accepte-le pour qu'on économise de la salive.

Je n'étais pas chiant en général, mais c'était un sujet particulièrement sensible.

Trinity savait que c'était une voie sans issue.

– D'accord, soupira-t-elle.

4
JARED

J'étais heureux.

Vraiment heureux.

Quand cela s'était-il produit ?

Beatrice était allongée dans mon lit. Elle était nue sous les draps, et ses cheveux châtain foncé s'étalaient sur l'oreiller. Elle avait les yeux fermés et dormait profondément.

Je ne bougeais pas. Je la contemplais en me demandant quand elle allait se réveiller. J'avais envie de tirer sur le drap pour voir encore cette peau sans défaut que j'aimais tant embrasser. Beatrice était officiellement ma copine et j'étais officiellement son copain.

Je ne peux pas tout gâcher.

J'avais l'impression d'être un gamin pressé de jouer avec son nouveau jouet. Je voulais qu'elle se réveille pour pouvoir l'enlacer et l'embrasser partout. J'étais extrêmement impatient et je la voulais sur-le-champ.

Mais j'ai réussi à rester sage.

Beatrice a enfin bougé. Elle s'est étirée et a poussé un soupir endormi. Elle a tendu les bras au-dessus de sa tête et roulé sur le dos, emportant les draps avec elle. Ses yeux se sont ouverts et elle a fixé le plafond quelques instants.

– Bonjour, beauté.

Je lui ai immédiatement grimpé dessus, car je ne voulais pas attendre une seconde de plus.

Elle a souri en voyant mon visage entrer dans son champ de vision.

– Bonjour, beau mec.

– Bien dormi ?

– Tellement bien.

Je lui ai embrassé le cou, puis l'épaule.

– Est-ce que j'y suis pour quelque chose ?

– C'est sûr que t'avoir pour bouillotte a participé à mon confort.

– Je peux te réchauffer maintenant aussi.

Je l'ai embrassée à la commissure des lèvres.

– Avec plaisir.

– Et je peux te prouver que je suis bien meilleur que le laisse croire ma performance d'hier soir.

Elle a pouffé.

– Tu n'as rien à prouver. Tu m'as fait jouir, c'est ce qui compte.

– Je meurs d'envie de te toucher depuis une heure. Va savoir comment, j'ai réussi à me retenir.

– Pourquoi tu te retiens ? Je suis à toi. Tu peux me prendre quand tu veux.

J'ai émis un râle guttural involontaire. L'entendre dire ça, qu'elle était à moi, était follement excitant. Je n'avais plus à regarder Jason l'embrasser dans la salle du bar. Je n'avais plus à faire semblant d'être indifférent à son charme. Je pouvais lui dire tout ce que je ressentais au moment où je le ressentais.

J'ai écarté ses jambes avec mes genoux et je me suis positionné sur elle.

– C'est vrai ?

– Ouais.

Je faisais au moins trente centimètres de plus qu'elle, alors il m'était facile de couvrir tout son corps du mien. Elle était petite et menue, et j'adorais ça. C'était la plus belle fille avec qui j'étais sorti, et ma bite n'arrêtait pas de tressaillir d'impatience. Maintenant que la pression de notre première baise était tombée, je me sentais bien plus à l'aise. Je pouvais bouger et la toucher sans y penser. J'ai aspiré sa lèvre inférieure avant de presser mon gland contre sa fente. Elle était particulièrement serrée et je devais lui étirer les chairs. Mais j'adorais son étroitesse. Et ma queue s'en réjouissait.

Beatrice m'a agrippé les avant-bras.

– C'est bon...

Je l'ai pénétrée de toute ma longueur, m'insérant dans sa moiteur, puis je me suis ajusté à la sensation incroyable de sa chatte. Quand j'étais en elle, j'étais à la maison. Je me sentais bien.

L'appétence sexuelle de Beatrice était un vrai stimulant. Elle se mordait la lèvre quand je la défonçais, et n'étouffait pas le bruit de ses gémissements. Même quand elle ne bougeait pas, elle était à fond. Elle a remonté les mains sur ma poitrine et s'est ancrée à mes épaules pour tanguer le bassin.

Je n'avais jamais eu une telle complicité pendant l'acte sexuel. J'ai aimé le sexe avec toutes les femmes, or là, c'était différent. J'aimais faire l'amour avec Lexie, mais avec Beatrice, c'était une tout autre histoire. Avec elle, mon plaisir allait bien au-delà de la simple satisfaction physique. Je ressentais de l'amour et de l'amitié... je ressentais tout.

Ce serait peut-être différent cette fois. Peut-être que je n'étais pas fidèle dans le passé parce que je n'étais pas avec la femme de ma vie. Beatrice était mon âme sœur. Et maintenant que je l'avais trouvée, je n'avais besoin de rien d'autre.

Ni de personne d'autre.

BEATRICE ME REGARDAIT CUISINER, ASSISE À TABLE. ELLE PORTAIT un de mes t-shirts, qui lui arrivait aux genoux. Nos roulades dans le lit lui avaient emmêlé les cheveux, mais ça lui allait bien.

J'ai fait sauter une crêpe dans la poêle.

– T'as faim ?

– De toi, répondit-elle d'un air coquin.

J'ai souri.

– Encore ?

– J'ai toujours faim.

– Eh bien, après le petit-déj, on souillera la table de cuisine.

– Avec plaisir.

J'ai fini de préparer le petit déjeuner et posé les assiettes sur la table.

– Ooh... ça a l'air bon.

Elle a pris sa fourchette et mangé ses œufs brouillés en premier.

– Il y a longtemps, j'ai été cuistot dans un resto.

– Vraiment ? dit-elle en souriant.

– Ouais, le genre qui sert le petit-déj toute la journée. Alors, je sais faire une ou deux choses.

– J'aurais aimé le savoir plus tôt, dit-elle en continuant de manger. Je t'aurais taillé une pipe il y a longtemps pour en avoir le goût.

J'ai suspendu immédiatement le mouvement de ma fourchette parce que ma queue a enflé comme un ballon.

Beatrice a souri, sachant ce qu'elle avait fait.

– T'es une diablesse, tu le sais ?

Elle a fini sa crêpe et mordu une bouchée de pain grillé.

– Peut-être... En tout cas, Jeremy va être content.

– Que je sache cuisiner ?

Elle a ri.

– Non. Qu'on soit ensemble. Cela dit, il aimait bien Jason.

Je lui ai lancé un regard noir parce que je détestais entendre son nom.

– Je dis ça comme ça...

– Il n'a pas intérêt à le préférer à moi.

– Non. Il sera trop heureux que j'aie trouvé quelqu'un qui supporte mes conneries.

– Qui a dit que j'allais supporter tes conneries ?

À son tour de me fusiller du regard.

– T'as intérêt. Parce que ça fait un moment que je supporte les tiennes.

– De quoi tu parles ?

– Les coups tordus que tu m'as faits avec Jason ? Tu te comportais comme un détraqué.

– Eh bien, tu étais ma nana et je ne voulais pas qu'il te touche.

– Oh, doucement, dit-elle en levant une main. Je n'étais *pas* ta nana.

– Si.

– Comment j'étais censée le savoir si tu ne me le disais pas ?

– C'était évident

Elle a roulé les yeux.

– Voilà exactement les conneries dont je parle.

– Tu déconnes, toi aussi.

– Genre...?

J'ai essayé de trouver quelque chose.

– Eh bien... tu...

– Ouais ? dit-elle en se penchant en avant, me narguant.

– Tu... veux que je te fasse la cuisine.

– Hé, je ne t'ai rien demandé. Tu la fais de ton plein gré.

– Tu m'as séduit pour que je couche avec toi. Tu m'as pratiquement violé.

– Parce que tu fais ta chochotte, rétorqua-t-elle. Je me suis jetée sur toi pendant des jours, mais tu n'as jamais saisi la perche.

– Je ne fais pas ma chochotte. Je t'ai défoncé la chatte il y a trente minutes.

Elle a soupiré.

– Cette dispute ne mène à rien. Tout ce que je voulais dire, c'est que mon frère sera heureux de savoir qu'on est ensemble.

– Il a intérêt. Je suis l'homme idéal.

– Je ne crois pas qu'il pensera ça...

– Mais je suis l'homme idéal.

Je lui ai fait un clin d'œil et j'ai continué de manger.

– Quand vais-je rencontrer tes parents ?

Je ne m'étais pas posé la question.

– Je ne sais pas. Je ne leur ai pas parlé depuis un moment.

– Eh bien, les fêtes de Noël approchent à grands pas...

Elle veut réellement les rencontrer ?

– Je vais voir si je peux arranger quelque chose.

– Arranger quelque chose ? Ce sont tes parents. Ils devraient être ravis que tu aies envie de les voir.

La dernière fois, je les ai plutôt déçus. Je leur ai avoué la vérité sur mes infidélités durant mon mariage, dans une ultime tentative de récupérer Lexie. Je n'ai jamais autant déçu ma mère, et je ne pouvais pas lui en vouloir. Je ne me sentais plus comme un homme à ce moment-là. Quand un homme blesse un être innocent, il est déchu automatiquement de son titre d'homme. Après ce que j'ai fait à Lexie, je suis redevenu un gamin.

Beatrice a perçu ma peine.

– Ils sont toujours en colère contre toi à cause de Lexie ?

– Ma mère ne m'a pas appelé depuis huit mois. Et elle m'appelle toujours.

J'ai continué de manger, mais j'avais perdu l'appétit.

Les yeux de Beatrice se sont remplis de tristesse.

– Tes parents ne te détestent pas, Jared. C'est juste une information choquante. C'est tout.

– Je ne suis pas sûr de l'accueil qu'ils te réserveront. Ils aimaient vraiment Lexie.

– Je ferai en sorte qu'ils m'aiment aussi.

J'ai souri malgré moi.

– Tu feras en sorte ?

– Ouais, je peux être drôle et charmante.

– Je n'ai jamais vu ces facettes de toi.

Elle m'a jeté un morceau de pain.

– Ne sois pas méchant.

– Je ne suis pas méchant, m'esclaffai-je. Je suis juste honnête.

Elle m'a jeté un raisin cette fois.

– Tu sais que je suis gentille, drôle et irrésistible. Pourquoi tu serais tombé amoureux de moi sinon ?

J'ai mime que je lui pelotais ses jolis nichons.

– Putain Jared !

Elle s'est levée et elle est partie en trombe.

J'ai éclaté de rire avant de la pourchasser et de l'attraper par-derrière.

– Tu sais bien que je plaisante, bébé.

Je lui ai enlacé la taille et je l'ai embrassée dans le cou.

– Tu ne plaisantais pas.

– Mais si.

J'ai continué de l'embrasser tout en glissant une main sous son t-shirt, puis dans sa culotte. J'ai trouvé son clito et je l'ai caressé comme elle aimait. En quelques secondes, elle respirait fort et pressait ses fesses contre moi.

– Je t'aime parce que tu es magnifique. Parce que tu es gentille. Et parce que tu as cru en moi quand je n'y croyais plus. C'est pour ça que je suis tombé amoureux de toi.

Je venais de me prendre une bière dans le frigo quand on a frappé à la porte.

Ce n'était pas Beatrice parce qu'elle m'envoyait un texto avant de passer. Ça pouvait être un pote, mais j'en doutais aussi. Je me suis dirigé vers la porte et j'ai été déçu de voir Macy de l'autre côté.

Ça n'augure rien de bon.

J'ai ouvert, sur mes gardes.

– J'ai une copine et je ne fais l'amour qu'avec elle. Si tu es en manque, paie-toi un gigolo.

Macy a ignoré mes propos.

– Je suis venue te parler de Lexie.

Je ne m'attendais pas à ce que la conversation dérive sur Lexie.

– Lexie ? Qu'est-ce qu'elle a ?

– Elle vit très mal sa rupture avec Conrad. Elle essaie de le récupérer, mais il ne veut pas. Je m'inquiète pour elle.

– Oh… attends, dis-je en posant ma bière sur la table. Ils ont rompu ?

– Ouais. Tu ne le savais pas ?

L'infirmière est revenue.

– Ma responsable insiste vraiment pour avoir un prénom, monsieur. Avez-vous eu le temps d'y réfléchir ?

J'avais envie de l'étrangler, car ma femme voyait notre fils pour la première fois, mais la pauvre ne faisait que son travail.

– Non, pas encore. Donnez-nous quelques minutes. C'est la première fois que ma femme voit notre bébé.

Elle a hoché la tête et est ressortie.

– Qu'est-ce qu'elle voulait ? demanda Skye.

– Ça va faire une semaine qu'il est né et ils ont besoin d'un prénom pour le certificat de naissance.

– Oh… Franchement, je n'ai pas vraiment eu le loisir d'y penser.

– Eh bien, il y a les prénoms que je t'ai proposés.

Elle a grimacé.

– Aucun ne lui va.

– Que penses-tu de Zander ? C'est un joli nom.

– Non… ce n'est pas un Zander, dit-elle en secouant la tête.

– Ian ?

– Non, murmura-t-elle.

Slade nous regardait l'un et l'autre alternativement.

Skye semblait rejeter toutes mes propositions.

– Cliff ?

– Non.

Je n'ai pas montré mon irritation, même si je la ressentais.

– Quels prénoms tu aimes, bébé ?

– J'ai l'air d'être au courant ? raillai-je.

– Ça va faire cinq mois qu'ils sont séparés. Il l'a demandée en mariage et elle a dit non... parce qu'elle a eu peur qu'il la trompe comme tu l'as fait et comme notre père l'a fait. Mais on dirait qu'elle a mis trop longtemps à réaliser son erreur parce que Conrad a trouvé quelqu'un d'autre, dit-il, finissant de lâcher sa bombe sur moi.

– Ça fait beaucoup à encaisser.

– Je sais que vous n'êtes plus très proches, mais je suis désespérée. Tu crois que tu pourrais convaincre Conrad ?

– De la reprendre ?

– Ouais.

Mes pensées s'agitaient.

– Lexie a besoin d'un ami en ce moment, quelqu'un qui sait ce que c'est que de gâcher une relation de façon irréversible.

– Merci, lâchai-je sarcastique.

– S'il te plaît, va lui parler. Elle est vraiment déprimée.

J'ignorais ce qui se passait. Et j'étais surpris que Beatrice ne le sache pas.

– J'irai la voir.

– Merci, dit-elle. Malgré ce qui s'est passé entre vous, je sais qu'elle t'aime beaucoup.

– Comme je l'aimerai moi-même toute ma vie.

Macy a poussé un soupir avant de repartir. Elle ne m'a pas salué, l'esprit visiblement ailleurs.

J'ai fermé la porte et songé à mon ex-femme. Elle était seule au monde, et il ne semblait pas qu'elle avait une chance avec

Conrad. Elle avait besoin d'un ami qui la réconforte. Pendant un instant, je me suis souvenu de mes efforts pour la reconquérir. Je touchais au but, je l'avais presque, et puis Conrad est arrivé et m'a coupé l'herbe sous le pied. S'il n'avait pas été là, elle et moi aurions pu travailler sur notre relation et donner une nouvelle chance à notre mariage.

J'ai rapidement chassé ces pensées.

J'ai toqué chez Lexie et attendu qu'elle réponde.

La porte a fini par s'ouvrir. Elle avait les joues terriblement creuses et les yeux vides.

– Jared, qu'est-ce que tu fais ici ?

Je n'avais pas besoin de confirmation de l'histoire de Macy. C'était écrit sur son visage. C'était visible dans les lignes dures autour de ses lèvres et de ses yeux.

– Je ne savais pas que Conrad et toi aviez rompu.

Elle a inspiré à fond comme si elle venait juste de se rappeler comment respirer.

– Oh... oui... ça fait un moment.

– Pourquoi tu n'as rien dit ?

Elle a haussé les épaules.

– Je n'y ai pas pensé.

Je suis entré sans y être invité. Son appartement était comme dans mes souvenirs. Mais il était un peu plus sombre, car les lampes étaient éteintes et les rideaux étaient tirés. Je me suis posé sur le canapé et j'ai attendu qu'elle me rejoigne.

Quand elle s'est assise sur le coussin, il s'est à peine enfoncé. Elle avait maigri depuis la dernière fois que je l'ai vue. Ses hanches étaient moins rondes, ses bras moins toniques.

– Macy m'a raconté ce qui s'est passé...

J'ai posé les bras sur mes genoux et j'ai fixé le sol.

– Alors il n'y a rien à dire.

– Pourquoi tu as refusé de l'épouser ?

Macy m'avait donné la réponse, mais je voulais l'entendre de Lexie.

– J'ai flippé. Papa venait de quitter maman pour une poufiasse. Elle ne lui arrive même pas à la cheville, mais il est parti quand même. Le mariage ne marche pas. Il a échoué pour mes parents et pour nous. J'ai supposé que ça ne fonctionnerait pas non plus avec Conrad.

J'ai compris son raisonnement, même si je n'étais pas d'accord.

– Mais Conrad et toi, c'est différent...

– Je le réalise maintenant, murmura-t-elle. Mais c'est trop tard. Il a changé. Il est plus... sombre qu'avant. Parfois, quand je le regarde, je ne le reconnais pas. Je l'ai bousillé plus que tu ne m'as bousillée.

J'imaginais à quel point Conrad était mal.

– Mais je ne peux pas vivre sans lui. Et malgré ce que j'ai fait, je sais qu'il ne peut pas vivre sans moi. Mais je ne pense pas qu'il puisse un jour me pardonner, me faire confiance et me laisser revenir. J'ai été trop loin, je lui ai fait trop mal, hoqueta-t-elle en se couvrant le visage pour réprimer ses sanglots. Je ferais n'importe quoi pour le récupérer. N'importe quoi.

– Tu lui as dit tout ça ?

– Cent fois. Parfois, il me regarde comme avant. Et un soir, je suis rentrée seule à pied de chez lui. Jamais il ne m'aurait laissé partir seule quand on était ensemble, et quand il l'a fait, ça m'a désespérée. Mais quand je suis arrivée devant mon immeuble, je me suis retournée et je l'ai vu. Il m'avait suivie... pour s'assurer qu'il ne m'arrive rien.

J'ai eu envie de lui prendre la main, mais je me suis retenu.

– Conrad t'aime. Je l'ai vu dans ses yeux il y a longtemps. Et je peux t'assurer qu'il t'aimera toute sa vie.

– Je ne pense pas que ça suffise dans le cas présent. Je l'ai vraiment anéanti.

– Ne t'attends pas à ce qu'il s'en relève du jour au lendemain.

– Ça ne marchera jamais entre nous. Pas parce qu'on ne s'aime pas, mais parce que l'âme de Conrad a été détruite de façon irrévocable. Je lui ai laissé un mot sous sa porte pour expliquer pourquoi je suis parti et il ne l'a jamais eu. Il a passé les cinq derniers mois à se demander pourquoi j'ai dit non et je l'ai planté. Il n'a jamais su la vraie raison...

J'ai baissé la tête et j'ai soupiré.

– Et il... est parti en vrille. Un excès de filles et de fêtes... Je sais que je n'ai pas le droit d'être jalouse, mais je le suis. Et ensuite, Beatrice...

Mes oreilles se sont dressées.

– Beatrice ?

– Elle a passé du temps avec lui... elle lui a donné un chien, dit-elle en fermant les yeux comme si elle souffrait. Qui sait ce qu'ils ont fait d'autre ? C'est stupide de me sentir trompée, mais... c'est difficile de ne pas être jalouse quand on aime.

Le sang me martelait les tempes à cause de la poussée d'adrénaline.

– Beatrice lui a donné un chien ?

Elle savait qu'ils ont rompu, et elle ne me l'a pas dit ? Elle a passé du temps avec lui derrière mon dos ? Combien de temps cela a-t-il duré ? A-t-elle couché avec lui ? L'aimait-elle encore ?

Voilà, maintenant je suis jaloux.

Je me sens trahi.

– Ouais, répondit-elle sans émotion dans la voix. Un berger allemand.

Et elle ne me l'a pas dit ?

– Je ne sais pas quoi faire, Jared. Je sais que j'ai tout gâché, mais je l'aime vraiment. Après des mois de solitude, j'ai compris mon erreur. Je préfère de loin prendre un risque avec Conrad et avoir le cœur brisé plus tard que de renoncer à lui.

Je ne l'écoutais qu'à moitié.

Elle s'est tournée vers moi.

– Qu'est-ce que je devrais faire d'après toi ?

Sa question m'a tiré de mes pensées. Je l'ai regardée. Je n'avais qu'un seul conseil à lui donner.

– N'abandonne jamais. Je me souviens de l'amour de Conrad pour toi. Des tels sentiments ne disparaissent pas. Tu es la femme de sa vie. Tu as encore une chance.

Elle a hoché la tête.

– Je suppose que je n'ai pas le choix…

– Persévère. Il finira par voir tes remords.

– Je sais que je ne le mérite pas… mais je ne peux pas me passer de lui. Est-ce que ça fait de moi un monstre ?

C'est exactement ce que je lui ai fait. C'est seulement lorsque je l'ai blessée de façon irréversible que je l'ai vraiment voulue... aussi tordu que ça paraisse.

– Non, pas du tout. Tu l'aimes. Tu as juste fait une erreur.

Elle a posé son regard vide sur moi.

– Tu crois que tu pourrais plaider en ma faveur auprès de lui ?

La dernière chose dont j'avais envie, c'était de parler à ce connard. Il a touché Beatrice — ma nana.

– Je ne pense pas que ça changera grand-chose. C'est de toi dont il a besoin en ce moment, et de personne d'autre.

Elle s'est détournée, acquiesçant de la tête.

– Je la veux cette maison avec une clôture blanche... je veux deux enfants qui lui ressemblent... et je veux lui préparer à dîner tous les soirs.

Je ne pouvais pas supporter son air triste, alors j'ai regardé ailleurs.

– Tu peux encore avoir tout ça... un jour.

Elle s'est mise à pleurer en reniflant.

– J'aimerais que ce jour soit aujourd'hui.

5

LEXIE

La dernière fois que j'ai vu Conrad, il m'a suivie jusque chez moi. Je ne peux pas décrire le soulagement que j'ai ressenti lorsque je l'ai aperçu. Ça m'a donné espoir. L'espoir que nous serions de nouveau ensemble un jour. Il se souciait encore de moi. Il m'aimait encore.

C'est ce qui m'aide à aller de l'avant.

J'ai préparé un rôti de bœuf avec des légumes, et même sa tarte préférée pour dessert. Debout devant sa porte, j'ai puisé en moi le courage de frapper. Quand je me suis présentée à l'improviste l'autre jour, nous avons dîné ensemble, puis regardé la télé. Ce scénario se reproduirait-il ? Ou bien Conrad me claquerait la porte au nez ? Notre relation était si tendue que j'avais du mal à prédire son comportement.

Après avoir tambouriné des jointures contre la porte, j'ai reculé et attendu.

Conrad a ouvert, affichant une mine déconfite. Il ne semblait pas seulement triste. Il avait l'air... totalement dévasté. Ses yeux étaient creux et vides, et ses épaules étaient tellement voûtées qu'on aurait dit qu'il allait s'effondrer.

– Qu'est-ce qui s'est passé ? m'alarmai-je.

Je savais intuitivement que ça n'avait rien à voir avec moi. Mais quelque chose le tenaillait jusqu'à la moelle.

Il s'est retourné et éloigné, laissant la porte ouverte.

J'ai pris son geste comme une invitation. Je me suis aventurée à l'intérieur et j'ai posé les Tupperwares dans la cuisine. Conrad était assis sur un canapé au salon, les bras posés sur les genoux. La télé était éteinte et il fixait l'écran noir.

Quelque chose ne tourne pas rond du tout.

Je suis allée m'asseoir à côté de lui, mais je me suis retenue de le toucher. J'ai patiemment attendu qu'il parle, qu'il s'ouvre à moi bien que je ne mérite aucunement sa confiance.

Conrad a pris une grande inspiration, comme si un poids invisible lui lestait la poitrine.

– Skye et Cayson ont eu leur bébé...

Ça aurait dû être une nouvelle heureuse, pas une phrase aussi sinistre. Ce qui m'apprenait tout ce que j'avais besoin de savoir.

– Non...

Skye et Cayson étaient des gens bien, et ils ne méritaient pas un tel malheur.

– Il est né prématuré... les médecins ne savent pas s'il survivra. Il est en couveuse depuis presque deux semaines. J'espère qu'il s'en sortira. Il tient bon depuis tout ce temps-là...

En état de choc, j'ai machinalement posé la main sur celle de Conrad. Le bébé de Skye et Cayson était minuscule et impuissant, mais il s'accrochait à la vie de toutes ses forces.

– C'est mon neveu... continua Conrad qui fixait toujours l'écran éteint. Et je ne le verrai peut-être jamais.

Je me suis rapprochée et j'ai pressé sa main.

– Il s'en sortira.

– Il s'appelle Cédric.

– C'est un joli prénom.

– J'espère que t'as raison. Skye et moi on est beaucoup plus proches qu'avant. Elle est comme une sœur pour moi... plus que Trinity.

Il a inspiré profondément encore une fois, comme s'il luttait pour contenir ses émotions.

– Si Cédric a tenu bon jusqu'ici, il vivra, affirmai-je.

J'ai passé les doigts sur les siens, sentant les callosités de sa peau. Ses mains étaient toujours aussi chaudes. Ces mêmes mains avec lesquelles il m'empoignait les cheveux, puis la nuque. J'adorais sentir ses doigts s'enrouler autour de moi.

– Je ne sais pas ce que je ferais si... C'est comme perdre mon propre enfant, dit-il en secouant la tête. Je ne peux pas l'expliquer.

Il n'avait pas besoin de le faire. Sa famille était tissée de façon inextricable. Les liens qui les unissaient étaient plus forts que l'acier. Chacun était lié à l'autre de façon intrinsèque. Je savais ce qu'il voulait dire... car je le comprenais parfaitement.

– N'y pense pas. Cédric s'en sortira. Souviens-toi de qui est sa mère. Skye peut survivre à tout. Et son fils aussi.

Il a levé les yeux vers moi, et j'y ai vu un mélange de désir et de désespoir.

J'ai soutenu son regard en tentant d'anticiper sa réaction.

Conrad s'est calé dans le canapé en m'entraînant avec lui. Ses bras puissants m'ont enserré la taille et attirée sur ses cuisses. Je l'ai enfourché, et pendant un instant, j'ai eu l'impression que tout était comme avant.

Il m'a serrée fort contre sa poitrine, puis il n'a plus bougé, restant immobile dans notre étreinte silencieuse. Sa poitrine montait et descendait rapidement, comme s'il luttait pour endiguer ses émotions de peur d'exploser.

Sans faire un bruit, j'ai écouté le son de sa respiration. La sensation familière de son torse dur me rappelait de bons souvenirs. Son parfum m'est monté au nez et je me suis remémoré les matinées passées dans ses bras. Tout m'est revenu à l'esprit et j'ai réalisé que je le désirais encore plus que je le croyais.

– Quand t'es partie... ça m'a complètement détruit. Je n'ai jamais rien éprouvé de tel.

J'ai fermé les yeux, car je ne voulais pas entendre ses mots.

– C'était la douleur la plus vive que j'avais jamais connue. Mais étrangement... c'est pire en ce moment. Cédric ne méritait rien de tout ça. Il aurait dû naître à terme et rentrer à la maison avec ses parents. Il aurait dû être dans les bras de toute la famille, pas seul dans une boîte en verre...

Je lui ai frotté le bras, restant silencieuse.

– Je déteste cette période. Je n'arrive pas à manger. Je n'arrive pas à dormir. Je ne pense qu'à Cédric.

– Tu es un bon oncle, chuchotai-je.

– L'attente est un supplice, surtout que je ne peux rien faire pour arranger les choses. Mon père et oncle Sean se sont assurés que les meilleurs médecins du pays s'occupent de lui. J'espère seulement que ça suffira.

– Il s'en sortira, Conrad.

Tout ce que je pouvais faire, c'était le réconforter avec mes paroles. Même si j'aurais aimé pouvoir faire plus.

Conrad a continué de me serrer contre sa poitrine, restant silencieux un long moment. Ses bras puissants m'entouraient et j'avais l'impression que je ne pourrais pas me libérer si je le voulais.

Après un moment, il a fini par défaire son emprise et lever la tête vers moi.

– Je suis désolé. T'es venue ici pour une raison en particulier ?

Son regard était toujours aussi vide.

– Je t'ai préparé le dîner et une tarte... J'ai pensé que tu aurais faim.

Autrement dit, je n'avais aucune raison d'être là. Seulement une excuse.

– Merci...

– C'est une tarte aux myrtilles, ta préférée.

Pour la première fois depuis mon arrivée, une lueur d'émotion a traversé son regard. Il se rappelait la chose à laquelle je pensais tous les jours. Les souvenirs de nous deux ne s'effaceraient jamais de mon esprit, et je savais qu'ils ne s'effaceraient jamais du sien non plus.

– Je n'ai pas faim pour l'instant. Peut-être plus tard.

– D'accord.

Ça m'était égal s'il mangeait ou pas. C'était seulement mon ticket d'entrée.

Il m'a déposée sur le canapé, puis il s'est levé.

– Je reviens.

Il s'est rendu à la salle de bain et il a fermé la porte derrière lui.

J'ai tourné mon regard vers la télévision. Puis j'ai perçu un mouvement dans ma vision périphérique. Apollo s'approchait de moi. Il s'est posté devant le canapé et m'a fixée sans ciller. Puis il a montré les dents en grognant.

J'ai immédiatement ramené les jambes vers moi pour me protéger. C'était un ancien chien policier, après tout, et je savais qu'il pouvait me déchiqueter s'il en avait envie. Il s'est rapproché, sa salive moussant aux coins de sa gueule.

Ce clebs veut ma peau.

Puis il a lâché un jappement féroce. Une menace.

Je me suis enfoncée dans le canapé de plus belle.

La porte de la salle de bain s'est ouverte et Conrad est revenu dans le salon.

– Apollo.

Il n'a pas crié, mais son ton était différent. Il portait l'autorité de tout l'Empire romain. Apollo a obtempéré illico, fermant la gueule et reculant.

– Ça va ? me demanda Conrad en se tournant vers moi.

– Je vais bien.

– Il t'a touchée ?

– Non.

Il s'est tourné vers Apollo de nouveau.

Il a fait un autre pas en arrière, baissant la tête pour éviter son regard, comme s'il savait qu'il avait mal agi.

Conrad s'est approché de lui, les épaules carrées et le regard furieux.

– Tu sais que c'était mal, Apollo.

Le chien fixait le tapis sous ses pattes.

Conrad s'est agenouillé devant lui et a approché le visage du sien.

Apollo a détourné la tête.

– Recommence et je t'étrangle.

Il a poussé un gémissement aigu.

– Il essayait seulement de te protéger.

Je voyais qu'il y avait un lien fort entre eux, qui allait au-delà des mots. Apollo avait remarqué un changement dans le comportement de Conrad quand j'étais dans les parages. Certains prétendaient que les animaux n'étaient pas aussi intelligents que les humains, mais c'était faux. Ils sentaient les émotions. Leur instinct était puissant.

– Ce n'est pas une excuse, dit-il sans détacher les yeux de son compagnon. T'as compris ?

Apollo a baissé les oreilles.

– Très bien. Content qu'on puisse s'entendre.

J'étais soulagée qu'il ne l'ait pas tapé. Apollo avait beau être terrifiant, c'était un bon toutou.

Conrad est revenu s'asseoir sur le canapé.

– T'es sûre que ça va ?

– Ouais. Je pense qu'il essayait seulement de me menacer un peu.

– Il a intérêt à ne pas faire plus que ça, maugréa-t-il.

Puis il a pris la télécommande et allumé la télé.

– Il t'aime.

Conrad a jeté un coup d'œil à Apollo, et sa colère a semblé se dissiper.

– Je sais. Je l'aime aussi.

– Il sait que je t'ai fait du mal. Intuitivement.

Il a hoché la tête.

– Je parle beaucoup de toi…

Je ne me suis pas moquée du fait qu'il parlait à un chien.

– Pas seulement en mal, j'espère…

– Non, il y a beaucoup de bien aussi, reconnut-il. Je pense que c'est pour ça qu'il est aussi méfiant envers toi.

Il s'est adossé au dossier sans me toucher.

Les émotions de Conrad étaient compliquées. Il les laissait poindre de temps en temps, montrait parfois même son âme dans toute sa splendeur, mais à d'autres moments il se fermait comme une huître. Et c'est ce qu'il faisait maintenant, fixant la télé comme si ignorer la tension dans l'air la dissiperait.

Si son chien savait qui j'étais et ce que je lui avais fait, alors je l'avais vraiment blessé profondément. Incapable de poursuivre sur ce terrain, j'ai changé de sujet.

– T'es sûr que tu n'as pas faim ? J'ai fait un rôti de bœuf.

Conrad a réfléchi avant d'opiner.

– Ouais, j'en prendrai bien un peu.

Soulagée d'avoir de quoi m'occuper, j'ai mis la table.

Nous avons passé le reste de la soirée à regarder la télé, assis sur des canapés différents. Apollo ne me quittait du regard que pour cligner, à croire qu'il était prêt à voler au secours de son maître à tout moment. Conrad et moi regardions la télé avant, mais ça n'avait rien à voir avec maintenant. Primo, nous étions sur le même canapé, lovés dans les bras de l'autre. Deuzio, nous regardions un film familial, ou du moins autre chose que du sport. Conrad gardait ses distances, me traitant comme si j'étais une simple connaissance. Mais le fait qu'il m'ait laissé entrer chez lui me prouvait qu'il restait un espoir.

Vers vingt-trois heures, j'ai su que je devais m'en aller. Conrad travaillait le lendemain, et moi aussi. Je présumais qu'il me raccompagnerait chez moi, mais je ne l'ai pas dit tout haut.

– Bon, je vais rentrer…

Sans l'attendre, je me suis levée et j'ai pris mon sac à main. J'avais peut-être déjà abusé de son hospitalité.

Conrad s'est levé à son tour et dirigé vers moi.

– Je viendrai chercher les Tupperwares une autre fois, dis-je.

Je n'y tenais pas particulièrement, mais c'était une excuse pour revenir au cas où j'en aie besoin.

Conrad n'a pas marché vers la porte ni regardé les boîtes dans la cuisine. Il s'est contenté de fixer le sol en se frottant la nuque. Puis il a relevé la tête vers moi, le regard lourd d'émotion.

Je suis restée figée, sachant qu'il avait quelque chose à dire. Malgré les mois passés loin de lui, je le comprenais encore très bien.

– Je… je ne dors pas depuis que t'es partie.

J'ai cessé de respirer, car je ne voulais pas manquer un seul de ses mots. Je ne dormais pas non plus. Sans Conrad à mes côtés, mon lit était froid et vide.

– J'ai eu des nanas dans mon pieu, mais… ce n'est pas pareil.

J'ai tenté de ne pas grimacer à ce commentaire. L'idée que Conrad touche une autre femme, qu'il jouisse de sa chair comme il avait joui de la mienne, me serrait le cœur douloureusement. Il ne me devait rien, mais encore aujourd'hui je sentais qu'il était à moi et qu'elles n'avaient aucun droit de s'approcher de lui.

– Je n'ai pas bien dormi depuis… cinq mois, trois semaines et deux jours.

Mes yeux ont trouvé les siens. J'ai senti une boule se former dans ma gorge, et mon cœur s'embraser de douleur. Le fait qu'il ait compté les jours me touchait et me déchirait à la fois. Et je savais que son calcul était exact — car je les comptais aussi.

– Moi non plus.

– Peux-tu… rester ?

Il feignait l'indifférence, mais je savais qu'il se vulnérabilisait en posant cette question. C'était un pas vers moi, vers la réconciliation.

Ne fous pas les choses en l'air, cette fois.

– Avec plaisir.

Bien qu'il ne montre aucune réaction, j'ai su qu'il était soulagé.

– D'accord.

Il est retourné au salon et il s'est étendu sur un canapé, prenant la couverture sur le dossier.

Je me suis allongée à côté de lui et j'ai posé la tête sur son épaule. Comme avant, j'ai enroulé le bras autour de sa taille et coincé une jambe entre ses cuisses. Il a tiré la couverture sur nous, puis a éteint la télé. L'appartement était sombre, hormis les lumières qui s'infiltraient par la fenêtre. Apollo s'est couché près du canapé et nous a guettés d'un œil récriminateur.

Conrad a poussé un profond soupir, comme s'il venait de courir un marathon. Il a tourné la tête vers moi, sondant mon regard un long moment avant de fermer les yeux. Après trente secondes de respiration régulière, il a sombré dans le sommeil.

J'étais épuisée, mais je n'avais pas envie de dormir. Je préférais l'étudier. Une barbe de deux jours ombrait légèrement sa mâchoire, et son visage était détendu. Il n'était plus renfrogné comme d'habitude. À chaque respiration, sa poitrine musclée montait et descendait sous moi. Je tanguais en rythme avec lui.

Le sentir si près de moi sans toutefois l'avoir était pénible. Comment ai-je pu gâcher une aussi belle relation ? Comment ai-je pu le blesser de façon aussi cruelle ? Et pourquoi n'a-t-il jamais reçu ma lettre ? Si je n'avais pas agi ainsi, nous n'en serions sans doute pas là à l'heure qu'il est. Nous serions en train de planifier notre mariage à la campagne, ou de décorer notre nouvelle maison. Au contraire, nos âmes étaient à des lieues l'une de l'autre même si nos corps étaient collés.

Et tout ça par ma faute.

Je m'en voulais à mort.

Nathan est passé à mon bureau avant l'heure du déjeuner.

– Ça fait un bail, dit-il en s'avançant, les mains dans les poches.

Son ton était accusateur.

– J'ai été occupée.

Nathan et moi avions eu une aventure, et je le regrettais.

– Par quoi ?

– Autre chose que toi.

Il a plissé les yeux, agacé.

– T'es différente depuis que t'as croisé ce bellâtre au restaurant.

J'en avais marre de sa jalousie et sa possessivité.

– Je ne suis pas ta copine, Nathan. Arrête ton char.

– On couche ensemble pendant deux mois et ça ne fait pas de toi ma copine ?

– Je t'ai dit que ce n'était qu'une aventure. Je n'y peux rien si t'as pas pigé.

– Ben, aventure ou pas, je ne veux pas que ça s'arrête.

– La décision ne te revient pas, répliquai-je en me levant et me dressant devant lui. Maintenant, va-t'en et ne reviens plus m'embêter.

– Alors, tu me jettes ?

– Ouais. Apprends la définition d'aventure.

Son irritation était palpable.

– Tu vois quelqu'un d'autre ?

– Oui. Non. C'est compliqué.

Il n'y avait pas de réponse simple.

– C'est le beau gosse ? demanda-t-il.

– Peu importe. C'est fini entre nous.

Son orgueil avait enfin été assez meurtri.

– Très bien. J'en ai marre de ces conneries.

– Parfait, dis-je en pointant la porte du menton. Au revoir.

Il m'a fusillée du regard avant de sortir en trombe.

J'espère sincèrement ne plus jamais le revoir.

JE SUIS ALLÉE À LA SANDWICHERIE OÙ J'AI CROISÉ CONRAD APRÈS LA fête où nous nous sommes rencontrés. Nous avions fait des cochonneries dans la salle de bain même si nous étions de parfaits inconnus. Quand il m'a abordée, j'ai cru qu'il serait un autre mec que j'utiliserais avant de m'en lasser.

Mais c'est l'amour de ma vie.

Aussi je suis retournée à la sandwicherie dans le but tordu de tomber sur lui. Je faisais le détour dans l'espoir de le croiser par hasard. Dormir à ses côtés hier soir m'a apporté un réconfort que je n'avais pas éprouvé depuis des lunes. À son réveil, Conrad était reposé et... presque de bonne humeur. Quant à moi, je n'ai pas aussi bien dormi depuis des mois.

Je suis entrée et j'ai furtivement balayé l'endroit des yeux. J'ai aperçu un type en costard dans un box au fond, et quand j'ai vu le bleu intense de ses yeux et ses puissantes épaules, j'ai su que j'avais trouvé l'homme que je me languissais de voir.

Mais il n'était pas seul.

En face de lui se trouvait son ancienne copine — Carrie.

La colère, la jalousie et la trahison m'ont balayée comme un raz de marée. La fréquentait-il toujours ? Couchaient-ils ensemble ? Conrad s'était-il moqué de moi ? Avait-il voulu me faire du mal délibérément ?

Puis mon pragmatisme est revenu. Conrad et moi n'étions plus ensemble, que ça me plaise ou non. S'il fréquentait encore son ex, je n'y pouvais rien. J'allais devoir la jouer cool... ou au moins essayer.

Il s'est tourné vers moi et ses yeux se sont étrécis lorsqu'il m'a reconnue.

J'espérais pouvoir filer en douce, mais il était trop tard maintenant. Je devais marcher jusqu'à lui et prétendre que la présence de Carrie ne me faisait ni chaud ni froid, alors que ça me nouait l'estomac.

Je me suis approchée de leur table, tentant de paraître naturelle.

– Salut...

– Salut.

Conrad ne s'est pas levé pour m'embrasser. Il m'a à peine regardée.

Carrie m'a souri chaleureusement, et même saluée de la main.

– Salut.

Tu peux bien sourire, salope.

– Salut...

Là, c'était officiellement tendu.

Conrad n'a pas expliqué ce qu'ils faisaient ensemble. Peut-être qu'ils s'étaient seulement croisés fortuitement. Peut-être qu'elle voulait lui emprunter de l'argent. Il devait y avoir une explication logique à cette rencontre.

Carrie a zyeuté Conrad comme si elle s'attendait à ce qu'il parle.

Il n'a pas dit un mot, se murant dans le silence. Il n'était pas bavard lorsque nous étions ensemble, mais il était encore plus taciturne que d'habitude.

– Conrad et moi on déjeunait entre amis, expliqua Carrie. On s'est croisés par hasard.

J'ai lâché le souffle que je retenais.

– Non, intervint Conrad. Je t'ai textée pour t'inviter à déjeuner. Tu as accepté. Voilà ce qui est arrivé, grogna-t-il avant de se tourner vers moi. Si Lexie a un problème avec ça, elle peut aller voir ailleurs si j'y suis.

J'ai essayé de ne pas réagir à son hostilité. Hier encore, il était si tendre avec moi. Il m'a demandé de passer la nuit avec lui, et il m'a serrée contre lui comme un ourson en peluche. Aujourd'hui il était agressif... voire impoli.

– Je ne faisais que passer. Je vais me prendre un sandwich et le manger à mon bureau.

– Joins-toi donc à nous, offrit Carrie. Conrad me parlait justement de la tarte aux myrtilles que tu as apportée hier soir. Tu es une pâtissière hors pair, à ses dires.

Ils ne devaient pas se fréquenter si Conrad lui parlait de moi. À moins qu'ils couchent ensemble, mais que Carrie se fiche qu'il ait des aventures. J'aimerais pouvoir poser la question à Conrad, mais je n'osais pas.

– Je me débrouille, dis-je humblement.

– Et elle cuisine bien, ajouta Conrad. Elle a aussi fait un rôti de bœuf hier. Je vais manger les restes ce soir.

– C'était gentil de ta part, Lexie. Je n'ai jamais appris à cuisiner, mais Conrad a besoin de quelqu'un comme ça.

C'était de plus en plus bizarre. Ils parlaient de leur ancienne relation comme s'il n'y avait aucune rancune par rapport à la rupture. Si je perdais Conrad, je ne m'en remettrais jamais aussi facilement qu'elle. Je savais qu'elle s'était retirée du jeu parce que Conrad m'aimait encore, mais je refusais de croire que ses sentiments pour lui s'arrêtaient là. C'était tout simplement impossible.

– Bon, je dois retourner au bureau, dit Conrad en regardant sa montre. À plus tard, Carrie.

– Bye, Conrad.

Elle a bu son eau sans se lever.

Une fois sorti du box, Conrad a ajusté sa cravate.

– Bye, Lexie, dit-il comme si hier soir n'avait pas eu lieu.

– Bye...

Il est sorti sans se retourner, beau comme un camion dans son costume griffé. Sa musculature remplissait le tissu à la perfection, et tout le monde le matait, hommes et femmes confondus.

Carrie m'étudiait.

– Il ne se passe rien entre nous, dit-elle, répondant à ma question silencieuse. On est amis et on traîne ensemble. Je ne suis pas une menace, t'inquiète.

J'ai gardé une expression stoïque.

Carrie a souri.

– Tu ne me crois pas.

Je ne voyais pas l'intérêt de mentir.

– Non. Aucune femme ne renoncerait à Conrad aussi facilement.

– Eh bien, il n'est pas fait pour moi. J'ai dû le laisser partir. Je l'aime, et j'avais un choix à faire. J'ai fait le bon.

L'entendre dire ces mots a fait monter ma température d'un cran.

– Excuse-moi ?

– En amie, Lexie, me rassura-t-elle. L'amour que j'éprouvais pour mon mari était aveuglant, dévorant. Je vois le même genre d'amour entre Conrad et toi. Et je ne me mettrais jamais en travers d'une passion. Conrad est têtu, farouche et sur la défensive en ce moment. Mais je sais qu'il finira par te pardonner et te laisser revenir dans sa vie. Sois patiente, c'est tout. Crois-moi, cet homme est toujours aussi raide dingue de toi qu'il l'était il y a cinq mois.

Ma jalousie et paranoïa me semblaient maintenant déplacées.

– Ah ouais...?

Elle a opiné.

– Il parle tout le temps de toi.

– Qu'est-ce qu'il raconte ?

– Il dit qu'il t'aime, mais qu'il ne pourra jamais te reprendre parce qu'il ne te fait pas confiance.

Mon espoir s'est éteint dans ma poitrine.

– Mais il te reprendra, Lexie. Ne t'en fais pas.

– Comment tu le sais ?

Elle a haussé les épaules.

– Je le sais, c'est tout. Il a connu la vie sans toi. Je sais qu'il ne veut pas revivre l'expérience.

Elle a bu une gorgée d'eau.

Carrie n'est pas si mal, après tout.

– Sois patiente, c'est tout. Ne le presse pas.

– Je vais suivre ton conseil.

– Et continue de lui apporter des plats cuisinés. Il kiffe. Ça lui rappelle votre ancienne relation, quand il rentrait du boulot et qu'il sentait un fumet dans l'appart.

– Merci du tuyau.

– Je t'en prie.

Elle me plaisait de plus en plus, mais je n'aimais pas le fait qu'elle soit jolie.

– Si je n'étais pas réapparue, tu serais encore avec lui ?

Carrie a souri et secoué la tête légèrement.

– Les hommes comme Conrad ne courent pas les rues. Bien sûr que je serais encore avec lui. Et il serait dans mon lit tous les soirs.

Je me suis présentée devant la porte de Conrad, un nouveau plat à la main. Si la nourriture était la clé de son cœur, alors j'allais lui cuisiner quelque chose chaque soir, qu'il me laisse entrer ou pas.

Conrad a ouvert, une serviette enroulée autour de la taille. Des gouttes d'eau perlaient son torse, et ses cheveux étaient encore humides et légèrement ébouriffés. Il m'a fixée en silence.

J'ai essayé de ne pas bigler son corps parfaitement ciselé. Je voulais le sentir sur moi tandis qu'il me pénétrait et que nos corps frottaient l'un contre l'autre. Une bouffée de chaleur m'a traversée et mon entrejambe s'est embrasé. J'ai couché avec d'autres hommes depuis Conrad, mais aucun ne se comparait à l'étalon devant moi. J'ai dû agripper le plat pour éviter qu'il me glisse des doigts et s'écrase par terre.

Il me fixait toujours.

– J'ai fait du riz au poulet... je me disais que tu avais sûrement faim.

Il a lorgné le plat dans mes mains avant de relever les yeux vers moi. Puis il s'est écarté pour me laisser passer, toujours sans mot dire. J'avais l'impression que chaque fois que nous faisions un pas en avant, nous en faisions trois en arrière.

Je me suis rendue à la cuisine, où j'ai posé le plat.

– Comment s'est passée ta journée ?

– Comme d'hab. Merdique.

Il s'est approché de moi, mais a laissé un mètre de distance entre nous.

– Je peux faire quelque chose pour toi ? demandai-je.

– Non.

Sur ce, il est allé à la salle de bain et a fermé la porte derrière lui.

J'ai soupiré, comprenant qu'il était d'humeur particulièrement noire. Puis j'ai remarqué Apollo à côté de moi. Il n'a pas grogné ni montré les crocs, mais il n'avait pas l'air heureux de me voir non plus.

– Salut, Apollo.

Il a grommelé en réponse, sans s'approcher.

– Je sais que tu ne m'aimes pas beaucoup, mais… sache que j'aime beaucoup Conrad et je ne lui ferai plus jamais de mal.

Il m'a toisée sans ciller.

– Je sais que tu es protecteur envers lui, mais tu n'as pas besoin de l'être. Je te le prouverai.

Il a regagné sa place de prédilection au centre du salon, où il s'est étendu. Mais il n'a pas détaché les yeux de moi.

Conrad est sorti de la salle de bain en short et t-shirt. Même lorsqu'il portait des vêtements ordinaires, il était irrésistible. Son corps paraissait puissant et musclé quoi qu'il porte.

– Je vais être honnête, Lexie. Je suis de mauvaise humeur ce soir. Tu devrais y aller.

J'avais perçu son hostilité dès qu'il avait ouvert la porte.

– Pourquoi tu es de mauvaise humeur ?

Il était debout devant moi, les bras aux flancs.

– Parce que.

J'ai droit au dialecte des hommes des cavernes.

– Parle-moi, dis-je doucement pour ne pas le provoquer.

– De quoi ? répliqua-t-il froidement. Quand j'avais vraiment besoin de parler, tu manquais à l'appel.

Le commentaire m'a blessée, mais il avait raison.

– Alors pourquoi je te parlerais maintenant ? continua-t-il la mâchoire serrée. Fous le camp de chez moi, Lexie.

Je n'ai pas bronché à son ton ni son juron. Son agression sortait de nulle part, et j'ignorais où était le problème. Avais-je dit quelque chose ? Fait quelque chose ? Il se fermait comme une huître et je ne comprenais pas pourquoi.

– Arrête de m'apporter à manger et prendre soin de moi, s'énerva-t-il. Tu as renoncé à ce droit il y a longtemps. Sors de ma vie et ne reviens plus.

La veine sur son front palpitait.

Puis ça m'a frappé. J'ai compris exactement pourquoi il était fâché. Pourquoi il était blessé. Il m'a laissée entrer hier soir. Il m'a même demandé de dormir avec lui parce qu'il ne voulait pas être seul. Il s'est montré vulnérable devant moi.

Et maintenant, il le regrette.

Il s'en voulait de s'être ouvert à moi. Il a baissé la garde après s'être promis de ne plus jamais le faire. Il m'a laissée entrer dans son cœur, ne serait-ce qu'un peu, et maintenant il était de nouveau terrifié. Il ne voulait pas détruire le peu de force qu'il lui restait.

– Conrad, je ne vais pas te faire de mal. Je ne vais nulle part. Et je ne profiterai jamais de ta vulnérabilité.

J'ai étudié son regard, voyant la colère diminuer lentement. Puis j'ai regardé le plat sur la table.

– Pour le réchauffer, mets-le au four à 180 pendant quinze minutes.

Je savais que c'était inutile de lui parler en ce moment. J'étais la raison pour laquelle il était aussi méfiant. Je voyais qu'il avait besoin d'être seul.

– À plus tard...

Sans le regarder, je me suis retournée et dirigée vers la porte. Je voulais me mettre à genoux et le supplier de me reprendre, mais je savais que ça ne marcherait pas. Nous allions devoir faire les choses à son rythme. Quand il sera prêt, il viendra vers moi.

Mais le moment n'est pas encore venu.

J'ÉTAIS À LA MAISON DEPUIS UNE HEURE QUAND ON A FRAPPÉ À MA porte. Comme il était tard, j'ai su que ça ne pouvait être que lui. J'ai regardé par le judas pour m'en assurer, et de fait, Conrad se trouvait de l'autre côté.

Mon pouls a monté en flèche, mais j'ai feint le calme. J'ai ouvert la porte et je l'ai regardé, hésitante. Était-il venu ici pour me dire que je n'avais aucune chance de regagner son cœur ? Ou pour une autre raison ?

Il n'a pas cligné des yeux.

– Tu m'as quitté, parce que tu avais peur que je te blesse un jour.

J'ai serré la poignée de porte, estomaquée.

– Tu présumais que je te trahirais comme ton père a trahi ta mère, même si je n'ai jamais rien fait pour te faire croire ça. Au final, c'est toi qui m'as blessé. C'est toi qui m'as trahi.

Je détestais entendre ces paroles, mais je n'avais pas d'autre choix que de les écouter.

Conrad a changé de jambe d'appui, comme si se trouver devant chez moi était extrêmement inconfortable pour lui.

– J'ai parfaitement le droit de me méfier de toi. J'ai parfaitement le droit de te repousser quand j'en ai envie…

– C'est vrai, acquiesçai-je.

J'ai perçu la surprise dans son regard.

– Parfois, le mal s'efface et je ne vois plus que toi. Parfois, je te vois assise en face de moi à table et je me rappelle combien j'étais heureux avant, et pendant un instant, je crois qu'on peut retrouver ce qu'on avait. Puis une alarme se déclenche dans ma tête et je me souviens de ce que tu m'as fait quand j'avais la garde baissée… c'est pourquoi je ne peux plus baisser la garde avec toi.

Ces dégâts allaient prendre toute une vie pour être réparés. J'aurais baissé les bras bien avant si ça avait été n'importe qui d'autre, mais comme je ne pouvais pas vivre sans Conrad, j'allais persévérer.

– Je comprends, Conrad.

Il est resté là sans bouger. Seul le seuil de la porte nous séparait, mais j'avais l'impression d'être à des kilomètres de lui.

– Je t'ai suivie jusqu'ici et je suis assis dans le couloir depuis tout à l'heure.

Je n'avais pas regardé par-dessus mon épaule pour m'en assurer en rentrant, mais je me doutais qu'il était là.

– Je sais.

– Malgré ce que tu m'as fait… je ne peux rien laisser t'arriver. Je ne peux pas.

Je ne comprendrai jamais ce que j'ai fait pour mériter l'amour d'un être aussi merveilleux. Même avec le cœur en bouillie, il restait l'homme le plus incroyable que j'aie connu.

– J'ai beaucoup de chance.

– Carrie et moi on est seulement amis, dit-il de but en blanc. Je vais continuer de la côtoyer, peu importe ce que t'en penses.

Le fait qu'il me dise ce qu'elle représentait pour lui me disait qu'il se souciait de mon opinion d'elle. Il voulait me faire savoir qu'il ne couchait avec personne. Car, étrangement, il savait qu'il m'appartenait toujours.

– Elle est sympa. Je l'aime bien.

Une autre lueur de surprise a traversé son regard.

– Bon, je vais y aller, dit-il en se retournant.

– Tu peux rester, m'empressai-je de dire. Je peux te préparer quelque chose à manger… et mon canapé est assez grand pour deux.

Il s'est tourné vers moi de nouveau, réfléchissant à mon offre en silence.

Il m'était impossible de deviner sa réponse tellement il était impénétrable.

Enfin, il a hoché la tête.

– D'accord.

À MON RÉVEIL LE LENDEMAIN MATIN, CONRAD ÉTAIT ENROULÉ autour de moi comme une couverture vivante. Lorsqu'il dormait, son corps se mouvait à sa guise. Sa main avait trouvé ma nuque, où elle avait passé la nuit. Ses doigts étaient emmêlés dans mes cheveux comme avant. Son autre bras était enroulé autour de ma taille, et il me serrait contre lui comme s'il craignait que je disparaisse. Son sommeil était paisible, serein.

Je ne voulais pas bouger, mais je devais me préparer pour le boulot. J'ai étudié son ravissant visage avant de me glisser hors du canapé le plus doucement possible. Une fois libre, je me suis douchée et changée. Quand je suis revenue dans le salon, je l'ai trouvé au même endroit. J'ai préparé du café, puis pris mon sac à main.

Conrad a poussé un profond soupir avant de s'asseoir, les cheveux en bataille et les yeux ensommeillés. Il était toujours tellement sexy à son réveil. Il me regardait avec désir et affection. Sans dire un mot, il m'embrassait, puis me prenait lentement, ignorant l'alarme sur son téléphone.

Ça me manque.

Il s'est levé en s'étirant.

– Bien dormi ? demandai-je.

– T'as pas idée.

Il est allé se servir une tasse de café, qu'il a bu sans crème ni sucre.

– Moi aussi.

C'était sympa de ne pas être épuisée toute la journée.

On a frappé à la porte, et j'ai dardé les yeux vers l'horloge au mur. Qui passait chez moi à cette heure ? Le propriétaire ?

– T'attends quelqu'un ? demanda Conrad.

– Ça doit être mon proprio.

Il avait sans doute besoin d'inspecter les détecteurs de fumée ou un truc du genre. J'ai ouvert sans regarder par le judas, et j'ai failli hurler en tombant nez à nez avec Nathan.

Pourquoi maintenant ? Pourquoi moi ?

– On se parlera plus tard, dis-je en refermant la porte.

Avant que je puisse la verrouiller, il l'a rouverte.

– Je veux parler maintenant, dit-il en déboulant dans l'appart et me regardant comme si j'étais encore à lui. J'ai beaucoup réfléchi à ce que t'as dit, et je ne l'accepte pas. Tu ne peux pas...

Il s'est arrêté de parler en réalisant que Conrad était dans la pièce.

Putain, c'est le cauchemar.

Conrad a tourné un regard froid et accusateur vers moi.

– Je ne couche pas avec lui, me défendis-je.

Je ne pouvais pas me permettre de vexer Conrad, pas après tous les progrès que j'avais faits.

– Je ne suis pas du même avis, répliqua Nathan. Et tu ne peux pas me larguer sans aucune explication.

Conrad a posé son café, et ses yeux étaient aussi noirs que le liquide dans sa tasse. Il a pris son portefeuille et ses clés, prêt à partir en trombe à la révélation que j'avais un autre homme dans ma vie.

– Conrad, attends, dis-je en abandonnant Nathan et partant à sa poursuite. Je peux t'expliquer.

– Pas la peine, dit-il entre les dents.

– Je couchais avec lui il y a un bail. J'ai mis fin à notre aventure après t'avoir vu au restaurant.

Il s'est retourné dans le couloir, me transperçant de son regard redoutable.

– C'est censé me réconforter ? cracha-t-il d'un ton dégoulinant de sarcasme.

– Il ne voulait rien dire pour moi.

C'était la vérité, et je savais que Conrad l'entendrait dans ma voix.

– T'as couché avec d'autres femmes aussi. Tu ne peux pas m'en tenir rigueur. J'ai arrêté de le fréquenter avant d'essayer de te récupérer. Je te le jure.

Conrad n'a pas faibli.

– Chaque fois que j'étais avec lui, je ne pensais qu'à toi. J'étais seule et triste... ça ne voulait rien dire.

– On dirait pourtant que ce n'est pas fini entre vous.

– Il n'accepte pas la rupture. C'est la vérité absolue.

Je savais que Conrad était fragile comme le cristal. Un rien pouvait le blesser et le repousser, et surtout une situation du genre.

– Fais-moi plaisir, Lexie, et ne m'adresse plus jamais la parole.

Non.

– Je suis sérieux.

Il s'est retourné et éloigné dans le couloir.

Non.

– Je t'aime.

Il n'a pas ralenti le pas.

– Conrad...

Je suis tombée à genoux dans le couloir en regardant sa silhouette disparaitre au loin.

6

CAYSON

Skye fixait la couveuse transparente jour après jour, le visage pâle et creusé. Elle ne clignait presque jamais des yeux, comme si elle avait peur de manquer quelque chose. Sa place était toujours auprès de Cédric, mère vigilante et patiente. « Cédric... rentre à la maison », murmurait-elle. Puis les larmes lui montaient aux yeux et coulaient sur ses joues. Cela arrivait si souvent que je ne les essuyais plus.

– Il va vivre, bébé.

Les médecins n'avaient rien de nouveau à nous annoncer. Les fonctions vitales de Cédric ne s'étaient pas améliorées et il ne pouvait toujours pas respirer seul. Il était en couveuse depuis des semaines, mais il n'était toujours pas viable.

Je savais que je devais retourner au travail, mais je ne pouvais pas quitter mon fils. Jessica avait fait tout ce qu'elle pouvait pendant mon absence, mais je ne pouvais plus différer mon retour. Il fallait prendre des décisions et ma présence devenait nécessaire. Je travaillais la nuit au lieu de dormir, mais je ne pouvais pas continuer à ce rythme plus longtemps.

– Je veux que mon bébé rentre à la maison...

Skye a plaqué la paume sur la couveuse.

– Moi aussi.

Elle a soupiré, puis posé la tête contre la vitre. Elle a regardé notre fils à l'intérieur en pleurant en silence.

L'arrivée de Cédric était censée être une période heureuse, pas une bataille difficile. Je détestais voir ma femme dans cet état. C'est comme si j'avais échoué à la protéger.

Slade est entré dans la pièce en combinaison stérile.

– Je vous dérange ?

Il était habitué à ce que Skye pleure sans arrêt, aussi ses sanglots ne le mettaient pas mal à l'aise.

– Non, chuchotai-je.

Il s'est approché de moi et a regardé Cédric un moment avant de tourner la tête vers moi.

– Skye et toi, vous devez aller dans la salle d'attente.

– Pourquoi ?

– On a une surprise pour vous.

– Une surprise ?

– Ouais.

– Quel genre de surprise ?

Skye et moi nous fichions de tout ce qui ne concernait pas notre fils.

– Allez voir, dit Slade. Tous les deux.

– Je ne pars pas, dit Skye en reniflant, le visage collé à la vitre.

Slade s'est assis à côté de moi et a baissé la voix.

– C'est Thanksgiving aujourd'hui...

J'ai totalement zappé.

– Oh...

– On savait que vous ne sortiriez pas, alors on a apporté Thanksgiving à l'hosto, dit Slade. Allez, venez manger avec nous. On a tout installé dans une salle de réunion. Il y a de la dinde farcie et plein de bonnes choses.

J'avais faim et je savais que Skye aussi. Mais je la connaissais. Il était impossible qu'elle quitte Cédric, et encore moins que nous le quittions nous deux.

– C'est très gentil, Slade, dit-elle. Mais je suis bien ici.

Slade a soupiré comme s'il s'attendait à cette réponse.

– Bébé ? dis-je.

– Hum ? répondit-elle sans me regarder.

– Va avec Slade au repas de Thanksgiving. Je vais rester ici.

– Non.

Slade a baissé la tête en signe de défaite.

– Vous devriez y aller tous les deux. Je vais rester avec Cédric. J'apporterais ma guitare s'ils me l'autorisaient. Je sais que Ward Jr aime la musique.

– Non, répondit encore Skye.

Slade s'est tourné vers moi et a baissé la voix.

– Elle a besoin d'une pause. Fais en sorte qu'elle mange avec toute la famille.

Plus facile à dire qu'à faire.

– Skye, il faut que tu manges de toute façon.

– Je ne quitte pas mon fils, déclara-t-elle fermement.

– Il dort. Et il dormira quand tu reviendras.

– Je ne veux pas qu'il soit seul.

– Je vais rester, dit Slade. Je vais m'asseoir à ta place et ne pas le quitter des yeux. S'il bouge, je t'appelle tout de suite. Allez, je suis son parrain. Je veillerai sur lui. Parole de scout.

Skye a secoué la tête.

Je me suis approché de son côté de la couveuse et je lui ai frotté le dos.

– Viens, bébé. On va manger. Je sais que tu adores la purée de pommes de terre de ta mère.

– Comment apprécier Thanksgiving alors que mon fils se bat pour vivre ? dit-elle sans quitter Cédric des yeux.

– On doit être là pour notre famille, lui rappelai-je. Ils sont aussi malheureux que nous en ce moment, et ils veulent nous voir ensemble. Slade va surveiller Cédric. On peut lui faire confiance pour ça.

– Je ne cillerai même pas, déclara Slade. Enfin… je vais sûrement cligner des yeux deux ou trois fois, mais je vais essayer de ne pas le faire.

– Trente minutes, insistai-je. Tu peux faire ça.

Elle a posé la tête sur mon épaule.

– Je veux juste mon bébé…

Je lui ai frotté le dos.

– Je sais. Cédric devient plus fort chaque jour. S'il est encore là, ça veut dire qu'il franchira la ligne d'arrivée. Il a du sang Preston, n'oublie pas.

– Il devrait fêter Thanksgiving avec nous.

– Il le fera... l'année prochaine.

Elle semblait encore tiraillée.

– Trente minutes, dis-je. Tu n'as pas mangé et tu es restée non-stop sur cette chaise. Tu as besoin d'une pause. Ça ne fait pas de toi une mauvaise mère. Alors ? demandai-je en l'embrassant sur la tempe.

Elle a soupiré et fini par quitter Cédric des yeux.

– Trente minutes, c'est tout.

Je n'en revenais pas d'avoir réussi à la convaincre.

– Promis. Ils vont être tellement contents de nous voir.

– Ouais...

Slade, les mains posées sur les cuisses, observait Cédric.

– Gardez-moi de la tarte au potiron.

– On essaiera.

J'ai entraîné Skye dehors, en essayant de ne pas la brusquer tandis qu'elle avançait à une allure d'escargot.

– Et assurez-vous que Trinity mange, dit Slade. Vous savez comme elle est chiante avec la bouffe.

Avant d'atteindre la porte, Skye s'est retournée.

– Tu nous appelles s'il se passe quoi que ce soit.

Slade a brandi son téléphone.

– J'ai mis ton numéro dans mes favoris. Maintenant, va t'amuser.

Skye a franchi la porte à contrecœur.

Quand elle n'était plus à portée de voix, je me suis tourné vers Slade.

– Merci de le surveiller.

Il a opiné.

– C'est mon filleul. Je ne voudrais pas être ailleurs.

La salle de réunion, pièce terne et vieillotte, avait revêtu des allures de fête. Des feuilles rouges et dorées étaient dispersées sur la longue table, ornée d'une nappe aux couleurs de l'automne. Des oriflammes rouges, brunes et dorées pendaient du plafond, et la table croulait sous les plats. Il y avait plus de nourriture que nous ne pouvions en manger.

Tout le monde nous souriait, mais leur regard était triste et plein de douleur. Il était difficile de faire la fête alors qu'un être très important n'était pas là pour partager ce moment avec nous.

Je ne pensais qu'à mon fils au bout du couloir. Il devrait être avec nous en ce moment, à célébrer son premier Thanksgiving. Le sourire de Skye était forcé. Elle pensait la même chose que moi.

Sean s'est levé et s'est éclairci la voix.

– Je sais que ce n'est pas le moment idéal pour rendre grâce, mais… nous ne pourrions pas être plus près de Cédric. Oui, il est dans une autre pièce, mais au moins, nous sommes ensemble dans le même bâtiment. Il n'est pas seul. Nous sommes tous ici réunis avec lui.

Skye a acquiescé de la tête, les yeux mouillés de larmes.

J'ai passé un bras autour de ses épaules.

– Tu vois, il passe son premier Thanksgiving en famille.

Elle a opiné de nouveau, puis a enfoui son visage dans ma poitrine pour sangloter sans être vue.

Je lui ai frotté le dos en la serrant contre moi, regardant tout le monde à tour de rôle. C'était l'un des moments les plus éprouvants de notre vie, mais nous l'affrontions ensemble et nous nous en sortirions — comme toujours.

– Bébé, assieds-toi et mange de la dinde. Tu peux prendre la cuisse.

Elle a cessé de pleurer, mais elle reniflait encore.

– Ouais, dit Roland. Tu sais, comme ils font à Disneyland.

J'ai souri alors qu'ils essayaient de lui remonter le moral.

– Et tu vas tout manger comme d'habitude, dit Conrad. C'est une tradition qu'on ne peut pas rompre.

Skye a finalement écarté son visage de ma poitrine, les joues rouges et marbrées. J'ai essuyé ses larmes du coussinet du pouce.

– Vous l'avez gardée pour moi.

– Bien sûr, ma chérie, dit Scarlet.

J'ai tiré sa chaise.

– Assieds-toi et mangeons.

Une fois qu'elle était assise, j'ai poussé la chaise, puis je me suis installé à côté d'elle, en bout de table.

Sean a découpé la dinde et posé la cuisse dans son assiette.

– Pour toi, ma puce.

Elle l'a fixée comme si elle allait fondre en larmes.

– Merci infiniment pour votre soutien. Cayon et moi... on essaie juste de tenir le coup. Je sais qu'on vous donne beaucoup de travail et que vous me voyez toujours en train de pleurer, mais...

ça compte énormément que vous nous souteniez dans cette période difficile.

– Tu n'as pas besoin de nous remercier, dit doucement Sean. On est tous là pour Cédric, le petit dernier de la famille. Et on restera près de vous jusqu'à ce qu'on puisse enfin le ramener à la maison.

J'ai frotté de nouveau le dos de Skye.

– Skye et moi sommes très reconnaissants de ce que vous faites tous pour nous. Eh bien, mangeons maintenant, dis-je en lui embrassant la tempe et poussant l'assiette vers elle.

Pour la première fois depuis des semaines, Skye a retrouvé le sourire. Elle parlait avec ses proches et passait un bon moment. Je ne voulais pas que ça s'arrête, alors je suis retourné auprès de Cédric pour qu'elle ait l'esprit tranquille. La connaissant, elle se sentirait coupable si l'un de nous deux ne le rejoignait pas une fois le repas terminé.

Je suis entré dans la chambre stérile en combinaison.

– Tu m'as gardé un truc ? demanda Slade.

– Il y a plein de restes.

– Bien. Je suis étonné que Scarlet et Skye n'aient pas tout mangé.

– C'est un miracle de Thanksgiving. Comment va-t-il ? demandai-je en regardant mon fils de l'autre côté de la vitre.

– Il n'a pas bougé ni fait un bruit.

– Sans doute parce que ta présence le rassure.

– Tu crois ?

– T'es son parrain, après tout.

Slade a opiné.

– Je suis plutôt cool comme parrain.

– Très cool.

Je me suis penché en arrière sur la chaise et j'ai observé mon fils avec les yeux d'un père. C'est incroyable la rapidité avec laquelle j'ai endossé ce rôle alors que je n'avais aucune expérience préalable. À la seconde où il est venu au monde, j'ai su exactement comment me comporter. Je ne savais pas l'expliquer.

– Je dois reprendre mon travail. J'ai pas envie, mais j'ai pas le choix. J'ai épuisé tout mon crédit de jours de congé et de maladie.

– Tu as de la chance d'avoir eu autant de disponibilité.

– Je traite les emails et la paperasse tous les soirs… mais on arrive à un stade où je dois être physiquement présent.

– Skye sera ici.

– Ouais… mais je ne veux pas qu'elle soit seule.

– Je peux rester, proposa Slade. Je demanderai à Razor de tenir la boutique.

J'ai souri parce que c'était un geste généreux.

– Je voulais dire que je ne veux pas qu'elle soit sans moi. Je sais que je suis le seul à pouvoir la rassurer.

– Je comprends. Mais Sean sera là. C'est ce qui se fait de mieux après toi pour la rassurer.

– Sans doute.

– Cédric va aller mieux, dit Slade. Il a juste besoin de plus de temps.

– J'espère que tu as raison, Slade.

– J'ai raison. Ne t'inquiète pas pour ça.

Le médecin est entré dans la chambre avec un dossier médical.

– M. Thompson ?

J'ai levé la tête.

– Bonjour. Joyeux Thanksgiving.

Il a souri.

– Joyeux Thanksgiving.

– Désolé que vous travailliez un jour férié.

– Ça ne me dérange pas, dit-il. On a fait un gros brunch en famille ce matin. Puis ma femme emmène les enfants chez ses parents, alors ça m'arrange parce que je n'ai pas à les supporter !

Il a ri de sa propre blague.

J'ai ri avec lui.

– Vous n'êtes pas fan de vos beaux-parents ?

– Qui l'est ? dit-il en regardant Cédric à travers la vitre. Ce petit bonhomme est un guerrier.

– Je sais, dis-je fièrement. Il y a du nouveau ?

– Oui. Cédric montre des signes d'amélioration. On va le débrancher du respirateur dans quelques jours pour voir s'il arrive à faire fonctionner ses poumons tout seul.

– C'est super, m'extasiai-je. Alors il va s'en sortir ?

– Je pense que oui, déclara le médecin. Mais il n'est pas encore tout à fait tiré d'affaire.

– Merci pour les nouvelles.

– Je suis surpris que votre épouse ne soit pas là.

Il a jeté un coup d'œil à Slade, puis a reposé les yeux sur moi.

– Elle dîne avec sa famille, dis-je.

– Tant mieux. Je suis content qu'elle fasse une pause. Elle le mérite.

– Je pense comme vous.

Il a opiné avant de partir.

Slade s'est tourné vers moi.

– Si son état s'améliore, c'est bon signe.

– Ouais, très bon signe.

C'est la première fois que j'entendais un pronostic positif.

– Skye va être aux anges.

J'ai hoché la tête.

– Tu m'étonnes.

– Il a dit qu'il montre des signes d'amélioration ? demanda Skye, les mains jointes sur sa poitrine.

– Oui. Il pense qu'il va s'en sortir. Ils vont le débrancher du respirateur dans quelques jours.

– Oh, c'est merveilleux. Notre bébé pourra bientôt rentrer à la maison.

Elle s'est assise sur mes genoux et m'a serré dans ses bras.

Je lui ai caressé les cheveux.

– En principe, oui.

Slade a observé notre étreinte affectueuse, puis il est sorti en silence de la chambre. Quand j'ai entendu la porte se refermer, j'ai su qu'il était parti.

– Bébé, je dois te dire quelque chose.

Elle s'est penchée en arrière et m'a regardé en face.

– C'est quoi ?

L'inquiétude a chassé instantanément sa joie.

– Je dois reprendre le travail. J'ai épuisé tous mes congés. Je suis désolé...

Elle a promené les mains sur mon torse.

– C'est pas grave, Cayson. Je comprends tout à fait.

– J'aimerais pouvoir rester ici avec vous deux.

– Je le sais. J'ai tendance à oublier parfois que d'autres personnes comptent sur toi.

– Mais tu sais que tu passes en premier.

– Ça ira. Mes parents seront là tout le temps, et tu pourras venir après ton travail.

J'étais heureux qu'elle prenne si bien. S'il existait un moyen d'avoir plus de congés, je l'utiliserais, mais j'avais épuisé tout mon stock.

– Je viendrai chaque fois que je le pourrai.

Elle s'est appuyée contre ma poitrine et a fixé la vitre qui nous séparait de notre fils.

– Je n'arrête pas de l'imaginer en train de marcher à quatre pattes dans le salon et à salir sa chaise haute en mangeant. Ou bien couché entre nous la nuit. Je veux que ce rêve se réalise...

Je l'ai embrassée sur la tempe.

– Il se réalisera, bébé.

Je venais de m'asseoir à mon bureau pour la première fois depuis des semaines quand quelqu'un est entré dans la pièce en courant.

– Il va bien ?

J'ai levé les yeux et vu Laura, en jupe crayon et chemisier.

– Pardon ?

Elle s'est approchée du bureau.

– J'ai appris la terrible nouvelle. Comment va-t-il ? Si tu as repris le travail, c'est qu'il va mieux, n'est-ce pas ?

Je me suis levé et j'ai fait le tour du bureau.

– Il est toujours dans un état critique, mais je devais reprendre le travail. J'ai pris du retard sur beaucoup de choses, je n'avais pas le choix. Et je pense qu'il va mieux...

Je me suis arrêté au milieu de ma phrase quand j'ai réalisé à qui je parlais. Avec le drame qui est arrivé à mon fils, j'avais oublié tout le reste.

– Sors de mon bureau, Laura.

Elle a tressailli à ma soudaine agressivité.

– Qu'est-ce que j'ai dit ?

– Ne me demande pas de nouvelles de ma femme et mon enfant. Fous-moi la paix.

– J'ai demandé seulement des nouvelles de ton fils... Mon inquiétude est sincère.

J'étais tombé dans le panneau trop souvent. Je n'entrerai plus dans son jeu.

– Tu te fous de tout le monde, sauf de toi-même. Tu espères probablement que mon fils va mourir pour que Skye et moi nous séparions, incapables de surmonter notre chagrin. Eh bien, ça n'arrivera pas. Alors, dégage de ma vue.

Elle a reculé comme si je l'avais giflée.

– On ne sera jamais amis. Alors, arrête d'essayer.

– Je...

– J'ai clairement indiqué que le seul moment où j'accepte de te parler, c'est quand on est en réunion — pour parler de travail. En dehors des réunions, je t'interdis de m'adresser la parole. Maintenant, dégage. Je suis sérieux. Je ne suis pas d'humeur à le répéter.

Elle a fini par comprendre et elle est sortie de mon bureau.

Mais j'étais toujours énervé longtemps après son départ.

7

SILKE

– Je crois bien que je vais le prendre.

J'explorais l'appartement et je ne voyais rien qui me déplaisait. C'était moins grand que la maison d'Arsen, mais comme j'allais être seule, je n'avais pas besoin de beaucoup d'espace.

– Ça me plaît, dit papa. C'est près du boulot, tu gagneras beaucoup de temps. Pas besoin de prendre le métro ni le taxi.

Mon père détestait les transports en commun, mais il ne m'a jamais expliqué pourquoi.

– Ouais, et le parquet est neuf.

– Alors, soumets une offre. Cet appart ne restera pas longtemps sur le marché.

J'étais surprise qu'il n'essaie pas de me dissuader. Je pensais qu'il voulait que je me remette avec Arsen. J'étais sa fille, mais Arsen était son fils.

– Tu crois que je devrais ?

– À moins qu'il ne te plaise pas.

J'ai croisé les bras.

– Tu ne vas pas me dire que je devrais prendre le temps d'y réfléchir ? Ou me dire de parler à Arsen ?

Papa n'a pas réagi.

– Pourquoi je te dirais de faire ça ?

– Je sais ce que tu ressens pour lui, répondis-je en guettant sa réaction.

– Quoi donc ?

– C'est ton pote, ton homme de confiance, le second fils que tu n'as pas eu...

– Oui, c'est vrai, dit-il simplement.

– Alors je sais que tu prends son parti, comme la dernière fois.

Il a arqué le sourcil.

– Quand est-ce que je t'ai donné cette impression ?

– Tu m'as toujours donné cette impression.

Il a secoué la tête.

– Je crois qu'Arsen a vraiment merdé. Je lui ai dit d'arrêter ses conneries et de s'acheter une conduite, mais il ne l'a pas fait. Il m'a supplié de te parler de sa part, de te convaincre de changer d'avis. Mais je lui ai dit non. Je suis de ton côté, mon cœur. Si cet homme ne te rend pas heureuse, alors tu dois trouver quelqu'un de mieux.

Je ne m'attendais pas à ça.

– Et je suis toujours de ton côté, Silke. Du moins, quand tu as raison.

– Ah ouais ?

Il s'est approché, les mains dans les poches.

– Je pense qu'Arsen a traversé une sale passe et qu'il s'est perdu. Il a toujours été sensible et émotif. Avec le passé qu'il a eu, je ne peux pas lui en vouloir. Mais ça n'excuse pas son comportement. Ce n'est pas parce qu'il traverse des difficultés qu'il a le droit de te maltraiter, te manquer de respect ou te rabaisser. Il a dû l'apprendre à la dure, et je crois honnêtement que ça a fait de lui un homme meilleur.

J'étais heureuse que papa ne cherche pas à l'excuser comme d'habitude.

– J'ai beaucoup fait pour lui et je suis déçu qu'il me remercie en faisant souffrir ma fille. Ce n'était pas intentionnel, mais ça n'a pas d'importance. Je serai toujours là pour lui, le père dont il a besoin, mais je ne vais pas masquer ma déception pour autant. Arsen connaît mon opinion sur la situation.

– Alors, tu ne crois pas que je devrais retourner vers lui ?

– Je n'ai pas dit ça.

– Donc je devrais faire quoi à ton avis ?

Il a détourné la tête.

– Ce que tu veux, Silke. Ne laisse pas ton paternel influencer tes décisions.

– Mais tu influences toujours mes décisions.

Il le faisait depuis que j'étais toute petite.

– C'est différent, dit-il. C'est ton cœur et ton couple. Toi seule sais quelle est la meilleure chose à faire.

J'ai regardé par la fenêtre et contemplé les gratte-ciels qui s'étendaient jusqu'à la baie au loin.

– Alors, si Arsen et moi on se sépare pour de bon, tu l'accepteras ?

– Je l'ai déjà accepté.

Je ne m'attendais jamais à ce que mon père renonce à ma relation avec Arsen aussi facilement.

– Je passerai toujours du temps avec lui, et Abby reste ma petite-fille. Rien de tout ça ne changera. Et quand tu sortiras avec un autre homme, je le traiterai avec le même respect que je traite Arsen. Ne t'inquiète pas pour ça.

Mes parents n'avaient pas été très chaleureux avec Pike, et au moins papa le reconnaissait.

– Fais ce qui te rend heureuse. C'est tout ce que ta mère et moi voulons.

Je n'aurais jamais cru que mes parents accepteraient ma rupture avec Arsen, mais j'avais tort. Ils étaient vraiment favorables à l'idée, et ils étaient de mon côté. C'était étrangement libérateur... mais aussi un peu déprimant.

– Tiens-moi au courant si tu obtiens l'appart, dit papa. Si ça ne marche pas, tu peux vivre avec nous autant que tu le voudras. Honnêtement, j'aime bien quand tu es à la maison. Ça me rappelle le bon vieux temps.

J'ai forcé un sourire.

– Ouais.

Je savais qu'Arsen était derrière moi sans même regarder. Je venais de sortir du boulot et j'arrivais sur le trottoir. J'ignore comment, mais je sentais ses yeux me brûler le dos alors qu'il se rapprochait de moi. Nous avions beau être sur différentes longueurs d'onde, nos cœurs se sentaient l'un l'autre.

– S'il te plaît, parle-moi, dit-il en surgissant de nulle part.

J'ai accéléré le pas.

– On a déjà parlé. On a tellement parlé qu'il n'y a plus rien à dire.

– Il y a toujours quelque chose à dire lorsqu'il s'agit de nous.

Je savais qu'il n'abandonnerait pas de sitôt. Il ne céderait sans doute jamais.

– Arsen, tu perds ton temps.

– Non, c'est toi qui nous fais perdre du temps à tous les deux, répliqua-t-il en m'empoignant par le bras et m'attirant vers lui. Bébé, regarde-moi.

Ses yeux contenaient une émotion colossale. La sincérité de ses excuses et le désespoir d'obtenir mon pardon étaient manifestes.

– Je suis désolé.

– Tu l'as déjà dit.

– Eh ben, je le redis. J'ai fait une erreur.

– Tu en as fait plusieurs, renchéris-je.

Il s'est rapproché.

– Quand t'es en ma présence, tu réagis comme tu l'as toujours fait. Ton souffle s'accélère et ton pouls aussi. Tes pupilles se dilatent et tes joues rosissent. Tu crois que ces sensations s'en iront un jour ? Tu crois que quand tu sortiras avec un autre mec, tu ne penseras pas à moi chaque fois que t'es avec lui ? Tu te crois vraiment capable de me voir avec une autre ? Non, Silke. Ni toi ni moi ne pourrions le supporter, parce qu'on est faits l'un pour l'autre. C'est écrit dans les putains d'astres. C'est indéniable comme la Terre est ronde. Si tu nous tournes le dos maintenant, tu prends la voie la plus difficile. J'ai merdé et je n'aurais jamais dû te traiter comme je l'ai fait, mais j'ai reconnu mes erreurs et juré de ne plus les répéter. C'est ce que tu voulais et je te l'ai donné. Alors arrête de me punir. J'ai eu ma leçon. Un million de fois, haleta-t-il en me toisant, l'adrénaline lui traversant les veines. Je t'aime.

Je détestais le fait qu'il ait raison. Lorsque je pensais à l'avenir, je ne pouvais pas m'imaginer avec un mari qui ne soit pas Arsen, et des enfants qui ne soient pas les nôtres. Je ne pouvais pas m'imaginer sortir avec d'autres types. Ni même coucher avec quelqu'un d'autre que lui. Malgré ce qu'il m'a fait, mon corps réagissait encore à lui. Lorsqu'il s'approchait de moi, ma respiration s'intensifiait et j'avais soudain les mains moites. Et avec ses belles paroles, je retombais amoureuse de lui.

Ses mains m'ont enserré la taille et il m'a ancrée à lui, m'agrippant si fort que je ne pouvais pas m'échapper.

– Dis-moi que tu m'aimes.

J'ai fixé sa poitrine, souhaitant pouvoir m'enfuir.

– Dis-moi ce que j'ai besoin d'entendre, insista-t-il en me serrant.

Mes yeux ont trouvé les siens, et j'ai protesté en gardant le silence.

– Très bien. Montre-le-moi, alors.

Sa main a trouvé ma nuque et il a planté les doigts dans mes cheveux. Puis il a écrasé la bouche contre la mienne agressivement et m'a embrassée comme si c'était la dernière fois qu'il le ferait. Il m'a sucé la lèvre inférieure et m'a donné un bout de langue.

J'ai réagi comme je l'ai fait des centaines de fois. Je me haïssais de succomber à son contact. Je ne serais jamais capable de m'éloigner de lui. Je lui mangeais dans la main, le contrôle qu'il exerçait sur moi était trop fort.

– Ma Belle, souffla-t-il.

Son baiser s'est enhardi, sa passion et sa chaleur remontant à la surface.

– Ma Bête.

– Dis-moi que tu m'aimes.

Ses mots m'ont ramenée à la réalité, le fait que nous avions cet échange sur le trottoir.

– Pourquoi a-t-il fallu que tu me perdes pour changer ?

– Je me suis perdu un moment… ça n'arrivera plus.

– Mais pourquoi je dois souffrir ? murmurai-je. Pourquoi je dois être victime de mon amour pour toi ?

– Tu n'en seras plus jamais victime.

– C'est une promesse ? dis-je froidement. Parce qu'on sait tous les deux que tu ne sais pas les tenir.

Son visage s'est déconfit.

– Fous-moi la paix, Arsen. Je t'aime peut-être, mais pas à ce point-là. Je n'aime pas l'homme qui me blesse et qui me rejette lorsqu'il va mal. Mon père ne fait jamais ça à ma mère. Quand les choses se corsent, il court vers elle. Pas le contraire. C'est le genre de relation que je veux. Et tu es trop bousillé pour me la donner.

Il a fermé les yeux comme si mes mots lui poignardaient le cœur.

J'en ai profité pour me libérer.

– L'amour ne suffit pas. Pas cette fois, Arsen.

8

CONRAD

Je ne savais plus où donner de la tête. J'étais vidé. Mon neveu était toujours à l'hôpital, et chaque journée me semblait interminable. J'attendais de recevoir l'appel qui m'annoncerait que Cédric était enfin prêt à rentrer chez lui.

Mais il ne venait pas.

Et j'avais fait une terrible erreur avec Lexie. Mon armure s'est attendrie, et sa lame m'a transpercé. J'ai baissé la garde, un tant soit peu, mais assez pour qu'elle me blesse de nouveau. Je ne voulais pas que ça arrive, mais cette femme était comme un poison pour moi. Je ne pouvais pas vivre avec elle, mais je ne pouvais pas vivre sans elle.

C'est profondément injuste.

Voir ce mec débarquer dans l'appartement de Lexie comme s'il était chez lui m'a vraiment remonté. S'ils avaient bel et bien rompu, c'était arrivé tout récemment. Lexie n'était pas ma propriété et elle était libre de faire ce qu'elle voulait, mais j'étais blessé de savoir qu'elle couchait avec un type alors qu'elle était amoureuse de moi.

Vraiment blessé.

Et le fait qu'il ait une belle gueule et qu'il soit manifestement amoureux d'elle n'aidait en rien la situation. Pendant notre courte interaction, j'ai vu les flammes de la jalousie dans son regard lorsqu'il a réalisé que j'avais passé la nuit chez elle. Il se sentait tout aussi trahi que moi.

J'ai été stupide de présumer qu'il n'y a pas eu d'autres hommes après moi. J'ai bien couché avec la moitié des poulettes de Manhattan. Mais recevoir la monnaie de ma pièce était pénible.

Comment a-t-elle pu me faire autant de mal ?

Comment ai-je pu baisser la garde ?

Carrie et moi promenions nos chiens côte à côte.

– Tu sembles de pire humeur que d'habitude, remarqua-t-elle.

Apollo était devant moi, mais il n'avait pas besoin de laisse. Il ne s'éloignait jamais de plus de trois mètres de moi.

– Lexie… me contentai-je de dire.

– Qu'est-ce que Lexie a fait ?

– J'ai passé la nuit chez elle l'autre soir, et le lendemain matin, son amant est passé chez elle…

Carrie s'est tournée vers moi, soudain inquiète.

– Son amant ?

– Un type avec qui elle couche. On aurait dit qu'elle avait mis un terme à leur affaire, mais qu'il n'était pas d'accord. Ça crève les yeux qu'il est amoureux d'elle.

Je ne pouvais pas le lui reprocher. Il était facile de tomber amoureux de Lexie. Peut-être ensorcelait-elle les hommes.

– Elle y a mis un terme quand ?

– Quand elle m'a vu au restaurant, apparemment. Mais je n'y crois pas. Ça fait plus d'un mois. Qu'est-ce qu'il fabriquait chez elle après tout ce temps ?

– Parfois, les gens ont du mal à lâcher prise.

– Peu importe. J'ai été idiot de la revoir, et je ne referai plus l'erreur. Si elle frappe encore à ma porte, je lui claque au nez.

– T'es pas un peu dur ?

– Non, dis-je les yeux rivés au sol.

– Tu t'attendais vraiment à ce qu'elle ne couche avec personne ?

J'ai serré la mâchoire pour seule réponse.

– C'est irréaliste… et sexiste, franchement.

– Pas du tout. Comment ose-t-elle me dire qu'elle m'aime alors qu'elle couche avec un autre mec ?

– Tu couchais avec moi quand elle est revenue dans ta vie.

– Ce n'est pas la même chose et tu le sais.

Je détestais lorsque Carrie n'était pas d'accord avec moi. En fait, je détestais qu'on soit en désaccord avec moi tout court.

– En quoi c'est différent ?

– Parce que je n'essayais pas de la récupérer. Si tu ne m'avais pas quitté, c'est avec toi que je passerais mes nuits.

Carrie n'a pas gobé.

– Si je ne t'avais pas quitté, tu m'aurais quittée. On le sait tous les deux.

– Pas vrai.

– Si. Dès que tu aurais cédé à l'insistance de Lexie, tu aurais mis fin à notre relation. Tu es loyal et honnête, Conrad. Si tu avais eu peur de ne pas m'être fidèle, tu me l'aurais dit tout de suite. C'est l'homme que je connais. C'est l'homme qui est devenu mon meilleur ami.

Je détestais le fait qu'elle ait raison aussi souvent. Nous ne nous connaissions pas depuis longtemps, mais elle me comprenait tellement bien. Au lieu de confirmer ses propos, je n'ai rien dit.

– Sois plus indulgent avec elle.

– Non.

– Même si elle couchait avec ce type, de toute évidence ce n'était pas sérieux si elle a rompu.

– Quand même, ça ne me plaît pas.

– Eh ben, peu importe que ça te plaise ou pas. Lexie n'a rien fait de mal.

Elle a laissé un autre homme la toucher. C'est mal.

Elle serait toujours à moi, et moi seul. Je détestais que les hommes ne fassent que la regarder. Le fait qu'il l'ait embrassée, qu'il l'ait touchée et... qu'il l'ait pénétrée me rendait malade.

– Tu crois qu'elle a ressenti quoi en apprenant que t'étais avec moi ?

– Rien à foutre.

– Je suis sûre qu'elle s'est sentie super mal, Conrad. Je suis sûre que ça lui a brisé le cœur.

– Encore une fois, rien à foutre. Si elle me voulait pour elle seule, elle n'avait qu'à pas me larguer.

Carrie a secoué la tête.

– Sans m'en rendre compte, j'ai baissé la garde avec elle. Je me sens trop idiot. J'ai refait l'erreur que je m'étais juré de ne plus jamais répéter.

– Ce n'était pas une erreur.

– Si, ça l'était. Je me suis approché trop près du feu, et je me suis brûlé encore une fois.

– Tu ne t'es pas brûlé, répliqua-t-elle. La chaleur t'a rappelé que tu es vivant. Tu n'es pas complètement perdu, Conrad. Ton cœur bat toujours pour cette femme. Il n'est pas mort comme tu le pensais. C'est t'en rendre compte qui te secoue. C'est ça qui te fait peur.

J'ai évité son regard. Je n'aimais pas lorsqu'elle avait raison, et encore moins lorsque j'avais tort.

– Tu dois baisser tes défenses et lui donner une autre chance — une vraie.

– Je ne lui fais pas confiance. Tout le monde fait comme si notre rupture était de l'histoire ancienne. Ils ne comprennent pas à quel point j'ai souffert. Je suis allé jusqu'en Italie pour m'isoler, merde. J'ai eu une aventure avec une femme mariée et je me suis fait tabasser en public. J'ai perdu le contrôle, et tout le monde semble s'en foutre.

– Personne ne s'en fout, Conrad. Mais on sait aussi que lui donner une autre chance recollerait les morceaux de ton cœur.

– Ou ça le déchirerait encore plus.

– Elle regrette ce qu'elle a fait. Elle ne refera plus l'erreur.

– J'en sais rien... Elle a ses problèmes. Quand on a commencé à se fréquenter, elle disait qu'elle voulait juste un plan cul, une aventure sans attachement. Puis elle m'a quitté parce que ça devenait trop sérieux. Elle est bousillée, Carrie. Et elle le sera toujours.

– Et pas toi ? demanda-t-elle.

Le sentier était éclairé par les lampadaires, luisant d'une mince couche de gel qui le rendait glissant.

– Moi ? Je suis irrémédiablement foutu.

Comme je m'y attendais, Lexie a frappé à ma porte.

– Dégage, crachai-je en ouvrant.

Je ne voulais pas voir sa gueule. Ses lèvres pulpeuses et ses cheveux soyeux ne faisaient que m'enrager davantage.

– Je l'ai largué le soir même où on s'est croisés au restaurant. C'est la vérité absolue.

Je lui ai claqué la porte au nez. Mais avant que je puisse la verrouiller, elle l'a ouverte et elle est entrée dans l'appartement.

– Il ne voulait rien dire, Conrad. C'était juste un moyen d'éviter ma solitude. T'as fait la même chose et tu le sais.

– Parce que j'étais déprimé après que tu m'aies jeté. En fait, j'ai carrément pété les plombs. J'ai sauté tout ce qui bouge tellement j'étais désespéré de retrouver une vie normale. Je voulais juste avoir une nana avec qui passer la nuit pour arriver à dormir. Chaque nuit en fermant les yeux, j'imaginais que c'était toi.

La culpabilité a empli son visage.

– Je ne peux pas faire ça, Lexie. Je ne sais même pas ce qu'on faisait jusqu'ici, mais je ne veux pas le refaire. T'as encore tellement de pouvoir sur moi, la faculté de me faire du mal en un claquement de doigts, et il n'est pas question que je subisse ce supplice encore une fois.

– Tu as le pouvoir de me faire du mal aussi, Conrad. Tu crois que c'était facile pour moi de te voir avec Carrie ?

– Beaucoup plus facile que ça l'a été pour moi, répliquai-je. C'est toi qui m'as plaqué, après tout.

Elle a changé de sujet.

– Je ne te ferai pas de mal, Conrad. Promis.

– Et je dois te croire sur parole ? demandai-je incrédule.

– Oui, affirma-t-elle. Je ne ferais pas autant d'efforts si j'avais l'intention de te quitter à nouveau. Je sais que j'ai merdé et je ne chercherai pas d'excuses pour mon comportement. Mais maintenant que j'ai connu la vie sans toi, je sais que je ne veux plus jamais vivre ça. Je veux une belle maison à la campagne. Je veux deux mômes qui jouent dans la cour. Je veux regarder par la fenêtre et te voir rentrer du boulot tous les soirs. C'est ce que je veux... plus que tout au monde.

J'avais le même rêve, bien que je ne veuille pas l'admettre. Chaque fois que je me projetais dans l'avenir, c'était Lexie que je voyais, jamais une autre femme. Je ne m'imaginais jamais célibataire non plus. Il n'y avait qu'elle.

– Parce que je suis un des hommes les plus riches du pays ? Parce que je peux t'acheter tout ce que tu veux et te donner la vie dont rêvent toutes les nanas ?

La tristesse a assombri son visage.

– Ne m'insulte pas.

– Après la façon dont tu m'as quitté, je ne sais plus qui tu es.

– Tu dis seulement ça pour que je m'en aille. Conrad, tu sais que je me fiche de ton argent. Je ne veux que toi, même si tu vivais dans une grotte dans la forêt.

– Et que tout mon pognon était sur un compte en banque en Suisse.

Les flammes ont dansé dans ses yeux.

– Arrête tes conneries. Tu essaies seulement de provoquer une dispute pour que je déguerpisse.

– Ben, va-t'en qu'on s'épargne la dispute.

Je devais me débarrasser d'elle et vite. Lexie était la cause de ma perte, de ma destruction. Je ne pouvais pas la laisser s'approcher trop près. Je brûlerais vif.

– Je ne partirai pas, Conrad. Quand vas-tu le comprendre ?

– Sans doute jamais, m'énervai-je.

Elle s'est rapprochée, les yeux toujours en feu.

– Je ne renoncerai pas. Tu peux me dire de foutre le camp. Tu peux même me mettre à la porte de chez toi, je reviendrai. Tu m'aimes encore. Tu peux le nier, mais je le vois quand tu me regardes. Je l'ai vu quand tu m'as suivie chez moi l'autre jour. Je l'ai vu quand Nathan a débarqué chez moi. Ça saute aux yeux. Si tu crois bien le cacher, détrompe-toi.

J'ai soutenu son regard, me sentant soudain fragilisé. Moi qui pensais que je cachais mes émotions, alors que je les affichais ouvertement depuis le début. Je voulais mentir et tout nier en bloc, mais je savais que c'était inutile.

– Allons-y aussi lentement que tu voudras. Entièrement à ton rythme. Mais faisons quelque chose. Appelle ça comme tu veux, on est ensemble. On travaille sur notre relation et un jour on aura surmonté nos obstacles et retrouvé ce qu'on avait avant — mais en plus fort. Je t'aime, Conrad Michael Preston, et tu m'aimes. Tu es le seul homme qui fait battre mon cœur. Je vais passer ma vie à essayer de me racheter s'il le faut. Mais tu dois me laisser faire.

J'ai serré les poings, les bras aux flancs, la peau bouillante.

Lexie a fouillé mon visage, cherchant une réaction.

– J'ai craqué sur le trottoir devant les bureaux de Pixel après m'être fait péter la gueule par le mari de Georgia Price. Quand il est parti, j'ai su que j'avais touché le fond. Je me suis affaissé et j'ai éclaté en sanglots. J'ai pleuré toutes les larmes de mon corps, pas à cause de mes blessures physiques, mais parce que je comprenais que je ne pouvais rien faire pour me débarrasser de ma souffrance. Je t'aimais de tout mon être, et le fait que tu aies disparu sans la moindre explication m'a réduit à néant. Je t'aimais tellement que tu m'as détruit. J'ai passé des mois à essayer de t'oublier, mais rien n'a marché. C'est comme ça que je sais que tu m'as bousillé, réellement bousillé. Tu m'as tellement blessé que je ne m'en remettrai jamais, et tout ça parce que j'étais fou amoureux de toi. Alors comment c'est possible ? Comment je peux être avec une femme qui m'a détruit ? Comment oublier celle que j'aimais assez pour la laisser me détruire ?

Lexie a inspiré profondément tandis que ses yeux s'embuaient. Elle a reniflé tout bas en me fixant, ma peine reflétée dans son regard. Elle ressentait ma douleur et elle souffrait en retour. Quand je lui disais à quel point j'étais brisé, elle s'écroulait devant moi. C'était dans ces rares moments que je la croyais sincèrement désolée pour le mal qu'elle m'a causé, dans ces rares moments que naissait en moi l'espoir que nous nous retrouvions un jour.

J'AI RACCROCHÉ AVANT DE ME TOURNER VERS MON ORDINATEUR DE nouveau. Papa et Sean s'impliquaient de moins en moins chaque jour. Ils ne faisaient plus que jouer au golf, sortir déjeuner et jouer au Scrabble sur leur portable. Je me demandais pourquoi ils ne prenaient pas leur retraite à la fin. Ils ne bossaient plus, après tout.

Sean passait habituellement ses journées à l'hôpital, et papa y était presque aussi souvent. J'aurais aimé pouvoir être là-bas aussi, mais j'étais coincé au bureau à gérer l'empire. Ce qui me faisait prendre conscience du poids de ma responsabilité ; sans moi, comment l'entreprise tournerait-elle ? En temps normal, Skye et moi nous partagions les tâches, mais si nous avions tous les deux une crise à gérer en même temps ? Que ferions-nous alors ?

Je me perdais dans mes préoccupations lorsque ma porte s'est ouverte et que Lexie est entrée. Elle portait ses fringues de bureau, une jupe fourreau qui épousait ses hanches et un chemisier moulant qui mettait en valeur le galbe de ses seins. Ses cheveux cascadaient en boucles légères sur sa poitrine.

J'ai eu du mal à ne pas la mater. Je ne voulais pas que mon attirance pour elle se lise sur ma tronche. Mais cette fille me faisait immanquablement fondre, et je me transformais en flaque d'eau par terre.

– Salut... dit-elle en s'approchant de mon bureau, souriante.

– Salut.

Je suis resté stoïque, car elle était la créature la plus dangereuse de la Terre.

– Tu veux déjeuner ?

Nous n'avions pas déjeuné depuis que nous sortions ensemble. L'idée de faire une activité de couple normale me mettait à cran. Je ne m'étais pas engagé à réparer notre relation, mais je n'avais pas non plus la force de lui tourner le dos. Autrement dit, j'étais foutu.

Elle a penché la tête.

– C'est seulement un déjeuner, Conrad.

– Peut-être pour toi...

Elle avait les mains jointes devant la taille.

– Et si j'allais nous chercher quelque chose et qu'on mangeait ici ?

Trop intime.

– Non.

– Alors, tu veux sortir déjeuner ?

C'était trop de pression. J'aurais l'impression que nous étions un vrai couple, deux personnes qui se retrouvent pour déjeuner parce qu'elles ne supportent pas d'être séparées. L'idée m'a attristé et rappelé de bons souvenirs en même temps.

– Non.

Elle a opiné lentement.

– D'accord... pas de déjeuner, alors.

J'ai reporté les yeux sur mon écran en espérant qu'elle parte.

– Peut-être une autre fois, ajouta-t-elle.

Je n'ai pas répondu.

– Bon, bien, à plus tard, dit-elle en tournant les talons.

Malgré moi, mes yeux ont trouvé son petit cul ferme. La sensation de ma bite contre ses fesses lorsque je la prenais en cuillère me manquait. Elles étaient toujours douces et chaudes, et je bandais à tous les coups.

Ça y est, le mal est fait.

Elle s'est retournée en arrivant à la porte, remarquant mon regard.

J'ai vite détourné la tête pour faire comme si je ne la lorgnais pas.

– Tu veux sortir boire un verre après le boulot ?

Ça avait trop les apparences d'un rencard.

– Non.

Lexie a dissimulé sa tristesse. Elle n'a pas essayé de me faire changer d'avis.

– Peut-être une autre fois.

Elle se montrait patiente avec moi, et me laissait le plein contrôle sur ce que nous faisions, et quand nous le faisions.

– Peut-être.

– Bonne journée, Conrad.

Elle a fermé la porte derrière elle avant de s'éloigner.

J'ai fixé l'endroit où elle se trouvait tout juste, soupirant profondément. J'étais soulagé qu'elle ait disparu, mais à la fois malheureux. Je la désirais autant que je la détestais. Et je me demandais si ça serait toujours le cas.

J'ai ouvert les yeux à deux heures du matin. Je me réveillais toujours à cette heure-là et je n'arrivais pas à me rendormir pendant au moins trois heures. En plus, je mettais une heure à m'endormir le soir.

Qu'est-ce qui cloche chez moi, putain ?

J'avais une réunion aujourd'hui, et je ne voulais vraiment pas bâiller en pleine présentation comme l'autre fois. Je devais absolument dormir, mais rien n'y faisait. J'ai même commencé à boire du sirop pour la toux avant de me mettre au lit, mais j'ai vite développé une accoutumance. J'ai aussi essayé la mélatonine, sans résultats.

Il n'y a qu'une chose qui m'aide vraiment.

Les quelques fois où j'ai passé la nuit avec Lexie, j'ai dormi comme un bébé sans me réveiller une seule fois. Mon corps comprenait instinctivement qu'elle était dans mes bras, et qui elle était. Parce que j'ai essayé de la remplacer par des nanas levées au hasard dans les bars, et ça aidait un peu, mais jamais assez.

Elle est la seule solution.

Désespéré, je l'ai textée.

T'es réveillée ?

Non.

J'ai souri malgré moi.

Tu tapes des textos dans ton sommeil ?

J'ai plus d'un tour dans mon sac.

Je n'arrive pas à dormir.

Je ne lui ai pas directement demandé de passer la nuit avec moi, car j'espérais qu'elle fasse les premiers pas.

J'arrive à dormir, mais le sommeil n'est pas aussi bon sans toi.

Mon pouce a hésité avant de tapoter une réponse.

Je peux passer ? J'ai une réunion demain et j'ai vraiment besoin de fermer l'œil cette nuit.

Tu sais que tu peux passer quand tu veux.

J'aimais savoir qu'elle était à moi, même si je n'étais pas à elle. C'était un point de vue tordu, mais je pouvais seulement travailler sur notre relation si je ne risquais rien. C'est elle qui devait se mouiller. Pas moi.

À tout de suite.

Quand je suis arrivé chez Lexie, elle portait un t-shirt trop grand pour elle. Je me suis demandé si elle avait un short dessous, mais j'espérais que non. Ses cheveux étaient en broussaille comme si elle s'était tournée et retournée dans son lit toute la nuit.

En silence, elle m'a fixé dans l'obscurité de son appartement.

Maintenant que j'étais devant elle, j'ignorais quoi dire. Elle était si belle avec son visage démaquillé et ses lèvres alléchantes. J'ai eu l'envie soudaine de planter les doigts dans ses cheveux et les empoigner assez fort pour la faire crier. J'ai réussi à garder le contrôle, mais mon pouls s'est accéléré et j'ai eu les mains moites.

– On peut dormir dans mon lit ? chuchota-t-elle. Le canapé est un peu étroit.

Je ne l'avais pas emmenée dans ma chambre et nous n'étions pas allés dans la sienne. Je ne l'évitais pas délibérément. L'idée ne m'avait juste pas traversé l'esprit.

– D'accord.

Elle est entrée dans la chambre et je l'ai suivie. Lorsqu'elle s'est penchée pour ramper sur le lit, j'ai aperçu son cul dans sa culotte.

Elle ne porte pas de short.

Lexie s'est glissée sous les draps et a posé la tête sur un oreiller.

Je suis resté debout à côté du lit à réfléchir à ce que j'allais faire ensuite. Ôter mes fringues ? Je n'avais pas le choix, je m'étais assis dans le métro avec ce jean. Ce serait insalubre. Mais je craignais qu'elle voie ma trique. Je ne voulais pas qu'elle le prenne comme une invitation.

Elle s'est retournée et m'a regardé.

– Tu viens ou quoi ?

J'ai réalisé que j'étais planté là depuis une minute.

– Rien.

J'ai enlevé mon jean, mais j'ai gardé mon t-shirt. Puis je me suis glissé sous les draps à ses côtés.

Elle s'est retournée comme si elle s'attendait à ce que je la prenne en cuillère.

Je l'ai fait. Dès que j'ai arrêté de bouger, j'ai réalisé que ma queue était sur ses fesses. J'adorais son cul. J'adorais le mater quand je la prenais par-derrière. J'adorais l'embrasser et le frotter de la paume après l'avoir claqué quelques fois. Mes pensées se sont intensifiées tandis que ma bite gonflait comme un ballon. Même mes couilles étaient enflées.

Je n'avais pas baisé depuis un bail, mais je n'avais pas eu du bon sexe depuis Lexie. Chaque partie de jambes en l'air que j'ai eue après était vide de sens. Difficile de prendre son pied quand on imagine que la femme dans notre lit en est une autre. Mon corps n'avait jamais désiré quelqu'un comme il désirait Lexie.

J'avais envie d'elle en ce moment, envie de plonger la tête la première dans une nuit de sexe passionné où je pourrais oublier ma souffrance et m'abandonner au plaisir. Je voulais oublier mon neveu à l'hôpital, me changer les idées. Je voulais que nos corps dansent ensemble et que toutes mes pensées cessent.

J'ai agrippé sa hanche et je l'ai attirée vers moi, voulant qu'elle sente ma bite bandée entre ses fesses. Puis je me suis penché en avant et j'ai posé les lèvres sur son cou, le baisant tendrement. J'ai goûté sa peau, savourant sa douceur familière. Ma bouche a ensuite trouvé la sienne. Quand elles sont entrées en contact, je l'ai embrassée passionnément et je me suis senti tomber dans le gouffre de l'oubli. Ma queue a tressailli à l'idée d'être en elle. Je me souvenais exactement de la sensation de sa chatte étroite. Je me rappelais la façon dont elle jouissait sur ma queue lorsque je lui procurais le plaisir qu'elle me réclamait, insatiable.

Sa respiration s'est accélérée tandis qu'elle se frottait les fesses contre moi, exécutant une danse sexy qui décuplait mon excitation.

Ma main a glissé sous son t-shirt et je lui ai empoigné un sein. Il était rond et ferme comme dans mes souvenirs. J'ai passé le pouce sur son mamelon, qui a durci instantanément.

Je veux la pénétrer.

Lexie a soudain mis fin au baiser et repoussé ma main.

J'ai arrêté et je l'ai dévisagée, perplexe.

– Conrad, non.

– Non ?

Je pensais que c'était ce qu'elle voulait. Je pensais qu'elle avait envie de moi. Mais encore une fois, je subissais un rejet de sa part, froid et impitoyable.

– Tu vas trop vite. Tu essaies de te faire du bien, d'oublier la douleur dans ton cœur. Tu cherches une distraction, quelque chose pour t'engourdir.

Comment elle me connaît aussi bien ?

– On le fera quand tu seras prêt, quand tu auras retrouvé la confiance en moi et que tu auras baissé la garde. Je t'assure que je meurs d'envie de coucher avec toi, mais je préfère attendre. Tu as besoin de guérir et de te retrouver. Quand le moment sera venu, je serai là. Je ne te veux pas seulement pour cette nuit. Je te veux pour la vie.

J'ai soutenu son regard, sentant une lueur d'espoir naître en moi. La douleur de son rejet a disparu, et j'ai senti mes remparts s'effriter légèrement. Elle me faisait passer avant elle, même si ça retardait ses plans.

Elle a sondé mon regard et pris ma joue en coupe d'une main. Puis elle a posé les lèvres sur les miennes, tendrement, et m'a donné un baiser sans désir. Purement romantique, empreint d'amour et de loyauté.

Je ne voulais pas qu'elle y mette fin, mais elle a fini par reculer. Sentir ce lien entre nous me revivifiait et me rappelait que mon cœur fonctionnait toujours, que je pouvais ressentir autre chose que la colère.

– Je t'aime, Conrad.

Elle a effleuré ma joue du pouce, puis a baissé le bras.

– Je t'aime aussi, Lexie.

9

BEATRICE

Je faisais de la soupe dans la cuisine quand ma porte d'entrée s'est ouverte et refermée en claquant.

J'ai sauté en l'air et j'ai failli renverser la marmite.

C'est quoi ce bordel ?

Je me suis retournée et j'ai vu Jared foncer vers moi, visiblement hors de lui.

– Jared, tu m'as fait une peur bleue.

– Tu vois Conrad dans mon dos ?

Sa question m'a prise au dépourvu ; je ne savais pas quoi répondre. Mon cerveau s'est mis à mouliner à toute vitesse, essayant de comprendre comment il savait pour Conrad. Il avait dû tomber sur Lexie et elle lui avait tout raconté. Il n'y avait pas d'autre explication.

– Non, je ne le vois pas dans ton dos.

Il s'est approché de moi, les bras tremblant le long des flancs.

– Oh, vraiment ? Alors tu ne lui as pas donné un berger allemand qui s'appelle Apollo ?

D'accord, il sait tout.

– Si, mais...

– Et tu ne passes pas du temps avec lui ? Vous baisez ensemble ?

Ses yeux étaient si écarquillés que j'ai cru qu'ils allaient lui sortir de la tête.

– Tu fais chier, Beatrice. Je fais tout ce que je peux pour être l'homme que tu mérites, et tu te fais tringler par ton ex ?

– On ne couche pas ensemble !

– Ce n'est pas ce que dit Lexie.

– Eh bien, tu sors avec elle ou avec moi ? rétorquai-je.

Il a repris sa rengaine comme si je n'avais rien dit.

– Putain, Beatrice ! Tu sors avec moi, mais retournes voir ton ex à la seconde où il est disponible ? Tu m'as dit que c'était fini avec lui, mais visiblement, ce n'est pas le cas.

– Je n'ai pas couché avec lui.

– Ah ouais ? Alors, il ne s'est rien passé ? Tu le vois par bonté de cœur ? Je ne suis pas dupe. S'il ne se passait rien entre vous, tu m'aurais dit que tu voyais Conrad. Le fait que tu ne m'en as pas parlé prouve ta putain de culpabilité.

– Non. Je ne te l'ai pas dit parce qu'il m'a demandé de ne pas le faire.

– Pourquoi il te demanderait ça, putain ?

– Parce qu'il savait que tu le dirais à Lexie, et qu'elle saurait à quel point il souffre sans elle. Je ne t'ai pas menti volontairement. Conrad m'a demandé de garder le secret et je l'ai fait.

Sa colère n'a pas diminué.

– Donc, il ne s'est rien passé entre vous ?

J'aimerais pouvoir répondre non.

– Ben...

Son regard s'est enflammé.

– Tu as recouché avec lui ?

– Non. On s'est juste embrassés...

– Tu l'as *embrassé* ?

Il s'est rapproché de moi, comme s'il voulait m'étrangler.

– Tu l'as embrassé, putain ? Comment t'as pu me faire ça ? Après tout ce qu'on a traversé... t'as tout foutu en l'air pour lui ?

– On n'était pas encore ensemble à ce moment-là. Et j'ignorais que tu avais des sentiments pour moi, alors je n'ai rien fait de mal. Je t'ai avoué mon amour et tu m'as jetée froidement. Tu n'as pas le droit de m'en vouloir.

– Pas le droit ? répéta-t-il avec incrédulité. J'ai tous les droits, Beatrice. Tu es toujours amoureuse de ton ex et tu seras toujours amoureuse de lui.

– Je ne suis pas amoureuse de lui.

– Alors pourquoi tu l'as embrassé ?

– Parce qu'il était ivre mort. Je voulais le ramener à mon appartement pour qu'on puisse parler de Lexie. Tout ce qu'il voulait, c'était baiser. Alors j'ai dit que je l'embrasserais s'il m'écoutait pendant cinq minutes.

Son regard s'est assombri.

– Tu l'as embrassé pour le faire coopérer ?

– Je ne savais pas quoi faire d'autre. Et puis, je ne faisais rien de mal. Après on a parlé et il m'a dit ce qui s'était passé avec Lexie. Je l'ai écouté, comme une amie. Puis je lui ai trouvé un chien pour lui tenir compagnie. C'est tout, Jared. Il ne s'est rien passé d'autre.

– Ça te ferait quoi si je sautais Lexie pour qu'elle se sente mieux ? s'énerva-t-il.

– Je serais furieuse parce qu'on est ensemble, imbécile.

– On était ensemble quand tu as embrassé Conrad.

– Absolument pas !

– Pas officiellement, mais on était déjà ensemble.

– Je voyais aussi Jason à l'époque. Alors je t'ai trompé avec lui aussi ?

– Waouh, t'as le feu au cul.

Sans réfléchir, je l'ai giflé de toutes mes forces.

Sa tête a tourné sous le choc, mais il n'a pas eu d'autre réaction.

– Tu te comportes comme un gamin.

– Tu te comportes comme une pute.

C'est la goutte d'eau qui a fait déborder le vase.

– Sors de chez moi. Tout de suite.

– Très bien. Je n'ai plus rien à faire ici de toute façon.

– Entièrement d'accord.

Je l'ai escorté jusqu'à la porte pour m'assurer qu'il partait vraiment

– J'espère que tu seras heureuse avec Conrad.

– Je serais très heureuse toute seule, rétorquai-je. Je préfère de loin être seule qu'avec un malade mental.

Il a franchi le seuil, puis s'est retourné pour dire quelque chose.

– Au revoir, Jared, dis-je avant de lui claquer la porte au nez.

10

TRINITY

Cassandra, mon assistante, est entrée dans mon bureau.

– Mme Sisco, comment allez-vous aujourd'hui ?

– Bien. Et toi ?

J'allais tout sauf bien. Toute ma famille était en alerte, suspendue aux nouvelles de Cédric. Nous avions les oreilles collées au sol, à l'écoute d'un seul son. Il était difficile de s'intéresser à autre chose désormais.

– Super, répondit-elle. Libby, du service photo, est là.

– Fais-la entrer.

J'ai envoyé l'email que je venais de terminer.

– Très bien.

Cassandra a fermé la porte, qui s'est rouverte quelques instants plus tard à l'arrivée de Libby.

– Salut, ça fait un moment qu'on ne s'est pas vues.

Elle s'est assise dans le fauteuil jaune face à mon bureau. Elle tenait un iPad ouvert sur une page blanche, pour prendre des notes.

– J'étais pas mal occupée.

J'ai ouvert le bon fichier sur mon ordinateur et fait défiler les images de la dernière séance photo.

– Tout va bien, Trin ?

Libby et moi nous entendions bien. Notre relation était professionnelle, mais aussi amicale. J'essayais d'être cordiale avec tous mes employés. Après tout, ils étaient mon armée. Pour avoir leur loyauté, je devais m'intéresser à eux personnellement.

– J'ai été mieux.

– Tu veux en parler ?

J'ai soupiré avant de lui parler de Cédric.

– On attend des nouvelles. Tout ce qu'on veut, c'est qu'il soit autorisé à sortir de l'hôpital.

– C'est terrible...

– Ça a été dur pour nous tous, dis-je en posant instinctivement la main sur mon ventre.

Les yeux de Libby se sont arrondis.

– Trinity... tu es enceinte ?

Je ne l'avais pas encore annoncé au bureau. Mais le dire à Libby était une bonne idée. Elle en informerait tout le monde, m'évitant ainsi d'avoir à le faire.

– Oui.

Elle a porté les mains à sa poitrine.

– Formidable ! C'est absolument merveilleux. Je suis si heureuse pour toi.

– Merci. Slade et moi sommes ravis.

– C'est une période tellement magique. Je me souviens quand j'étais enceinte de Maggie. J'étais constamment incommodée, j'avais les pieds enflés et je ne pouvais pas m'empêcher de boulotter tout ce que je voyais. Mais c'était quand même magique.

J'ai pouffé.

– Je n'en suis pas encore là, mais ça ne va pas tarder.

– C'est un événement majeur, dit-elle. Ça change ta vie pour toujours. Ça change ton mariage et tout le reste.

– Ah bon ?

Je n'étais pas sûre de ce qu'elle voulait dire.

– Tout le monde est différent, mais mon mari et moi avions une vie sexuelle débridée avant l'arrivée du bébé. Après ça, elle s'est en quelque sorte éteinte. Mon corps a changé, j'ai des vergetures… Il prétend que je suis belle, mais… ce n'est pas pareil, conclut-elle en haussant les épaules.

J'ai essayé de ne pas paniquer et d'imaginer le pire pour Slade et moi. J'étais très mince, donc j'aurais probablement des vergetures. Bien sûr, mon corps allait changer. Mes seins allaient grossir et mon cul aussi. La base de ma relation avec Slade était l'attraction physique. Que se passerait-il si elle disparaissait ?

– Mais je parle uniquement pour moi, ajouta Libby. Je doute que Slade et toi ayez des problèmes. Et puis, quand ton bébé est là, il devient la priorité dans ta vie. Alors même si tu ne t'envoies pas en l'air aussi souvent, ça n'a pas vraiment d'importance.

Elle a baissé les yeux vers son iPad et pris quelques notes.

– Que penses-tu des jeans ? demanda-t-elle.

Il m'a fallu quelques secondes pour revenir à la conversation. Des images de l'avenir défilaient dans mon esprit, de Slade me regardant sans désir dans les yeux. C'était le genre d'homme qui allait être très beau en vieillissant. Comme son père, il attirerait encore les regards après la cinquantaine. Les femmes le dragueraient à tous les âges, qu'il soit marié ou non.

J'ai chassé cette pensée et je me suis remise au travail.

Slade est venu me chercher au bureau en fin d'après-midi.

– Salut, bébé. T'as passé une bonne journée ?

Il portait un jean foncé et un blouson en cuir, avec juste un t-shirt en dessous. On voyait à ses poignets et ses mains qu'il avait des tatouages.

– Oui.

J'ai repensé aux propos de Libby, mais je les ai écartés.

Il est passé derrière le bureau et m'a embrassée, comme toujours.

– T'as viré quelqu'un aujourd'hui ?

– Je ne vire jamais personne.

– Tu devrais peut-être. Tu sais, pour asseoir ton autorité.

– Ou je pourrais simplement les laisser faire leur travail.

– Ben, c'est moins drôle.

– T'as déjà licencié un employé ?

Slade était trop indulgent pour ça.

– Je n'arrête pas de virer Razor. Merde, je l'ai viré la semaine dernière.

– Alors pourquoi il est encore là ?

Il a haussé les épaules.

– Il se pointe le lendemain comme si de rien n'était, et je n'ai pas le courage de le virer à nouveau.

Un rire m'a échappé, le premier depuis longtemps.

Slade a souri quand il a vu qu'il me faisait rire.

– On y va ?

– Ouais.

J'ai posé mon sac à main sur le bureau et rangé mon téléphone à l'intérieur. Je portais des chaussures plates comme il l'exigeait, ce qui me rabaissait encore de dix centimètres par rapport à lui. Je n'étais déjà pas très grande à la base, alors le fait qu'il fasse au moins trente centimètres de plus que moi compliquait nos baisers.

Slade a pris mon sac et l'a mis en bandoulière. Ça n'entamait en rien sa masculinité affirmée.

– Tu veux qu'on mange un morceau en route ?

– Pas faim.

Il m'a transpercée du regard comme s'il lisait en moi.

– Tout va bien, bébé ?

– Ouais... je m'inquiète juste pour Cédric.

C'était la vérité. Du moins une vérité.

– Ouais, je comprends, dit-il. Mais il va s'en tirer.

– Comment peux-tu en être si sûr ?

– L'univers ne ferait pas un truc pareil.

Slade n'était pas croyant. Il était athée. Nous ne parlions jamais de religion parce que nous avions des opinions divergentes à ce sujet. Mais il était très spirituel.

– L'univers ?

– Oui. Ça ne serait pas juste.

– Tu parles du karma ?

– Non.

J'ai préféré abandonner le sujet.

– Rentrons à la maison, dis-je.

J'étais allongée contre la poitrine de Slade dans la baignoire. Nous prenions un bain moussant à la lueur des bougies. Le seul bruit était le clapotis de l'eau quand nous déplacions notre poids.

Slade avait un bras autour de ma taille et l'autre posé sur le rebord carrelé hors de la baignoire, une bière à portée de main. Il buvait une gorgée de temps en temps.

J'avais besoin de me détendre dans un bain et de ne penser à rien. Slade me réconfortait toujours, par son silence comme par ses mots. Il était mon capteur de rêves, la torche qui m'éclairait le chemin, et le ronronnement qui m'endormait. Nous avions le genre de relation où nous n'avions pas besoin de parler juste parce que nous étions dans la même pièce. Cette complicité était essentielle dans un mariage.

Slade a posé la main sur mon ventre.

– Si je le touche d'une certaine façon, je sens qu'il y a une vie à l'intérieur.

Ses doigts m'ont effleuré la peau en douceur, s'attardant sur le léger renflement.

J'ai appuyé la tête en arrière sur son épaule.

– Ah ouais ?

– Ouais.

Ses doigts ont glissé sur le tatouage le long de ma hanche, qui n'était visible que lorsque j'étais nue.

– Est-ce que tu vas parler un jour de ce tatouage à nos enfants ?

– Non.

– Pourquoi ? J'en ai bien.

– C'est différent. Je dois être un modèle pour eux.

Il a pouffé dans mon oreille.

– Ferme-la.

– C'est trop gênant. C'est le nom de leur père qui est tatoué sur ma hanche. Je ne sais même pas comment je m'y prendrais pour leur expliquer.

– Avec des mots.

– Tu sais ce que je veux dire, Slade.

– C'est sexy à mort, alors tu devrais leur dire.

– Je ne pense pas qu'ils trouvent ça sexy.

– Bah, ils verront bien mon tatouage de toi.

– C'est différent.

– Pas vraiment.

Il a bu une gorgée de bière avant de la reposer.

Même si j'aimais me prélasser dans l'eau chaude, dans les bras réconfortants de mon mari beau comme un dieu, il fallait que je sorte du bain.

– On devrait aller à l'hôpital...

Il a plaqué une main sur mon épaule pour me maintenir dans l'eau.

– Ouh là, deux secondes. Tu as besoin de te détendre. Je sais que Skye traverse une épreuve terrible, mais tu ne peux rien faire pour elle en ce moment. Alors, restons dans le bain jusqu'à ce que l'eau refroidisse, et ensuite on ira à l'hosto.

Je n'avais aucune envie de me battre, alors je me suis adossée à lui et j'ai fermé les yeux.

J'AI OBSERVÉ MON CORPS DANS LA GLACE, PUIS POSÉ LES MAINS SUR mon ventre. J'imaginais ma peau striée de vergetures flagrantes et irréversibles. Slade avait une attirance particulière pour la peau. Cela le dégoûterait-il ?

Il a enfilé un t-shirt et s'est mis derrière moi, face au miroir.

– Tu es sûre que ça va ?

Il avait la faculté de percevoir mes émotions, même sans les comprendre.

– Oui.

J'étais en string et soutif, et j'ai réalisé à quel point je devais avoir l'air bizarre, debout devant la glace à me toucher le ventre. J'ai cessé de me regarder et j'ai attrapé mon jean.

– Vraiment ? J'ai l'impression que tu mens, mais je ne sais pas pourquoi.

J'ai passé une chemise, et arrangé mes cheveux.

– C'est... je ne veux pas en parler.

Slade planait comme une ombre dans mon dos. Il m'a saisi les épaules et m'a forcée à me retourner pour lui faire face.

– Depuis quand tu ne me dis pas tout ? Tu me racontes que ton assistante a volé ton agrafeuse, mais tu ne veux pas me parler de ça ? C'est moi, bébé, dit-il en prenant mon menton et me regardant dans les yeux.

Je voulais détourner le regard, mais je n'ai pas pu. Chaque fois qu'il me regardait comme ça, j'étais impuissante. Son amour pour moi était visible dans tous ses gestes. Sa douceur était désarmante, ses doigts plus doux qu'un pétale de rose.

– C'est juste que je suis inquiète...

– À quel sujet ? insista-t-il.

– Une fille du bureau m'a dit que son mariage a pris un sérieux coup dans l'aile après la naissance de sa fille... son corps a changé, elle a eu des vergetures. Je suppose que son mari est moins attiré par elle. Elle dit que ce n'était plus comme avant.

Slade a ôté la main de mon menton, sans me lâcher des yeux.

– Quel rapport avec nous ?

Le fait qu'il ne fasse pas le lien m'a soulagée.

– Slade, mon corps va changer. Ça ne me gêne pas, mais j'ai peur que ça soit un problème pour toi. Et si j'ai des vergetures ? Et si je suis plus grosse qu'avant ? Et si...

– On pourra toujours faire des tatouages sur les vergetures. Les transformer en flammes ou autre chose, dit-il avec une lueur lubrique dans les yeux.

Je l'ai fusillé du regard.

– Slade, je suis sérieuse.

– Je sais, dit-il en prenant un ton grave. Trinity, je me fiche de tout ça. Qu'est-ce que ça peut faire si tu as des vergetures ? C'est un peu comme des tatouages : des cicatrices de ta grossesse, de l'enfant qu'on a fait ensemble. Il n'y a rien de plus beau.

Mon regard s'est attendri parce que je savais qu'il était sincère et ne disait pas de belles paroles pour me rassurer.

– Et si ton corps change et que tu es plus épaisse qu'avant, et alors ? Je te fais chier pour que tu manges plus, alors c'est parfait. Tu serais belle avec quelques kilos de plus. Bébé, tu t'angoisses pour rien. Je ne suis pas amoureux de toi parce que tu es une belle fille. Je suis amoureux de toi parce que tu es une belle personne.

Des ailes ont poussé sur mon cœur et il s'est envolé.

– Alors, arrête de flipper à cause du connard de mari de Libby. Je suis un connard aussi, mais pas avec toi.

– C'est pas vrai...

Il a posé les mains sur mes hanches et m'a frotté le nez, le regard enamouré.

– Je t'ai déjà dit que je pouvais prédire l'avenir ?

J'ai secoué la tête.

– Eh bien, je peux. Tu veux savoir ce qui nous attend ?

– Bien sûr.

– Je nous vois exactement comme maintenant. On est amoureux. On est heureux. Et on a une famille.

11

CONRAD

– Papa, je peux partir ? demandai-je dans son cadre de porte.

Il a levé la tête vers moi.

– Tu vas où ?

– À l'hôpital.

Je quittais le boulot plus tôt pour prendre des nouvelles de Skye et du bébé. Elle et moi nous étions beaucoup rapprochés depuis que nous bossions ensemble. Elle avait le soutien de toute la famille, mais je savais qu'elle se confiait à moi comme elle ne le faisait pas avec les autres. Et je voulais voir mon neveu. Il ne comprenait pas ce qui se passait autour de lui ni qui nous étions, mais j'espérais que notre présence le réconfortait.

– J'en reviens tout juste. Pas de nouvelles.

– Je veux y aller quand même.

Papa a opiné.

– D'accord. T'as fini le compte rendu ?

J'ai contenu mon agacement. J'étais un employé modèle depuis mon premier jour. Je n'avais pas fait une seule erreur, et tout mon travail était bien fait, et à temps. Pourtant mon père me marquait à la culotte.

– Oui, papa. Je l'ai fini ce matin.

– Alors, pourquoi je ne l'ai pas vu ?

Je me suis avancé et j'ai pointé la chemise au coin de son bureau.

– J'ai dit à ton assistant que je l'avais laissé ici.

– Oh… dit papa en le prenant et le parcourant. Super. Excellent travail.

– Alors, tu pars quand ?

Il a regardé sa montre.

– Dans une heure environ.

– Je veux dire pour toujours, répliquai-je en croisant les bras.

Papa a pouffé.

– T'en as marre de moi ?

– J'en ai marre que tu sois sur mon dos sans reconnaître tout le boulot que je fais ici. Je suis capable de gérer la boîte. Sean et toi, vous ne faites que m'encombrer.

– Ouille.

– C'est vrai.

– Conrad, je sais que tu fais du bon boulot ici. Honnêtement, t'es bien meilleur directeur que je l'étais quand j'ai commencé.

– Et je le suis toujours.

Il m'a regardé avec tendresse malgré ma pique.

– Ça se discute.

– Pas vraiment. Alors, vous partez quand ?

– Je n'ai pas de réponse à ça.

– Sérieux, vous attendez quoi ? Je pensais que vous aviez hâte de partir, non ?

– Sean veut s'assurer que tout va bien avec Skye avant de prendre sa retraite officiellement. Elle vit vraiment une sale période.

– Je sais bien. Mais tu m'as dit que je ne pouvais pas merder, même quand ma vie personnelle part en couille. Pourquoi vous ménagez Skye et pas moi ? Parce que c'est une femme ? On sait tous les deux que je n'aurais jamais droit à ce traitement de faveur.

Son humeur s'est assombrie.

– Le fait que ta copine refuse ta demande en mariage ne te donne pas le droit d'être le plus grand connard de la Terre. Mais quand tu risques de perdre ton enfant, tu as droit à toute l'indulgence du monde. Il y a une différence, Conrad.

– Je comprends. Mais vous ne devriez pas avoir peur de partir à cause de Skye. Je suis là. Je m'occupe de tout.

Papa a baissé les yeux.

– Ce n'est pas la vraie raison et tu le sais, continuai-je. Alors, épargne-moi ton baratin sur Skye et n'essaie surtout pas de me manipuler par les émotions. Je sais que tu mens. Alors, crache le morceau.

Papa est resté silencieux une minute. Puis il a pincé les lèvres avant de parler.

– Conrad, tu ne t'es pas encore remis sur pied. On ne peut pas partir alors que Skye et toi en bavez autant.

– Je vais bien.

Il a relevé la tête vers moi, et j'ai aperçu le doute dans son regard.

– Je t'assure.

– Conrad, tu as le droit de ne pas aller bien. Tu as eu une année difficile. Sean et moi on préfère attendre que la poussière soit retombée.

Pourquoi personne ne me croit ?

– Ce n'est pas parce que je ne suis pas encore casé que quelque chose cloche chez moi.

– Bien sûr que non. Mais je sais que Lexie et toi faites... ce que vous faites.

– On ne fait rien.

– Eh bien, j'aimerais que ça soit réglé — une fois pour toutes. Soit elle sort de ta vie, soit vous êtes ensemble. Vous êtes dans les limbes actuellement, et ce n'est pas le moment de prendre ma retraite et te passer le flambeau. Tu as traîné ton propre nom dans la boue en couchant avec une femme mariée. Tu as tout foutu en l'air pour une nana. Qu'est-ce qui serait arrivé à Pixel si je n'avais pas été là ? Tu aurais détruit l'entreprise que mon père a mis des années à bâtir — mon héritage.

Son regard était lourd de déception, et de douleur. Il n'aimait pas me faire ce sermon, mais il n'avait pas le choix.

J'ai baissé la tête, car je savais qu'il avait raison. J'avais perdu le contrôle de ma vie et royalement merdé. Quand j'étais au plus bas de ma dépression, je n'étais pas en état de prendre des décisions importantes.

– Alors, Sean et moi on va rester jusqu'à ce que vous soyez prêts tous les deux. Et quand ce jour viendra, je te confierai les rênes avec toute l'assurance du monde. Je te regarderai dans les yeux et je saurai que l'entreprise est entre les meilleures mains du monde.

Skye était assise sur la chaise devant la couveuse. Elle portait un jogging et un t-shirt ample. Ses cheveux étaient attachés en un chignon ébouriffé et elle était blême comme si elle n'avait pas vu le soleil depuis des années.

– Salut, dis-je en m'asseyant à côté d'elle.

Elle a mis quelques instants à comprendre que j'étais là.

– Salut, Conrad.

Sa voix était vide, rêveuse.

– Tu tiens le coup ?

Elle a opiné.

J'ai sorti un paquet de cartes à jouer.

– On se fait un speed ?

Un petit sourire lui a étiré les lèvres.

– Je n'ai pas joué à ça depuis qu'on était gamins.

– Ça sera amusant, dis-je en battant les cartes. Comment va Cédric ?

– Son état est stable, répondit-elle morose. Cayson dit que c'est bon signe. S'il s'est rendu jusqu'ici, il atteindra la ligne d'arrivée.

– C'est le mec le plus intelligent que je connais, alors il a sans doute raison.

J'ai distribué les cartes, puis posé le jeu entre nous. Nous nous sommes mis à jouer, mais Skye n'était pas très enthousiaste au début. Sa dépression l'empêchait de prendre plaisir à quoi que ce soit. Mais après un moment, elle a commencé à montrer de l'intérêt.

– Comment ça va avec Lexie ?

J'ai gardé les yeux sur les cartes.

– Il n'y a rien à dire.

– Allez, Conrad.

– On parle... mais c'est tout.

– Tu lui as pardonné ?

– Non... je ne sais pas si je peux.

Elle a hoché la tête.

– Je ne t'en voudrais pas.

– Alors, tu la détestes toujours, comme tout le monde ?

– Détester est un peu fort... dis-je en levant un œil, guettant sa réaction.

– Mais je crois que c'est approprié, répliqua-t-elle. Ce qu'elle a fait est terrible, Conrad. Impardonnable.

– On fait tous des erreurs. Tu es bien placée pour le savoir.

Je n'étais pas rancunier, mais Skye était loin d'être un modèle de vertu.

– Ça ne se compare quand même pas, Conrad.

– Je ne sais pas si je suis du même avis.

– On dirait que tu lui as pardonné.

– Je... j'en sais rien.

Skye s'est arrêtée de jouer et m'a observé d'un regard maternel.

– Je suis désolé que tu sois dans cette position. Tu sais que tu ne devrais pas la reprendre après ce qu'elle t'a fait, mais tu ne peux pas lui tourner le dos non plus.

J'ai acquiescé de la tête.

– Je ne la verrai plus jamais de la même façon, pas après t'avoir vu t'effondrer comme tu l'as fait, mais si tu veux être avec Lexie, je respecterai ta décision et je serai polie avec elle.

– Je ne sais pas si ça arrivera.

– Tu sembles perplexe.

– Très.

– Carrie me plaisait beaucoup.

– Ouais, elle est très cool.

Skye a pris les cartes et les a battues.

– Tu ferais quoi à ma place ? demandai-je.

Elle a secoué la tête.

– C'est un terrain dangereux, Conrad...

– Je veux le savoir quand même.

– Je ne la reprendrais pas, dit-elle sans hésiter.

Mon cœur a chaviré dans mon estomac.

– Ah non ?

– Si elle avait essayé de te récupérer un mois après ce qui s'est passé, ce serait une autre histoire, mais elle a attendu trop longtemps. Trois mois, c'est une éternité.

– Et si c'était Cayson, tu ne le reprendrais pas ?

– Oh... si c'était Cayson, ce serait complètement différent.

– Comment ça ?

– On est ensemble depuis des années. On se connaît depuis toujours. Il était mon meilleur pote longtemps avant d'être mon mec. Même quand j'ai cru qu'il m'avait trompée, j'ai dit que je le reprendrais — pourvu qu'il reconnaisse ses torts.

– Eh ben, je ressens la même chose pour Lexie, même si je ne la connais pas depuis aussi longtemps.

Skye m'a lancé un regard sombre.

– Je t'avais dit que c'était un terrain dangereux.

J'espérais que la réponse de Skye m'aiderait à faire un choix, mais au final, ça n'a fait que me troubler davantage. Lexie et moi allions-nous passer l'éternité dans les limbes ? Peut-être que je la voudrais un jour, puis je la repousserais le lendemain. Je marcherais constamment sur des œufs parce que je n'arriverais plus jamais à lui faire confiance.

Quand j'ai entendu frapper à ma porte, j'ai su qui c'était.

J'ai ouvert et je suis tombé nez à nez avec Lexie.

Comme à son habitude, elle avait un plat dans les mains, son excuse pour me voir.

– J'ai fait des tacos... as-tu faim ?

Sans mot dire, j'ai ouvert la porte en grand, l'invitant à entrer.

Elle m'a fait un léger sourire en se dirigeant vers la cuisine, où elle a posé le plat.

Ma conversation avec Skye rejouait dans ma tête. Quoi que je fasse, je n'avais jamais de solution définitive pour ma situation avec Lexie. En aurais-je une un jour ? J'ai lentement marché vers la salle à manger, l'esprit ailleurs.

– Je vais mettre la table, dit-elle en s'affairant.

– Viens ici.

Sans le vouloir, j'ai parlé d'un ton agressif.

Lexie s'est retournée, la peur dans les yeux. Puis elle s'est approchée de moi avec prudence, comme un dompteur de lions s'approche de son animal.

Je me suis frotté la nuque, sentant la douleur me serrer le cœur.

– Ça ne va nulle part tout ça, Lexie. Je ne me crois pas capable de te pardonner un jour. Je vais seulement continuer de te traîner dans la boue. Il y aura des jours où ça ira, où il y aura de l'espoir. Mais il y aura d'autres jours, comme aujourd'hui, où je ne pourrai pas imaginer la maison en campagne avec la clôture blanche. Même après ce que tu as fait, tu ne mérites pas ça. Je ne veux pas te faire perdre ton temps.

Elle s'est avancée en croisant les bras, la tête basse et l'air soudain minuscule.

– Je suis désolé. Rentre chez toi.

– Conrad... je l'accepte.

C'était à mon tour de croiser les bras.

– Je savais que mes erreurs prendraient toute une vie à réparer. Je savais que je n'arrangerais pas les choses du jour au lendemain. Je savais que te récupérer était un rêve sans doute irréalisable. Mais je suis prête à essayer malgré tout — parce que tu es la récompense.

– Mais je ne vois pas...

– Je sais que tu ne nous vois pas réussir pour l'instant. Tu n'as plus confiance en moi et tu n'imagines pas cette confiance se réparer un jour. Mais tu dois te donner du temps — beaucoup de temps. Je peux être patiente. Il n'y a rien pour moi ailleurs, Conrad. Tu es le seul homme que j'aimerai. Alors non, je ne perds pas mon temps du tout.

Elle a décroisé les bras avant de retourner à la cuisine.

12

SKYE

J'étais seule quand Cayson est arrivé. Il était en costume, car il sortait du travail.

– Comment va-t-il ?

J'ai poussé un gros soupir.

– Pareil.

Je n'avais pas assez de force pour me lever et embrasser mon mari.

Cayson ne l'a pas mal pris. Il s'est assis à mes côtés et a passé son bras autour de moi.

– Encore un peu de patience et il rentrera à la maison.

– J'espère…

Je ne supportais pas l'idée de ne pas le ramener à la maison dans la chambre que nous avions décorée pour lui. Elle était bleue avec des bateaux pirates. Son nom était écrit sur le mur avec des étoiles — l'œuvre de Slade.

– Il a tenu le coup jusqu'à présent, dit Cayson. C'est un battant. Un chef de guerre, même.

– Je sais...

Il m'a frotté le dos avant de se lever pour s'approcher de la vitre.

– Salut, bonhomme. Papa est là.

Il a posé la paume à plat sur la couveuse et observé le visage de Cédric. Il dormait, mais par moments, il donnait des coups de pied ou bougeait les bras.

Je jetais sans arrêt des coups d'œil vers la porte, guettant l'arrivée du médecin. J'avais besoin de l'entendre enfin dire que Cédric était assez fort pour rentrer à la maison, qu'il allait s'en sortir.

Mes parents sont entrés, l'air aussi déprimé que moi.

Papa m'a embrassée sur le front.

– Salut, ma puce.

– Salut, papa.

– Tu es bien coiffée.

J'étais coiffée comme une merde. Il essayait juste de me réconforter.

– Merci.

Maman s'est assise à côté de moi et m'a serrée dans ses bras.

– Tu as envie de quelque chose, ma chérie ?

– Non.

Je n'avais jamais faim ni soif. Tous mes besoins corporels ont disparu dès que mon fils s'est retrouvé en danger.

– Et si on s'offrait un massage ? proposa maman. Ton corps doit être tendu à force de rester assise sur cette chaise.

– C'est une excellente idée, mentis-je. Mais peut-être une autre fois.

La tristesse a brillé dans les yeux de maman.

Papa a regardé à travers la vitre, la même tristesse dans le regard.

– Salut, Cédric. C'est papi.

Cayson se tenait derrière lui, la main toujours posée sur la couveuse.

– Du nouveau ? s'enquit papa.

Cayson a secoué la tête.

– Et ton boulot ? demanda-t-il pour changer de sujet.

– Ça va. La guerre biologique est passée au second rang derrière les fusillades.

Sa voix était pleine d'amertume.

Papa a opiné lentement.

– Terrible, n'est-ce pas ?

– C'est tellement horrible que c'en est incompréhensible. Quand je regarde mon fils, je me demande s'il pensera un jour que le monde est beau... ou s'il n'est que l'antichambre de l'enfer.

– Essaie de te rappeler qu'il y a de belles personnes pour rééquilibrer tout ça. Il y a toujours de belles personnes.

– Ouais...

Mais Cayson n'a pas semblé convaincu.

Le médecin a passé les doubles portes comme il le faisait tous les jours à la même heure, lors de sa ronde.

Je me suis levée d'un bond, le cœur battant. Chaque jour, je priais pour qu'il dise les mots que je mourais d'envie d'entendre. Cet homme était mon sauveur, il gardait mon fils en vie alors qu'il n'aurait pas passé la nuit sans assistance respiratoire. C'était difficile de ne pas être émue face à lui. Je n'avais pas réalisé à quel point ma vie allait changer avant d'avoir mon fils. Mon ancienne vie n'existait plus. Désormais, mon monde tournait autour de Cédric. Je ne pouvais pas être heureuse s'il ne l'était pas.

– Du nouveau ? Que se passe-t-il ? Quand pourra-t-il rentrer à la maison ? Quand...

Cayson a mis un bras autour de mon épaule.

– Il va répondre à tes questions, bébé. Donne-lui juste une minute.

Le médecin a regardé Cédric dans la couveuse avant de tourner les yeux vers moi.

– On va le débrancher du respirateur. On pense qu'il peut respirer tout seul maintenant.

C'était la meilleure nouvelle que j'ai entendue depuis longtemps.

– C'est vrai ? balbutiai-je. Il va mieux, alors ?

– Eh bien, on va bientôt le savoir, répondit le médecin. Mais vous devez sortir de la pièce. Il ne peut pas y avoir autant de monde ici. Je suis navré, M. Preston, dit-il en regardant mon père.

Papa lui avait probablement acheté une villa sur la plage en échange des soins apportés à son petit-fils.

– Inutile de vous excuser.

Papa a pris maman par la main et ils sont sortis de la salle.

Cayson m'a serrée contre lui.

– Cédric va respirer tout seul.

J'ai hoché la tête.

Les infirmières sont entrées et se sont rassemblées autour de Cédric. Elles ont échangé des instructions, puis elles se sont positionnées autour du respirateur artificiel. Le médecin a ensuite retiré le petit tube qui insufflait de l'air dans les poumons de mon bébé.

J'ai joint les mains en prière sur ma poitrine.

– S'il te plaît... S'il te plaît... S'il te plaît...

Cayson me frottait le dos pour me rassurer.

Une fois le tube enlevé, le docteur a observé attentivement Cédric. Le moniteur indiquait un débit d'oxygène nul.

Cette attente me tue.

Et puis, le moniteur a émis un bip et l'ordinateur a affiché la saturation en oxygène du sang.

Le médecin a souri.

– Et voilà. Il respire tout seul.

J'ai éclaté en sanglots. Ce n'étaient pas des larmes normales. C'était une véritable explosion. Ma poitrine se soulevait et se déchirait à chaque respiration. J'ai littéralement craqué, secouée par la joie pure du soulagement. Mes genoux ont dévissé, mais Cayson me soutenait.

– Cédric respire... il va vivre.

Cayson m'a serrée contre sa poitrine. Sa respiration était irrégulière, saccadée.

J'ai levé les yeux et j'ai vu ses larmes, semblables aux miennes.

– C'est un battant, souffla-t-il en m'embrassant sur le front. C'est notre chef de guerre.

Ils ont surveillé Cédric de près pendant les six heures suivantes. Il est resté dans la couveuse, mais les tubes ont disparu de son visage. Quand il a bâillé pour la première fois, mon cœur a failli lâcher.

Mes parents étaient de retour dans la pièce, et maman n'arrêtait pas de pleurer. Papa a respiré fort plusieurs fois, comme s'il luttait contre ses émotions.

Cayson était assis à côté de moi, la main sur ma cuisse.

– On va bientôt le ramener chez nous.

– Tu crois ? demandai-je pleine d'espoir.

– Oui. Le plus dur est derrière nous.

– Qu'est-ce qu'il est beau, murmura maman.

Sans l'appareil respiratoire, nous pouvions voir tous les détails de son visage.

Oui, il est très beau.

Le médecin est revenu dans la pièce, le dossier médical sous le bras.

– Comment va notre chef de guerre ?

Le surnom s'était imposé de lui-même, et tout le monde l'appelait comme ça.

– Très bien, dis-je avec un amour maternel.

Le médecin a feuilleté le dossier.

– Je viens de recevoir le résultat de ses analyses...

– Oui ? m'enquis-je, le corps soudain tendu.

– Ça se présente bien. Parfois, une pneumonie se développe à la suite d'une intubation, mais il est en pleine forme. Il va vraiment bien.

– Oh, merci mon Dieu, m'exclamai-je en joignant les mains sur ma poitrine.

– Vous voulez le prendre dans vos bras ? demanda-t-il nonchalamment, un sourire flottant sur les lèvres.

Un frisson m'a parcouru des pieds à la tête.

– Oh mon Dieu. Je peux ? dis-je en m'éventant les yeux pour ne pas pleurer. Je peux le prendre ?

Je n'arrivais pas à contrôler ma respiration qui s'affolait. J'allais tenir mon fils dans mes bras pour la première fois, événement qui aurait dû avoir lieu il y a près d'un mois.

– Bien sûr, dit le médecin. Mais si vous preniez d'abord une minute pour vous calmer ?

– D'accord... d'accord.

J'ai essayé de ralentir ma respiration, mais ensuite, j'ai pensé à Cayson.

– Tu devrais le prendre en premier. Tu étais avec lui pendant tout le temps où je suis restée à la maternité.

Il a secoué la tête.

– Non, bébé. Ça doit être toi. Tu es sa mère.

– Vraiment ?

Il allait vraiment me laisser le tenir en premier ?

– Oui.

– D'accord.

Je me suis levée et approchée de la couveuse, les mains stables.

Cayson est resté à côté de moi.

Le médecin a ouvert la vitre, puis il l'a doucement pris dans ses mains. Et il m'a tendu mon bébé.

Être si près de lui était l'expérience la plus incroyable de ma vie.

Le médecin a posé Cédric dans mes bras. Il ne l'a pas lâché tant que je le tenais bien. Puis il s'est écarté de nous.

– Oh mon Dieu...

Je n'arrivais pas à croire que c'était réel. Je regardais le visage de mon fils, et je n'avais jamais rien vu d'aussi beau. Il était tellement petit, il ne pesait presque rien. Cayson a placé une main sous la tête de Cédric, et l'a contemplé avec le même émerveillement.

L'expérience était presque surnaturelle. Je l'ai senti respirer dans mes bras, et j'ai regardé ses doigts et ses orteils. Ses yeux étaient fermés comme s'il dormait. Mais soudain, il les a ouverts, et ils ont croisé les miens.

– Salut...

Les larmes ont afflué et coulé sur mes joues.

– Salut, mon bébé.

Cayson était aussi ému que moi. Ses yeux se sont remplis de larmes.

– Salut, chef de guerre.

– Tu es tellement beau.

Cayson a touché les doigts minuscules de Cédric.

– Mon petit homme.

– Je sais que tu ne sais pas qui on est pour le moment, mais... on est les deux personnes qui vont t'aimer jusqu'à te rendre fou, dis-je en riant doucement.

Cayson a posé la paume contre la joue de Cédric.

– On t'aime tellement.

Maman reniflait, debout à côté de papa.

Papa a cligné rapidement des yeux comme s'il essayait de masquer son émotion.

J'ai regardé Cédric dans les yeux.

– Tu veux dire bonjour à tes grands-parents ? Ils sont restés là tout le temps.

J'ai marché lentement jusqu'à mes parents, puis je me suis mise devant eux pour qu'ils puissent admirer Cédric.

– Il est tellement beau, murmura maman en caressant son petit pied.

Papa lui a touché le doigt.

– Parfait.

Mes parents l'ont comblé d'amour, déjà épris de leur premier petit-enfant.

Je voulais qu'ils le prennent, mais Cayson devait passer en premier.

– Tu veux le tenir dans tes bras ? dis-je en me tournant vers lui.

Il n'a pas répondu. Il a simplement glissé les bras sous les miens, et comme s'il l'avait fait une centaine de fois, il m'a pris Cédric des bras et l'a tenu contre sa poitrine. D'un air paternel, il a regardé le visage du bébé.

– Je t'attends depuis très longtemps. Et tu valais la peine d'attendre.

Il s'est penché pour embrasser Cédric sur le front.

Ce moment m'a fait pleurer à nouveau.

– Félicitations. C'est un si beau bébé, s'extasia maman.

– Je sais, bichai-je.

Cayson regardait Cédric comme s'il n'y avait personne d'autre dans la pièce. Quand il a enfin eu sa dose d'amour, il s'est approché de ma mère et lui a tendu le bébé.

– Tiens, jeune mamie.

Maman l'a pris, radieuse, et a soupiré en admirant son visage.

– Tu ne le trouves pas magnifique, Sean ?

Papa a mis un bras autour de ses épaules.

– Absolument magnifique.

Il a glissé une main sous les siennes et ils l'ont tenu ensemble.

– Appelle tes parents, murmurai-je à Cayson. Ils doivent être impatients de le prendre dans leurs bras.

Il s'est éloigné et a sorti son téléphone.

– Je le fais tout de suite.

13

ARSEN

Abby faisait distraitement tourner sa cuillère dans ses pâtes, sans prendre de bouchée. Elle avait le menton posé dans la main et les yeux plongés dans son bol, une expression désespérée sur le visage.

– Tout va bien, ma puce ?

Elle n'a pas levé les yeux vers moi.

– Silke me manque...

Et moi donc.

– Je sais que c'est difficile pour toi. C'est dur pour moi aussi.

Abby a posé sa cuillère et m'a regardé.

– Elle est où ?

Comment expliquer la situation à une enfant de six ans ?

– Ne t'inquiète pas, elle reviendra.

Du moins, je l'espère.

Je savais qu'Abby aimait passer du temps avec Silke. Elles avaient un lien fort et j'en étais reconnaissant. Ma fille avait besoin d'un bon modèle féminin dans sa vie, et il n'y avait personne de mieux que Silke pour remplir ce rôle.

Puis une idée m'est venue à l'esprit. Silke ne voulait rien savoir de moi, mais si Abby demandait à la voir, elle ne pourrait jamais refuser. J'étais même certain qu'elle aimait Abby encore plus que moi. Serais-je le pire père du monde d'utiliser ma fille comme excuse pour la voir ? Ou seulement le mec le plus désespéré de la Terre ?

– Je reviens tout de suite, Abby.

Elle a replongé les yeux dans son bol.

Je suis allé dans ma chambre pour passer l'appel. À chaque coup de sonnerie, mon pouls s'accélérait dans ma cage thoracique. Je me languissais d'elle, et le fait que je ne puisse pas l'avoir quand je voulais me mettait à cran.

Silke a répondu.

– Arsen, laisse-moi tranquille.

Sa voix exsudait l'autorité. Elle avait beau être jolie et délicate, elle était plus forte qu'un soldat.

– Je suis désolé de te déranger. Mais je ne t'appelle pas pour t'embêter.

– Alors pourquoi tu m'appelles ?

Manifestement, elle n'en croyait pas un mot.

Et elle a parfaitement raison.

– Tu manques à Abby… elle n'arrête pas de me demander où t'es.

Son ton a immédiatement changé. Elle était hostile au début, mais sa voix était maintenant douce comme le miel.

– Ah oui ?

– Ouais. Je sais qu'elle veut te voir.

Silke a soupiré profondément, comme si mes mots l'attristaient.

– Elle me manque aussi. Je l'adore. J'aurais jamais cru aimer quelqu'un autant, tu sais ?

Et comment.

– Je sais. Tu voudrais bien qu'on aille au terrain de jeux demain ?

Silke a hésité.

– Et si je l'emmenais faire une activité ailleurs ?

Ça gâcherait mon plan.

– Je crois que ce serait mieux pour Abby si on était tous les deux là... tu sais, en famille.

J'étais réduit à la dernière extrémité. Bien sûr, je voulais ce qu'il y a de mieux pour ma fille, mais je pensais aussi à long terme. Et retrouver Silke était la meilleure chose pour nous deux.

Elle a hésité encore.

– J'en sais rien...

Je ne voulais pas trop insister, de peur que ça ait l'effet inverse.

– Silke, même si on n'arrive pas à régler nos différends, tu ne crois pas qu'on devrait passer du temps ensemble pour elle ?

Silke n'était pas sa mère, mais je savais que ça n'avait pas d'importance à ses yeux. Elle était ce qui s'en rapproche le plus pour Abby. Elle l'a adoptée sans signer de papiers officiels, comme Ryan l'a fait avec moi.

– J'imagine.

Oui.

– Retrouvons-nous au parc demain.

Ce n'était pas grand-chose, mais je l'ai pris comme une victoire.

Abby ne tenait pas en place tellement elle était excitée.

– Silke vient ?

Nous étions assis ensemble sur un banc de parc.

– Ouais. Elle arrive bientôt ?

– Pourquoi elle ne se dépêche pas ?

J'ai pouffé.

– Je suis sûr qu'elle marche aussi vite qu'elle peut.

Abby balançait les pieds avec impatience. Elle ne cessait de balayer l'horizon, jusqu'à ce qu'elle aperçoive Silke qui s'approchait.

– Papa, la voilà ! s'écria-t-elle en la pointant, puis sautant par terre et courant vers elle.

J'ai levé les yeux et je l'ai repérée. Elle portait un jean noir moulant avec des bottillons bruns qui lui arrivaient aux genoux, un manteau blanc et une écharpe rose et violette pour la tenir chaud.

Elle était belle à couper le souffle. J'avais tellement envie d'elle que j'en ai eu mal dans tout le corps.

Le regard de Silke s'est allumé comme un feu d'artifice lorsqu'elle a vu Abby.

– Oh, tu m'as tellement manqué, s'attendrit-elle en s'agenouillant et la serrant dans ses bras.

L'affection brillait dans ses yeux tandis qu'elle étreignait Abby de toutes ses forces.

En les observant, j'ai réalisé tout ce que j'avais perdu.

– Silke, t'étais où ?

Silke a regardé Abby dans les yeux et sa lèvre inférieure a trembloté.

– J'ai été très occupée. Et toi, quoi de neuf ?

– Tu sais, l'école et tout ça. Papa m'a acheté un hélicoptère téléguidé.

– Ah ouais ? s'enthousiasma-t-elle. Ça a l'air amusant.

– J'ai mis une Barbie dedans et je l'ai emmenée au centre commercial.

– Waouh. Elle rentrait dedans ?

– J'ai dû mettre une petite Barbie. Les normales ne rentraient pas.

– Quand même, c'est très cool, dit Silke en prenant sa main et marchant vers moi. Alors, tu veux de la crème glacée ?

Abby a brandi son bras libre.

– Ouais !

Silke a pouffé, mais son sourire a disparu lorsqu'elle est arrivée devant moi. Sur la défensive, elle m'a regardé en s'éclaircissant la voix maladroitement.

– Bonjour, Arsen.

J'avais envie de crever. Pourquoi ai-je été aussi stupide ? Pourquoi a-t-il fallu que je foute tout en l'air ? Pourquoi on ne m'a pas mis du plomb dans la tête ? Les deux êtres que j'aimais le plus au monde étaient devant moi… mais émotionnellement, Silke était très loin.

– Salut, Silke.

Je n'avais pas l'habitude de l'appeler par son prénom. C'était trop formel, et ça m'a fait bizarre.

Silke s'est tournée vers Abby.

– Alors, quel parfum tu veux ?

Abby a bondi.

– Fraise !

– Comme papa, hein ? dit-elle souriante.

– Je veux être papa quand je serai grande.

Le regard de Silke s'est attendri.

J'étais tellement heureux qu'Abby soit dans ma vie. Sans le savoir, elle faisait de moi un homme fier.

Elle a marché en tirant Silke en avant.

– Vite, allons-y avant qu'ils aient tout vendu.

Je les ai suivies, puis nous nous sommes mis en file au kiosque. J'étais hyper conscient de ma proximité avec Silke. J'aimais la façon dont ses cheveux tombaient sur son visage. Et la façon dont son jean épousait ses hanches m'excitait. Même avec son manteau, ses courbes étaient mises en valeur. Ses fringues lui donnaient un air à la fois classe et sexy.

Je ferais n'importe quoi pour pouvoir l'embrasser.

– T'as passé une bonne semaine ? demandai-je.

– Pas mal.

Sa voix trahissait sa tristesse.

J'en connaissais la raison.

– Cédric va s'en sortir.

– Tu l'as vu ?

– J'y suis allé il y a quelques jours. Skye avait l'air crevée, alors je l'ai surveillé pendant qu'elle dormait.

Silke a hoché la tête.

– Il est trop mignon. J'ai hâte qu'il passe Noël avec nous.

– Moi aussi.

Une fois arrivés au comptoir, nous avons commandé. Après avoir reçu nos cornets, nous sommes retournés vers le terrain de jeux. Abby et moi avions choisi de la glace à la fraise, et Silke avait un cornet à la pistache.

– J'ai trouvé un appartement, dit Silke de but en blanc. C'est proche du musée.

– Oh...

Alors, elle tournait vraiment la page ? Elle n'allait pas rester avec ses parents jusqu'à ce que tout soit réglé entre nous ? Je savais qu'elle était sérieuse quand elle a dit que c'était fini pour de bon. Mais j'imagine qu'une partie de moi espérait qu'elle l'ait dit seulement sous l'effet de la colère.

– Il plaît à mon père aussi.

Si Ryan m'aidait à arranger les choses avec elle, ça ferait toute la différence. Silke se croyait indépendante et en contrôle de son propre destin, mais je savais qu'elle accordait énormément d'importance à l'opinion de son père, même si elle ne l'admettait pas. Quand Ryan et Janice n'ont pas accepté Pike à bras ouverts, Silke l'a quitté. Elle ne l'avouerait jamais, car elle ne le réalisait sans doute même pas, or ce n'en était pas moins vrai.

Je savais que j'avais royalement merdé et j'assumais la responsabilité de mes actes. Mais je savais aussi que personne au monde n'aimerait Silke autant que moi. Elle était tout pour moi. Nous étions faits l'un pour l'autre. Destinés à être ensemble. Si seulement elle me donnait une autre chance, je lui prouverais.

Mais à quoi bon lui dire tout ça ? C'était peine perdue, surtout en ce moment. Je ne voyais pas l'intérêt de répondre à sa dernière phrase. Si elle voulait se trouver un appart, je n'allais pas l'en empêcher. Mais je ne baisserai pas les bras non plus.

Silke a joué avec Abby sur le terrain de jeux pendant une heure, quand Abby s'est fait un nouvel ami. C'était un garçon d'environ son âge, et il portait un pull de Buzz l'Éclair. Abby et lui se sont mis à creuser dans le bac à sable avec les jouets du garçon, et Silke s'est doucement éloignée pour les laisser jouer.

Elle s'est dirigée vers le banc de parc où j'étais assis, lentement, comme si elle redoutait de m'approcher.

J'ai regardé droit devant pour la mettre à l'aise.

Silke a fini par s'asseoir à côté de moi et croiser les bras.

– Personne ne fait le poids devant un pull de Buzz l'Éclair.

Elle a gloussé, visiblement surprise par mon ton badin. Elle s'attendait sans doute à ce que je lui déclare mon amour éternel, comme d'habitude.

– En effet.

– Peut-être si t'avais un pull de *La Petite Sirène*. Elle adore ce film.

– C'est un classique.

J'ai souri en réalisant qu'elle se relaxait en ma présence. Elle baissait la garde, tranquillement, mais sûrement. Au lieu de me repousser comme d'habitude, elle était calme, voire réceptive.

– Abby a regardé *Retour vers le futur* l'autre soir. Elle a kiffé.

– C'est un de mes films préférés de tous les temps.

– Que penses-tu du deuxième et du troisième ?

– Ils sont bons aussi. Des films comme il ne s'en fait plus, tu sais.

– C'est vrai, acquiesçai-je.

En réalité, lorsque je regardais ces classiques avec Abby, c'était ma première fois aussi.

– Comment ça va au musée ? demandai-je après un moment.

– Bien. On vient d'acheter les œuvres d'un peintre français très célèbre.

– Cool.

Je n'ai pas demandé le nom de l'artiste, car ça ne me faisait ni chaud ni froid. Je ne comprenais pas l'art comme Silke.

– As-tu manipulé les œuvres toi-même ?

– Quelques-unes.

– Tu devrais enseigner la peinture à Abby. Elle adorerait.

– Je ne suis pas vraiment peintre. Je sais sculpter, et faire de la poterie.

– Eh ben, Abby aime ça aussi. Remarque, les pots qu'elle a fabriqués à l'école sont moches, alors tu devrais lui donner des conseils, raillai-je.

Silke a ri, et le son mélodieux m'a donné des frissons dans le dos.

– Ça exige de la pratique.

– Prends-la demain, suggérai-je.

Elle s'est tournée vers moi et a croisé mon regard.

– Je peux ?

Elle n'avait pas besoin de mettre les formes avec moi.

– Silke, tu peux la prendre quand tu veux. Tu rends Abby heureuse, et ça me rend heureux.

Silke ne voulait pas être avec moi, car elle ne me faisait plus confiance, mais peut-être qu'elle resterait pour Abby. C'était terrible d'espérer une telle chose, mais je n'allais pas nier le fait que j'envisageais cette solution. Si elle restait pour Abby, je ferais tout pour me racheter à ses yeux.

– Je peux la déposer et venir la chercher.

– J'adorerais ça.

– Alors, c'est réglé. Je lui dirai quand elle aura fini de jouer avec Buzz l'Éclair.

Silke a pouffé.

– Il est mignon.

J'ai haussé les épaules.

– Pas aussi mignon qu'Abby.

– Des vraies paroles de père, dit-elle tout sourire.

Je ne voulais pas gâcher le moment, cette tranquillité entre nous. Nos atomes crochus bouillonnaient comme ils l'ont toujours fait. En voyant que je n'essayais pas de la harceler, Silke s'était détendue. Malgré sa douleur et sa méfiance, elle ne pouvait pas nier que nous avions une merveilleuse chimie.

Abby et moi sommes entrés.

– Je vais être la meilleure potière du monde ! s'écria-t-elle.

– J'en suis sûre, ma chérie.

Silke était déjà assise à son tour de potier avec son matériel devant elle, aussi j'ai soulevé Abby et je l'ai assise sur la chaise à côté de Silke.

– Elle porte de vieilles fringues alors ça va si elle se salit.

– Ça me facilite la tâche, dit-elle en serrant Abby, puis la regardant, souriante. Prête pour un cours de sculpture ?

– Ouais, répondit Abby en tapant des mains.

Silke a ri à son enthousiasme.

– J'aimerais que tous mes élèves au musée soient aussi excités que toi.

Ryan étudiait notre interaction depuis la cuisine. Il buvait sa bière, accoudé au comptoir.

Je ne lui ai pas parlé. Il était déçu de moi en ce moment. Mieux valait l'éviter.

– Je reviendrai la chercher dans quelques heures, dis-je en posant un baiser sur le front d'Abby. À tout à l'heure, ma puce.

– À tout à l'heure, papa.

Elle ne m'a même pas regardé en me répondant. Elle n'avait d'yeux que pour l'argile devant elle.

– Tu t'en vas ? demanda Ryan en s'asseyant à table.

Je n'en ai pas envie — du tout.

– Ouais. Je sais qu'Abby veut passer du temps avec Silke.

– Non, couina Abby. Reste, papa.

J'aimais ma fille plus que tout en ce moment.

J'ai haussé les épaules en regardant Silke, lui demandant son avis.

Elle a fini par hocher la tête.

– Reste.

– Ouais ?

– Ouais. Tu peux participer au cours.

– Waouh, souris-je. Un cours de poterie de la meilleure sculptrice en ville... j'ai de la chance.

Silke a rougi au compliment, et un sourire s'est dessiné sur ses lèvres.

Ce que je ne ferais pas pour l'embrasser en ce moment.

– Je vais regarder, dit Ryan en sortant son portable. Faut bien que quelqu'un prenne des photos.

Je me suis retourné vers le salon et j'ai vu Janice sur le canapé. Elle avait un bouquin dans les mains, et un verre de vin était posé sur la table basse. Lorsqu'elle a levé les yeux vers moi, je n'ai pas vu la chaleur qu'elle me réservait avant. Ryan était déçu de moi d'avoir fait du mal à sa fille, mais Janice était complètement furax.

Je ne lui en veux pas.

Ryan a parlé par-dessus son épaule.

– Bébé, tu veux te joindre à nous ?

Elle a siroté son vin.

– Non merci.

Il n'a pas insisté.

Je me suis assis à côté d'Abby et j'ai suivi les instructions de Silke. J'ai plongé les mains dans l'argile, et une fois qu'elles en ont été enduites, je me suis senti plus crado que lorsque je faisais une vidange d'huile sur une vieille bagnole.

Abby s'en donnait à cœur joie. Elle envoyait de l'argile mouillée partout, mais Ryan semblait se moquer des dégâts. Chacun notre tour, nous avons façonné notre pot en actionnant la pédale du tour à potier. Nos mains glissaient sur l'argile pour lui donner la forme désirée.

Je n'avais pas une once de talent artistique, aussi le mien ressemblait à un tas de fumier. Celui d'Abby n'était pas génial non plus, mais elle semblait fière.

– Beau travail, ma chérie.

– Merci, papa.

L'œuvre de Silke était spectaculaire, comme toujours. J'ignore comment, mais elle avait façonné un pot qui avait la forme d'un père et d'une fille qui se tenaient par la main. Les deux silhouettes marchaient dans un parc, sur un sentier qui semblait s'étendre à l'infini. Le fait qu'elle ait laissé libre cours à son imagination et improvisé un tel chef-d'œuvre me stupéfiait.

– Maintenant, mettons-les dans le four, dit-elle.

– J'imagine que le dîner de demain aura le goût de l'argile, railla Ryan.

– T'inquiète, ça n'empestera pas le four.

Silke y a mis nos œuvres avant de régler la minuterie.

– Qu'est-ce qu'on fait maintenant ? demanda Abby.

– On attend.

Silke a lavé ses mains, puis celles d'Abby.

– Combien de temps ? demanda Abby.

– Trente minutes.

Je me suis lavé les mains avant de retourner à la station de travail. C'était le bordel total, aussi j'ai nettoyé un peu avant de m'asseoir.

– C'est tellement long, bouda Abby.

– Ça passera très vite.

Silke s'est rassise à sa place. La chaise entre nous deux était vide.

Au lieu de reprendre place entre nous, Abby est allée à sa boîte à jouets dans le salon et elle en a sorti ses affaires. Janice a refermé son livre, allumé la télé sur une chaîne pour enfants, puis elle s'est assise à côté d'Abby. Ryan s'est joint à elles avant de sortir un dinosaure de la boîte.

Par chance, je me retrouvais seul avec Silke.

Je voulais me mettre à genoux et la supplier de me reprendre, mais je savais que c'était inutile. Ça ne ferait que la repousser davantage. J'aimais la sentir près de moi et je voulais faire durer le plaisir.

– J'ai eu une idée, dis-je.

Elle s'est tournée vers moi et m'a regardé en face. Elle se sentait en sécurité parce que ses parents étaient dans les parages, ce qui m'empêchait de la toucher ou l'embrasser.

– Quoi ?

– Quitte ton job au musée et deviens sculptrice professionnelle. Tu pourrais ouvrir ta propre galerie à Manhattan où tu vendrais tes œuvres. Ce serait parfait.

Silke a pincé les lèvres pour contenir un rire.

– Arsen, tout le monde ne peut pas se lancer en affaires comme tu l'as fait.

– J'ai étudié la mécanique. Mais toi, tu as un don, Silke. Tu devrais le partager avec le monde.

Elle a secoué la tête.

– Je suis meilleure que la moyenne des gens, mais pas assez pour ça.

– Je ne suis pas d'accord. Quand tu as donné la sculpture à ton père pour son anniversaire, il a failli pleurer.

– Parce que c'est mon père...

– Silke, je n'essaie pas de te flatter. Je suis sérieux.

Elle a croisé les bras sur sa poitrine et a affiché un air pensif, comme si elle y réfléchissait sérieusement.

– Je ne crois pas avoir le courage de faire ça.

C'était à mon tour de rire.

– Bébé, t'es la femme la plus courageuse que j'ai jamais connue.

Je n'ai réalisé que je l'avais appelée ainsi que lorsqu'il était trop tard, mais le mal étant fait, j'ai agi comme si de rien n'était.

– Si quelqu'un peut ouvrir une galerie d'art, c'est bien toi, continuai-je. Tu es forte, intelligente et foutrement talentueuse.

Ses joues ont rougi de nouveau.

– Allez. C'est une idée trop top. Parles-en à ton père et demande-lui son avis.

– Il me dira de faire ce que je veux parce que j'aurai du succès quoi que je fasse.

Ryan croyait en ses enfants plus que tout au monde. Et il croyait en moi.

– Ouais, t'as raison. Alors, fais-le. Ton père a ouvert un salon de tatouage, puis un deuxième. Il m'a aidé à ouvrir mon garage à partir de zéro. En fait, c'est lui qui l'a ouvert. Je n'ai fait que le regarder faire, épaté. Son aide est inestimable. Sers-t'en.

– À t'entendre parler, c'est du gâteau.

– C'est pas du gâteau. Mais c'est certainement dans le domaine du possible.

Elle a détourné la tête et regardé les dessins animés à la télé.

– Silke ? dis-je doucement.

Elle s'est tournée vers moi de nouveau.

– Tu veux être artiste ? Si tu le pouvais, tu en ferais ton vrai gagne-pain ?

Elle a soutenu mon regard tandis que les rouages de son esprit s'engrenaient à toute allure.

– Bien sûr. Qui ne rêve pas de ça ?

– Alors, faisons-le. Je peux t'aider.

– Ça va, Arsen, dit-elle froidement.

J'ai essayé de cacher ma déception. Ce projet nous rapprocherait, elle et moi. Et j'en avais vraiment besoin.

– Ça me fait plaisir, je t'assure. J'ai de l'expérience dans les affaires.

Elle évitait mon regard.

– Je crois vraiment que tu es faite pour cette carrière. Et je sais que tu es bien au musée, mais je pense que tu serais encore plus heureuse si tu pouvais créer tes propres œuvres. C'est mon grain de sel.

– Être artiste professionnel n'est pas facile. Même si j'obtiens du financement pour ouvrir une galerie, il y a beaucoup plus. Il te faut un agent, et un plan marketing solide pour attirer des clients. Tout est une question de notoriété.

J'ai pointé Ryan de la tête.

– Eh ben, ton père est un guru du marketing. On n'a qu'à dire à la presse que Sean va divorcer et le faire venir à la galerie pour acheter une sculpture. Les médias prendront des millions de photos de lui, et tu seras à la une de tous les magazines.

Silke a roulé les yeux.

– Je ne vais quand même pas lancer un canular.

– Je dis seulement qu'on a beaucoup de solutions à portée de main.

– Eh ben, je ne veux pas de manigances. Je veux rester éthique.

– On peut faire ça aussi.

Je me rappelais la fois où Sean a emmené sa Ferrari à mon garage pour faire une vidange d'huile. Tout le monde l'a vu arriver dans son bolide de luxe, et peu de temps après, les clients ont afflué des quatre coins de la ville.

La minuterie a sonné, annonçant que nos œuvres d'art étaient prêtes. Silke a enfilé des mitaines avant de sortir chaque pot du four et le poser sur une grille pour le faire refroidir. Puis elle est revenue s'asseoir.

Celui d'Abby ne ressemblait pas à grand-chose, et le mien était un désastre. Mais celui de Silke était époustouflant. L'image qu'elle avait façonnée était encore plus prononcée maintenant que l'argile avait été cuite. Si j'avais vu cette œuvre dans une galerie d'art, j'aurais parié qu'elle coûtait cinq cents balles. L'attention au détail était incroyable.

Silke a laissé les pots refroidir avant de les toucher à mains nues. Elle a passé les doigts sur les surfaces, puis a esquissé un sourire satisfait.

– Ils sont finis.

– Le tien est trop beau.

Elle l'a regardé encore avant de me le tendre.

– Je l'ai fait pour toi.

En examinant l'image de plus près, je me suis reconnu dans la silhouette de l'homme. Les épaules étaient exactement comme les miennes, et la poitrine aussi. La tignasse d'Abby était attachée en deux nattes, comme elle coiffait habituellement ses cheveux, et elle avait une licorne dans la main.

Mes yeux se sont embués.

– Je le chérirai pour toujours.

Elle a étudié mon visage avant de détourner la tête.

– Ma Belle ?

Elle évitait toujours mon regard, comme si le moment était trop intense.

J'ai patiemment attendu qu'elle se retourne.

Lorsqu'elle l'a fait, l'émotion faisait briller ses yeux, même si elle essayait de le cacher.

– Je t'aime.

Je ne le disais pas pour la reconquérir. Ni parce que j'avais besoin d'elle. Je le disais seulement parce que c'était ce que je ressentais.

Elle a avalé la boule dans sa gorge.

– Je t'aime aussi.

14

SLADE

– Dégagez le passage !

Je suis entré en trombe dans la pièce, Trinity dans mon sillage. Quand Cayson a appelé pour dire que Cédric respirait tout seul, je me suis levé de table et nous avons filé du restaurant sans payer.

Heureusement, les gens me connaissaient et j'irai payer plus tard.

Je me suis arrêté devant Skye. Elle tenait Cédric dans ses bras, et pour la première fois depuis près d'un mois, elle avait l'air heureuse. Son visage rayonnait, et le petit bébé dans ses bas irradiait de sa propre lumière.

– Oh mon Dieu...

J'avais du mal à croire que c'était réel. Cédric était derrière une vitre depuis si longtemps que je ne concevais pas de le voir à l'air libre. Il n'avait plus de tubes sur la figure et il avait l'air d'un bébé normal, juste un peu petit.

Cayson se tenait à côté de Skye, fier comme un paon.

Trinity s'est collée à moi pour voir Cédric.

– Il est trop mignon, s'extasia-t-elle.

– Je sais, sourit Skye d'un air attendri.

– Regardez-moi ce chef de guerre, lançai-je. Le gars le plus fort du monde.

– C'est vrai, dit Cayson qui n'arrêtait pas de l'admirer.

Skye a levé les yeux vers moi pour la première fois, puis s'est avancée.

– Tu veux le prendre ?

– Euh…

J'ai regardé Cédric et ça m'a littéralement terrifié. Je n'avais même jamais tenu Ward Jr dans mes bras, alors je ne savais pas quoi faire.

– C'est bon, Slade, dit Skye en s'approchant, s'apprêtant à me le glisser dans les bras.

– Oh là, doucement, m'exclamai-je en reculant, sentant la panique me prendre à la gorge. Tu sais, le regarder me suffit. Trinity, tu peux le tenir.

Cayson a pris Cédric des bras de Skye et s'est approché de moi.

– Non, tu mérites de le tenir. C'est toi qui as trouvé son prénom, Slade.

J'ai secoué la tête.

– Je vais faire une connerie ou le laisser tomber. Je ne connais rien aux bébés. C'est trop de pression… je ne peux pas le prendre.

Cayson a fait fi de ce que j'ai dit.

– Tends les bras et fléchis les genoux.

– Mec, je te dis que…

– Tu peux le faire. Skye et moi, on n'a aucune inquiétude à ce sujet.

Il m'a tendu Cédric, se préparant à l'échange de bras.

– Euh...

Trinity a posé la main sur mon épaule.

– Slade, tu peux le faire.

– J'ai la frousse.

Je n'avais jamais dit ces mots de ma vie. Je n'ai jamais eu peur de rien. Mais ça... c'était une autre paire de manches.

– Je vais te le mettre dans les bras. Tout ce que tu as à faire, c'est le tenir contre ta poitrine, dit Cayson.

– D'accord...

Il a doucement déposé le bébé dans mes bras. Avant de le lâcher, il m'a dit :

– Maintenant, amène-le contre ta poitrine.

J'ai suivi l'instruction.

Quand Cayson a été sûr que je le tenais bien, il a lentement retiré ses bras.

Puis j'ai tenu Cédric tout seul.

– Putain de merde...

J'ai dévisagé Cédric, et ses yeux bleus m'ont immédiatement fait penser à Sean. Il m'a regardé comme s'il me connaissait déjà, comme s'il se souvenait d'avoir vu mon visage à travers la vitre. Il me fixait, comme hypnotisé.

– Oh mon Dieu...

– Quoi ? s'enquit Trinity.

– Je le tiens.

Elle a souri et m'a frotté le dos.

– Et tu t'en sors très bien.

Cédric était minuscule dans mes bras. Il ne pesait rien, mais il émettait une chaleur incroyable. Au lieu de l'odeur âcre du nouveau-né, il sentait le shampoing et le lait de toilette pour bébé. Je n'arrivais pas à croire que je tenais mon filleul. Je ne le connaissais que depuis un mois, mais je l'aimais déjà. Je ne pourrais pas l'expliquer.

– C'est un bon entraînement pour notre futur bébé, dit Trinity.

– Ouais...

Pendant une seconde, j'ai oublié que le nôtre était en route.

Skye a passé son bras sous celui de Cayson.

– Ils sont si mignons ensemble.

– Oui, confirma Cayson.

Je me suis assis et je l'ai gardé dans mes bras, n'ayant pas l'intention de le rendre de sitôt.

– J'arrive pas à croire que vous l'ayez fabriqué.

Skye a ri.

– Moi, si !

– Cédric a la beauté de Skye, dit Cayson, mais j'espère qu'il a mon intelligence.

Il a fait un sourire taquin à Skye.

– Moi aussi j'espère qu'il a ton intelligence, s'esclaffa-t-elle. T'es un surdoué.

– Ouah, dit Cayson. Pas de mots intellos ici. Je ne veux pas que mon fils sache d'entrée de jeu que je suis un nerd.

– Je pense qu'il le sait déjà, dit Trinity en s'asseyant à côté de moi, nos cuisses se touchant.

J'avais oublié ma femme, la marraine de Cédric.

– Tu veux le prendre, bébé ?

Elle m'a caressé le poignet.

– Tu peux le garder encore un peu.

Je me suis penché en arrière dans la chaise et j'ai posé ma cheville sur le genou. Mes yeux étaient scotchés au visage de Cédric. La seule personne que je fixais si intensément, c'était ma femme.

– Incroyable, murmura Skye. Slade est amoureux.

Je me fichais qu'ils me vannent, surtout quand leurs railleries étaient la réalité.

Cayson a enlacé Skye.

– Alors, quand est-ce qu'on fait un autre bébé ?

– Commençons par nous occuper de Cédric, dit Skye.

Trinity continuait de fixer mes bras.

– À mon avis, celui-ci ne va pas vous créer beaucoup de problèmes. Je ne l'ai pas entendu pleurer une seule fois.

– Parce que je le tiens, déclarai-je, le sourire jusqu'aux oreilles.

– Il se la pète maintenant, dit Cayson.

– Ça n'a pas mis longtemps, s'esclaffa Skye.

Je savais que j'avais assez accaparé Cédric, alors je l'ai levé vers Trinity.

– Prête ?

Elle a hoché la tête et tendu les bras.

Je l'ai déposé dans ses bras, puis je lui ai enlacé les épaules.

Trinity a baissé les yeux vers le bébé en soupirant.

– Je suis si heureuse de te rencontrer enfin, Cédric Thompson.

Nous nous sommes rassemblés autour d'eux.

– Merci de t'être battu si vaillamment, murmura-t-elle. Tu es une source d'inspiration pour nous tous.

J'ai serré le poing et tapé doucement le sien.

– T'es le meilleur, chef de guerre.

– Chef de guerre, répéta doucement Trinity. Quel surnom parfait.

– C'est comme ça que je l'appellerai désormais, dis-je. Ça lui va trop bien.

– Ça sonne bien, valida Cayson.

– Quand est-ce que le chef de guerre rentre chez lui ? demanda Trinity.

– On ne sait pas encore, répondit Skye. Mais sans doute bientôt. S'il peut respirer seul, c'est qu'il va bien.

– Je suis sûr qu'il dormira bientôt dans son berceau, dit Cayson.

– Quoi ? glapit Skye. Il dormira dans notre lit toutes les nuits.

J'ai regardé Cayson en souriant.

– À peine né, c'est déjà un casse-coup.

Cayson a haussé les épaules.

– Je peux renoncer au sexe pour lui. Ça ne me dérange pas.

Trinity et moi nous sommes couchés, et au lieu de passer aux choses sérieuses, je me suis penché sur elle et j'ai soulevé sa chemise de nuit pour exposer son ventre.

Elle m'a regardé avec un sourire amusé.

– Qu'est-ce que tu fais ?

J'ai maté son bidon.

– Ça ne te fait pas drôle de penser qu'il y a quelqu'un là-dedans ?

– Un peu, dit-elle en s'appuyant sur les coudes.

– Tu crois qu'il peut nous entendre ?

– J'en sais rien. C'est sans doute trop tôt.

J'ai promené ma grande main sur son petit estomac.

– C'est bizarre de penser qu'on a créé une personne... Ça a commencé par un ovule et un spermatozoïde, et maintenant, il pousse pour devenir un être humain qui naîtra dans quelques mois.

– C'est bizarre.

J'ai posé un baiser sur son nombril.

– Tu crois que je serai un bon père ? soufflai-je d'un filet de voix.

– Oui, dit-elle en me caressant les cheveux.

– C'est vrai ?

– T'aurais-je supplié de me mettre en cloque si je pensais le contraire ?

J'ai fixé son ventre.

– Tu crois que je devrais lui chanter quelque chose ? Tu sais, lui jouer de la guitare ?

– Je suis sûre qu'il adorerait. Moi aussi.

Je me suis levé et je suis allé chercher ma guitare acoustique. Je préférais la guitare électrique pour chanter, mais l'acoustique créait un climat plus intime. Je me suis assis à côté de Trinity et j'ai commencé à gratter. Je n'ai pas joué une de mes chansons habituelles. J'ai plaqué des accords en essayant de trouver de nouvelles paroles, des mots qui conviennent à un enfant.

Trinity me regardait, un léger sourire aux lèvres.

La musique était le seul cadeau que je pouvais offrir à quelqu'un. Je ne dirigeais pas une entreprise et je n'étais pas la personne la plus intelligente du monde. Mais je savais jouer de la musique. C'était quelque chose que je pouvais donner.

J'ai joué pendant trente minutes jusqu'à ce que mes doigts calleux cessent de glisser sur les cordes.

– C'était magnifique, dit Trinity.

– Ça t'a plu ?

– J'aime toujours tes mélodies.

L'amour brillait dans ses yeux. Je ne l'avais jamais vu faire ce regard à quelqu'un d'autre. J'étais déjà présent dans sa vie quand elle sortait avec des mecs, avant moi, mais je ne l'ai jamais vue amoureuse — pas comme avec moi. Ma femme était amoureuse de moi, et elle n'avait même pas besoin de me le dire.

– Et si tu faisais l'amour à ta femme enceinte ?

J'ai posé ma gratte au pied du lit, puis je me suis tourné vers elle.

– C'est tentant.

J'étais déjà torse nu, alors elle m'a enlevé mon pantalon de survêt et mon caleçon. Je bandais pour elle, comme toujours, et je la désirais.

Une fois à poil tous les deux, elle a enroulé ses longues jambes autour de ma taille. J'aimais ses jambes. Elle faisait des étirements tous les jours, et elles étaient si fines. Ma femme était toute en jambes et j'adorais ça. Seule la plus belle femme du monde pouvait me satisfaire ainsi. La monogamie était une aberration, sauf avec Trinity.

Elle est la seule exception à la règle.

Dès que je l'ai pénétrée, nos esprits se sont connectés. Nos âmes se sont enlacées. Nous respirions d'un même souffle dans le plaisir. Être en elle était la meilleure sensation du monde. Je ne me lassais jamais du sexe avec elle parce que c'était incroyablement bon. J'en voulais toujours plus.

Les yeux de Trinity brillaient comme des charbons ardents, et ses mains étaient partout sur mon corps, caressant chaque centimètre de peau. S'il y avait de la passion dans son regard, il y avait aussi de l'amour.

– Je t'aime, Trinity.

Elle m'a rapproché d'elle.

– Moi aussi, je t'aime.

Mon beau-père m'a appelé juste avant la fermeture du salon.

– Quoi de neuf, fiston ?

Il m'appelait tout le temps comme ça. C'était sympa de sa part, mais je n'y étais pas encore habitué.

– Je viens de finir ma journée. Et toi ?

– Je sors de la salle de sport. Tu veux boire une bière ?

– Je ne refuse jamais une bière.

Il a gloussé.

– On se retrouve chez Roger's.

J'ai raccroché et appelé Trinity.

– Salut, bébé. Je sors avec ton père, alors je ne viendrai pas te chercher au bureau aujourd'hui. T'es OK ?

– Ouais, c'est bon. C'est sympa que tu passes du temps avec mon père.

– Ben, c'est lui qui m'a appelé.

– Peu importe. C'est quand même sympa.

– On va boire une bière chez Roger's.

– Le dîner sera prêt quand tu rentreras à la maison.

– Merci, bébé.

– À tout à l'heure.

– Bye.

– Les cordes sont en or, et la musique sort comme si elle avait été enregistrée par des anges, dis-je avant de boire une gorgée de bière. C'est la plus belle guitare, y a pas photo.

Je parlais de la guitare que Trinity m'a offerte pour notre anniversaire.

– Très sympa.

Il regardait les passants derrière la vitre, sur le trottoir.

– Et elle a fait inscrire son nom sur le manche. Encore mieux.

Mike a pouffé.

– Comme ça on sait que tu n'es pas célibataire.

– Ouais. Mais je trouve ça sexy. Elle veut que tout le monde sache que je suis à elle.

J'ai remué les sourcils avant de boire une gorgée.

– Comment se passe la grossesse ?

– Bien. Je lui ai dit de ne plus porter de talons, et je fais la cuisine et le ménage dans l'appart. J'essaie de m'assurer qu'elle n'est pas stressée.

Il a fait un signe de tête d'approbation.

– Tu fais ce qu'il faut. J'ai essayé d'aider Cassandra, mais elle ne m'a jamais laissé faire. Même enceinte de neuf mois, elle tenait absolument à tout faire par elle-même.

– Ça devait être chiant.

Mike a levé un sourcil.

– Je veux dire…

Il a ri.

– Oui, c'était chiant. Et au cas où tu n'aurais pas remarqué, Trinity est comme sa mère.

– Ouais… j'ai remarqué.

Trinity se consacrait à son entreprise et elle était la principale source de revenus de notre foyer. Je ne m'en plaignais pas, sauf quand elle refusait de souffler un peu.

– Fais ce que tu peux, mais n'aie pas d'attentes irréalistes.

– Je vais essayer.

Il a posé les coudes sur la table.

– Alors, excité ?

– Oui. Mais je suis nerveux aussi. Être parent est le plus grand événement qui puisse arriver dans la vie.

– J'étais nerveux aussi. Mais c'est la plus belle aventure que tu vivras jamais. Je ne peux pas imaginer ma vie sans Conrad et Trinity. Mes enfants rendent ma vie... si épanouissante. Tu comprendras ce que je veux dire quand tu auras le tien.

– Je doute un peu de mes compétences de père.

Il a haussé les épaules.

– Ce n'est pas comme si c'était un examen pour lequel tu peux étudier. Chaque enfant est différent, donc tu ne peux pas planifier à l'avance. Il faut juste réagir rapidement et répondre aux besoins au fil de l'eau. C'est mon meilleur conseil.

J'ai fini ma bière et laissé la bouteille vide sur la table.

– On dirait que Cédric va bientôt rentrer à la maison.

– Juste à temps pour Noël.

– Ouais.

– Je suis content que ça se finisse bien. Sean était vraiment bouleversé. Il a essayé de le cacher à tout le monde, mais il ne peut rien me cacher.

– J'avais grave les boules moi aussi.

Aucun enfant ne devrait avoir à subir ça. Aucun parent non plus.

Mike a lu mes pensées.

– Trinity et toi aurez une expérience bien différente.

On ne peut que l'espérer.

– On croit toujours, quand un bébé est en route, que ce ne sera que du bonheur. On ne s'attend jamais à ce que ce soit difficile et éprouvant.

– Ça n'est pas le cas la plupart du temps, alors ne stresse pas inutilement.

– Je ne le fais pas. Mais tu me connais, je suis un peu excessif.

Il a esquissé un petit sourire.

– Tu es protecteur, pas excessif. Et ce n'est pas un défaut.

Mike et moi étions plus proches qu'avant, mais je ne dirais pas que nous nous entendions comme cul et chemise. Nous nous étions souvent pris la tête dans le passé et il avait voulu faire foirer ma relation avec Trinity. Mais quand il a compris que je l'aimais véritablement, il a fini par m'accepter.

– Quoi de neuf chez toi ?

– Tu sais… Conrad.

Je l'avais zappé depuis la naissance de Cédric.

– Comment va-t-il ?

– Mieux, déclara Mike. Et moins bien.

– Lexie ?

Trinity ne pouvait pas la blairer.

– Ouais ?

– Ils se remettent ensemble ?

– Je ne sais pas, dit-il en caressant le verre. Et je ne pense pas qu'il le sache non plus.

– Je ne peux pas imaginer ce qu'il ressent…

Si Trinity avait refusé de m'épouser, je serais totalement perdu.

Mais comme j'étais éperdument amoureux d'elle, je la reprendrais en un clin d'œil. Au moins, Conrad était fort et il tenait bon.

– Moi non plus, soupira Mike. Et j'espère qu'il décidera bientôt. Il est impatient de prendre la direction de la boîte, mais je ne peux pas me retirer avant d'être sûr qu'il va bien.

– Il a l'air opérationnel. Et un jour, il lui arrivera une nouvelle galère. Il va devoir apprendre à gérer les merdes.

– Et je n'ai aucun doute qu'il y arrivera, dit Mike. Mais il doit achever ce voyage avant de pouvoir y réfléchir et apprendre de ses erreurs. C'est ainsi que l'on grandit. Je ne peux pas accélérer ce processus, même s'il veut que je parte.

– Je pense que Conrad serait un grand PDG. Skye aussi.

– Ils formeront une équipe formidable — lorsqu'ils seront prêts.

15

CONRAD

Je me noyais dans des yeux bleus pétillants identiques aux miens. Cédric était ma famille, mon petit-cousin, mais je ne m'attendais pas à ce qu'il me ressemble autant. Il avait hérité des fameux yeux bleus des Preston, et il ne faisait aucun doute que les gènes de la famille coulaient dans son sang.

– Enchanté, Cédric.

Il était minuscule dans mes bras énormes.

Le petit bonhomme bougeait les jambes en me fixant sans ciller. J'ai toujours pensé que les bébés ne faisaient que chialer jour et nuit, mais je n'avais entendu que des gazouillis de sa part. Il semblait de nature optimiste.

– Il est tellement sage, chuchotai-je.

Skye était assise à côté de moi, le teint radieux.

– En ce moment, ouais. Il a pleuré pendant presque deux heures avant que tu arrives.

– Je suis content d'être arrivé en retard, alors, pouffai-je.

Skye n'a pas été insultée.

– J'aime même le son de ses pleurs. Comment c'est possible ?

– C'est tout à fait normal.

J'aimais Cédric avant même de le rencontrer, mais maintenant qu'il était dans mes bras, je l'aimais encore plus. C'était mon neveu, et j'avais l'intention de le gâter à toutes les Noëls et à tous ses anniversaires.

– Il est trop mignon.

– Il est parfait, dit Skye fièrement. C'est le portrait craché de Cayson.

– J'en sais rien… regarde-moi ces yeux de Preston.

– Eh ben, ce sont les miens, reconnut-elle. Mais il tient tout le reste de Cayson.

– Cayson doit être fier.

– Et comment. Il serait là s'il le pouvait.

– Il bosse ?

– Ouais, soupira-t-elle. Il doit s'occuper du monde entier. Je ne peux pas tout le temps l'accaparer.

– Il est plutôt important, reconnus-je.

– Je sais.

J'ai admiré Cédric pendant quelques minutes de plus avant de le rendre à sa maman.

– Félicitations, Skye. T'as fait un beau gaillard. Il va briser des cœurs.

– La ferme.

Elle a serré Cédric contre sa poitrine en le regardant, souriante.

– C'est vrai. Comme son tonton.

Skye a relevé la tête vers moi.

– Ça ne s'arrange pas avec Lexie ?

Lorsque j'entendais son nom, j'avais la nausée.

– Quand elle est passée chez moi l'autre soir, je lui ai dit que ça ne marcherait jamais entre nous.

– Oh...

– Mais elle ne l'a pas accepté. Elle est partie et on ne s'est pas parlé depuis.

– Elle ne l'a pas accepté ? répéta-t-elle.

– Ouais. Elle a dit qu'on avait seulement besoin de temps.

Skye a bercé Cédric doucement.

– Elle ne démord pas, hein ?

J'ai secoué la tête.

– Non.

– Contre toute attente, elle se bat. J'imagine que je la déteste un peu moins...

– T'es bien la seule. Quand Trinity l'a vue, j'ai cru qu'elle allait la tuer.

Skye a ri.

– Elle en est capable, crois-moi. Je me sens mal pour Lexie.

– Moi aussi. Un peu.

Cédric s'est endormi dans ses bras, les lèvres entrouvertes.

– Il est encore plus mignon quand il dort, remarquai-je.

– Je sais.

Skye a souri à la mention de son fils. Elle contemplait l'enfant dans ses bras, fière et rayonnante.

– Tu vas être une très bonne mère, Skye.

Son regard s'est illuminé encore plus.

– Merci, Conrad.

Apollo et moi sommes sortis courir dans Central Park. Parfois, je tombais sur Carrie, d'autres fois non. J'avais envie de lui parler, mais j'essayais de ne pas trop la contacter. Elle a beau m'avoir quitté, je sais que ça n'a pas été facile pour elle. Elle en pinçait encore pour moi, même si elle ne l'admettait pas. Elle n'était pas amoureuse, mais elle était certainement attachée à moi.

Quand je suis arrivé chez moi, Lexie se trouvait devant ma porte. Je m'attendais à ce qu'elle se pointe bientôt, comme je n'avais pas eu de ses nouvelles depuis un moment. Elle le savait quand j'en avais marre d'elle et que j'avais besoin d'espace. Et elle le savait aussi quand j'étais prêt à parler de nouveau. C'était comme un sixième sens.

Elle a regardé Apollo.

– Salut, Apollo.

Il a baissé les oreilles. Il n'a pas grogné, mais il ne lui a pas reniflé la main comme il le faisait avec tout le monde.

Lexie a soupiré, puis s'est tournée vers moi.

– T'as fait une bonne balade ?

– L'air est froid, alors c'était sympa.

Elle a pouffé.

– On n'a pas la même définition de sympa.

J'ai remarqué qu'elle n'avait pas de plat dans les mains comme d'habitude. Je suis entré chez moi, et Lexie m'a suivi. Apollo n'était pas en laisse, et il s'est tout de suite précipité vers son bol d'eau.

Lexie portait un caban rouge et avait les mains enfoncées dans les poches. Un bonnet gris lui couvrait la tête, et ses cheveux blonds étaient tressés.

Elle est mignonne.

Ça m'a irrité.

Elle portait un jean moulant sombre et de longs bottillons noirs. On aurait dit la couverture du catalogue Macy's.

– T'as passé une bonne journée ? demanda-t-elle.

Je me suis servi un verre d'eau, que j'ai descendu d'un coup.

– Ouais. J'ai tenu Cédric dans mes bras aujourd'hui.

Son visage s'est égayé comme il le faisait rarement.

– C'est super. Ça veut dire qu'il va mieux, non ?

Je ne pouvais pas contenir mon sourire.

– Il va s'en sortir. Il est censé rentrer chez lui dans quelques jours.

– C'est merveilleux, s'attendrit-elle en portant les mains à son cœur. Skye et Cayson doivent être aux anges.

– En effet.

– Je suis heureuse que tout s'arrange. C'était une horrible expérience à vivre, surtout pour Cédric.

– C'est un bébé facile. Et on ne l'appelle pas Chef de guerre sans raison.

– Un prénom parfait. Comme Apollo.

Mon chien a immédiatement tourné la tête vers elle et montré les dents.

Lexie s'est raidie comme si elle craignait qu'il l'attaque.

– Apollo, arrête ça.

Je n'avais jamais besoin de le discipliner, mais quand Lexie était dans le coin, il n'était pas lui-même. Il sentait le danger et son instinct prenait le dessus.

Je devrais peut-être me fier à lui.

– Ça va, dit Lexie. Je l'ai provoqué.

– T'inquiète, il ne te ferait jamais de mal.

– J'en suis sûre…

Elle n'en croyait pas un mot.

– Qu'est-ce qui t'amène ?

Comme elle n'avait pas apporté le dîner, je me demandais quelle excuse elle allait inventer.

– Je me disais que tu aurais faim. Il y a un resto thaï pas loin d'ici.

Elle avait les mains jointes devant elle et elle se tripotait les doigts, craignant visiblement d'être rejetée.

Chaque fois qu'elle m'invitait à sortir, je faisais un pas en arrière. C'était trop pour moi. Trop intime. Je ne penserais qu'à la soirée où elle m'a larguée et à la bague qui m'est restée dans les mains. Mon estomac se serrait et j'avais mal partout.

Lexie me fixait en attendant ma réponse, mais plus le temps

s'écoulait et plus elle comprenait qu'elle ne l'aurait pas — du moins, pas celle qu'elle voulait entendre.

– Que dis-tu d'un hot-dog à la place ? Il y a un vendeur au coin de la rue. On peut faire une marche — avec Apollo.

C'était plus raisonnable. Ce n'était que de la bouffe de rue — ça n'engageait à rien. J'étais toujours sur mes gardes, et Lexie ne pouvait pas pénétrer mon armure d'acier. Et je n'étais pas seul. Apollo serait là.

– Très bien.

Lexie a soupiré de soulagement.

– Cool.

Je me suis douché et changé, puis nous sommes descendus tous les trois. Le stand était près d'ici, aussi nous avons commandé deux hot-dogs avant de nous mettre en marche. La laisse d'Apollo était fourrée dans ma poche, et il restait à côté de moi comme toujours.

Lexie a mangé son hot-dog sans se barbouiller la figure.

– Et ta journée ?

– Comme d'hab.

– T'avais une réunion ?

– Une conférence téléphonique avec notre bureau à Londres.

– Vous faites quoi pour le décalage horaire ?

– Rien. Ils se réveillent et ils prennent mon appel.

Elle a bu sa limonade.

– Et toi ?

– Même chose. Il ne s'est rien passé d'intéressant.

J'ai repensé à ce type qui avait déboulé chez elle. Elle n'avait pas parlé de lui depuis notre dernière dispute. Malgré moi, je me demandais s'il était toujours dans sa vie. L'appelait-il ? Débarquait-il chez elle à l'improviste ? Je voulais lui demander, mais en même temps non. Si je me rendais vulnérable en montrant mes émotions, je risquais de me mouiller. J'étais encore fragile et je pourrais facilement m'écrouler de nouveau si je ne faisais pas attention.

– T'as des nouveaux clients ?

– Un couple. Mais les autres sont mes clients réguliers.

– T'as fait quelque chose le week-end dernier ?

C'était ma façon discrète de lui demander si elle avait vu l'autre mec.

– Je suis restée chez moi et j'ai appris à tricoter.

– T'as appris le tricot toute seule ? m'étonnai-je.

– Ben, avec l'aide de YouTube, ouais.

Elle a fini son hot-dog et jeté l'emballage dans une poubelle au passage.

– Tu fais du progrès ?

– J'ai essayé de confectionner une couverture, mais ça n'a pas trop marché. Je crois que j'ai besoin de plus de pratique.

– Tu y arriveras.

– Et toi ?

J'ai fini mon hot-dog et jeté l'emballage à mon tour.

– Rien.

– T'as pas vu Carrie ?

Il n'y avait pas de jalousie dans sa voix.

– Non.

Lexie a hoché la tête et n'a plus posé de questions.

La curiosité me taraudait. J'avais besoin de savoir si elle le voyait toujours. La meilleure chose à faire serait de me taire, mais j'en étais incapable.

– Et le connard de l'autre fois ?

Je savais que je n'aurais pas dû dire ça, mais mes émotions ont pris le dessus.

Lexie a su de qui je parlais.

– Je n'ai pas eu de nouvelles. Je crois qu'il a eu peur de toi. Merci, en passant.

Il a intérêt à ne pas s'approcher d'elle.

– Pas de problème.

– Je passe pas mal de temps avec ma mère. Je l'ai aidée à faire une tarte pour un concours auquel elle participait.

– C'est sympa.

La vision de Lexie et sa mère qui cuisinaient ensemble m'a fait chaud au cœur. Sa famille me manquait — même Macy. Ça me rappelait le bon vieux temps, quand Lexie et moi étions heureux.

– Ouais.

– Elle a gagné ?

– Bien sûr, dit-elle fièrement. Ma mère est la meilleure.

J'ai souri chaleureusement. Ces rares moments-là, où Lexie et moi ne faisions qu'exister, étaient les moments où je nous croyais capables d'oublier le passé et de tourner la page.

– Elle est plutôt cool.

– Tu sais de qui je tiens.

– T'es plutôt cool aussi.

– Merci, répondit-elle espiègle.

Puis mon cœur s'est serré, et c'est là que j'ai réalisé mon erreur. Je retombais amoureux d'elle, comme je l'ai fait des centaines de fois déjà. Qu'est-ce qu'elle avait de si puissant cette femme ? J'aimais Beatrice, mais j'ai fini par l'oublier. Pourquoi ne pouvais-je pas oublier Lexie ?

– Je n'ai pas eu de nouvelles de mon père, dit-elle, son ton s'assombrissant. Il est encore dans sa période de lune de miel avec sa nouvelle meuf.

L'amertume dans sa voix m'a attristé.

– Je suis désolé.

– Moi aussi. Je sais qu'il le regrettera un jour. Et je ne lui pardonnerai pas ses péchés quand ça arrivera.

Devrais-je lui pardonner les siens ?

– Maman va mieux. J'espère juste qu'elle va continuer sur cette voie. Elle n'a pas besoin de lui de toute façon.

– C'est une femme forte. Elle se débrouillera.

– Ça, c'est certain.

Lexie a fourré les mains dans ses poches pour les réchauffer.

J'ai fait pareil.

– Et si je te raccompagnais chez toi tant qu'à être dehors ?

Elle n'a pas protesté.

– D'accord. Je n'habite pas loin de toute façon.

Elle l'a bien caché, mais il y avait un soupçon de déception dans sa voix.

Apollo et moi l'avons raccompagnée jusqu'à son immeuble et nous sommes arrêtés devant. Je n'ai pas offert de la raccompagner à sa porte, car je ne me faisais pas confiance. Je voulais être couché dans son lit douillet et sentir son corps enroulé autour du mien.

Mais ce serait trop.

– Bonne nuit, Lexie.

– Bonne nuit, Conrad.

Elle ne m'a pas invité. Elle m'a lancé un dernier sourire avant d'entrer dans l'immeuble. Puis elle s'est éloignée sans se retourner.

J'AI POSÉ DEUX BIÈRES SUR LA TABLE DU SALON.

– Vous avez planifié quelque chose ? demandai-je. Tu sais, pour le mariage ?

– Non, dit Roland. Avec Cédric en néonat, on n'a rien fait. À vrai dire, ni Heath ni moi n'y avons pensé.

– C'est normal.

– Mais on dirait qu'il va bientôt rentrer à la maison. C'est excitant.

– Très.

Il a bu une gorgée de bière.

– C'est moi ou ce bébé est exceptionnellement mignon ?

J'ai souri.

– Il est très mignon.

– J'y crois pas. Ma sœur est un troll.

– Eh ben, Cédric ressemble à Cayson.

– Dieu merci, pouffa-t-il.

– Heath l'a rencontré ?

– Il l'a vu à travers la vitre de la couveuse, mais il ne l'a pas encore tenu dans ses bras.

– Ça ne tardera pas. Il est où, au fait ?

– Il a dû rester tard au bureau, dit-il en jetant un coup d'œil à sa montre. Mais il est sûrement en train de prendre sa douche à l'heure qu'il est.

– Invite-le.

– D'ac.

Il a sorti son portable et tapoté un texto.

Quand je traînais avec Heath et Roland, je n'avais pas l'impression de tenir la chandelle. Nous étions des potes qui passent du temps ensemble, c'est tout. C'est ce que j'aimais de leur relation. Heath n'était pas seulement le copain de mon pote, il était devenu mon ami aussi.

– Euh... y a un truc que j'aimerais te demander avant que Heath arrive.

Je savais ce que c'était. J'attendais ce moment depuis leurs fiançailles. Je me suis légèrement tendu en anticipation. Roland et moi étions meilleurs potes depuis l'enfance. Nous n'étions plus comme les doigts de la main, mais je me tournais vers lui quand j'avais des ennuis.

Roland a posé sa bière, puis il s'est raclé la gorge.

– On est potes depuis… toujours. T'étais là quand j'ai fait pipi sur le bureau de Mme Ontario.

J'ai ri au souvenir.

– Comment l'oublier ?

– T'as été là pour moi dans les bons comme les mauvais moments. Et t'étais là quand j'ai réalisé que j'étais gay. Tu ne m'as jamais jugé ou vu différemment. Comme si rien n'avait changé, tu m'as accepté.

– Parce que rien n'avait changé, Ro.

Ce qu'il faisait dans son pieu ne me regardait pas avant Heath. Et ça ne me regardait pas plus maintenant.

– Bref… je veux que tu sois mon témoin, dit-il les yeux embués. Enfin, si t'es d'accord…

Un sourire m'a étiré les lèvres.

– Si je suis d'accord ?

Il a haussé les épaules.

– Bah, peut-être que t'as autre chose à foutre…

– La ferme, m'esclaffai-je en m'approchant de lui sur le canapé et passant le bras autour de ses épaules. J'en serai honoré, Roland. T'es mon meilleur pote, et je ne veux être nulle part ailleurs qu'à tes côtés le jour de ton mariage.

Roland a souri.

– C'est bien ce que je pensais.

Je lui ai tapoté le dos avant de baisser le bras.

– Mais est-ce que ça veut dire qu'on doit aller voir des chippendales pour ton enterrement de vie de garçon ? Parce qu'on le fera, mais… t'attends pas à ce que ça nous botte.

Il a ri.

– Non, ça ne m'intéresse pas de toute façon. Peut-être qu'on pourrait aller à la pêche ou un truc du genre.

– J'aime bien pêcher.

Nous étions assis l'un à côté de l'autre, profitant du moment de camaraderie et de complicité. Ces derniers temps, je me sentais seul au monde. Lexie était dans ma vie, mais elle était comme un fantôme. Ma relation avec Roland me rappelait que je n'étais jamais vraiment seul. Il sera toujours là pour moi.

Des coups frappés à la porte nous ont interrompus.

– Ça doit être Heath, dit Roland en se levant et se dirigeant vers la porte.

J'espère que ce n'est pas quelqu'un d'autre.

Quand Roland a ouvert la porte, Heath se trouvait de l'autre côté.

– Salut. T'as été rapide.

– J'ai pris un taxi.

Il a saisi le visage de Roland pour l'embrasser avant d'entrer dans l'appart.

– Salut, Conrad, dit-il en me serrant la main, puis s'asseyant. Ça roule ?

– Ouais. Ro vient de me demander d'être son témoin.

– Super. Il était nerveux à l'idée, dit-il en roulant des yeux. Va comprendre.

– Il est ringard, c'est tout.

Roland s'est assis sur le canapé.

– Vous jouez à m'insulter, les mecs ?

– Conrad est ton meilleur pote et je suis ton mec, dit Heath. C'est la règle.

– Qui a inventé cette règle stupide ? demanda Roland.

Heath a haussé les épaules.

– Moi ?

Roland a levé les yeux au ciel.

– Tu veux une bière, vieux ? demandai-je à Heath en me levant.

– Volontiers, répondit Heath. Merci.

Apollo a marché vers Roland, puis a appuyé le menton sur sa cuisse.

– Salut, mon toutou, dit-il en le grattant derrière les oreilles. Comment ça va ?

Il a lâché un petit gémissement.

– Il est trop cool ton chien, dit Heath. Même son nom est cool.

J'ai tendu sa bière à Heath avant de me rasseoir.

– Il est génial. J'ai du mal à me rappeler ma vie avant lui.

Apollo a regagné sa place au centre du salon. Il a posé la tête sur les pattes et nous a regardés.

– Il a l'air féroce, remarqua Heath.

– Nan, dit Roland prestement. Il ne jappe même pas. Ce clebs ne ferait pas de mal à une mouche.

– Il déteste Lexie, dis-je sans réfléchir.

Ils se sont tournés vers moi en même temps.

J'ai bu une gorgée de bière pour masquer la tension.

– Il lui a arraché la tête ? demanda Roland optimiste.

– Non. Mais il grogne quand elle est là.

– Bon toutou, dit Heath.

– Alors… tu passes du temps avec elle ? demanda Roland hésitant.

– Je la vois de temps en temps. Mais c'est tout.

– Vous vous remettez ensemble ? demanda Heath.

– Non, m'empressai-je de dire. J'en sais rien… Je ne suis pas sûr en ce moment. J'ai tout essayé pour l'oublier et ça n'a rien donné. Je crois que je suis foutu.

– Carrie était sympa, dit Roland. Et jolie.

– C'est vrai, acquiesçai-je. Mais… il n'y a rien entre nous.

Je savais que Heath et Roland n'aimaient pas Lexie, comme tous les autres. Je les comprenais. Je lui en voulais encore pour ce qu'elle m'a fait. Si je n'arrivais pas à lui pardonner, je ne pouvais pas m'attendre à ce qu'ils le fassent.

– Et tu crois que passer du temps avec elle est la solution ? demanda Roland.

Heath l'a fusillé du regard.

– Roland, laisse Conrad tranquille. C'est sa décision. Si c'était facile, il l'aurait déjà prise.

Heath était le plus pragmatique des deux. Mon pote avait besoin de quelqu'un comme ça dans sa vie.

– Si tu ne sais pas quoi faire, t'as qu'à te rappeler ce qu'elle t'a fait, dit Roland. Parce que c'était tout simplement impardonnable. Point barre.

Puis il a bu une grande gorgée de bière avant de s'essuyer la bouche du revers du bras.

– J'ai été ton secret pendant six mois, répliqua Heath. T'avais honte de moi et tu restais dans le placard. Tu m'as même demandé de me cacher pendant notre dîner d'anniversaire. Alors ne t'avise surtout pas de juger les autres.

J'ai souri. Heath remettait Roland à sa place quand il en avait besoin, et ça me plaisait beaucoup chez lui.

– Ce n'est pas pareil et tu le sais, s'énerva Roland. Et tu vas arrêter de remettre ça sur le tapis un jour ?

– Ouais, quand tu arrêteras de te mêler des affaires de Conrad. Il galère assez comme ça. Ne l'infecte pas avec ton opinion.

– C'est difficile de ne pas le faire. Conrad est mon meilleur pote. Je veux son bonheur.

– Je comprends, dit Heath. Mais quand même, laisse-le tranquille.

Je me suis tourné vers Heath.

– Dommage qu'il ne t'ait pas rencontré plus tôt.

Malgré le caractère sérieux du moment, Heath a souri.

– Je pense la même chose.

Roland s'est tu et tourné vers la télé. À en croire son regard sombre, il allait lui mettre l'enfer en rentrant. Il avait les bras croisés et son irritation était palpable.

Heath s'est penché vers moi et il a parlé à voix basse.

– Pas de sexe pour moi ce soir.

– Pas de sexe de la semaine, tu veux dire.

Il a pouffé en se redressant.

Puis un toc-toc a attiré notre attention. Roland a jeté un coup d'œil à la porte avant de se tourner vers moi. Heath est resté coi, mais son silence en disait long.

Ils savent qui est là.

Lexie n'appelait jamais avant de débarquer, ce qui était futé de sa part. Si elle me prévenait, je lui dirais sans doute de rester chez elle. Je me suis éclairci la voix en me dirigeant vers la porte, prêt à affronter la femme à laquelle j'étais assujetti.

Quand j'ai ouvert et vu son visage, j'ai pensé à notre soirée de la veille. Nous avons commandé des hot-dogs et les avons mangés en marchant, comme avant. Nous avons ri ensemble, profitant de la compagnie l'un de l'autre. C'était sympa.

– Salut.

Comme hier, elle était emmitouflée dans son manteau et elle n'avait pas de plat dans les mains.

– Salut...

J'ignorais si je devais l'inviter à entrer ou pas.

Lexie a regardé derrière moi et aperçu Heath et Roland au salon.

– Oh, tu as de la compagnie... je ne voulais pas te déranger.

– Non, ça va.

Je me suis écarté pour la laisser entrer.

Lexie s'est lentement approchée du canapé, les épaules raides de honte.

– Salut, Roland.

Il a fixé la télé en l'ignorant carrément.

Elle n'a pas insisté, mais elle était visiblement blessée.

– Salut, Lexie, dit Heath. Ça va ?

Elle s'est tournée vers lui, l'air déjà plus gaie.

– Bien, et toi ?

– Je ne suis pas très fan de l'hiver, alors ça pourrait aller mieux.

– J'ai entendu parler de vos fiançailles. Félicitations.

– Merci. On est très excités, dit-il en se tournant vers Roland et lui intimant silencieusement l'ordre de la saluer.

Lexie a balayé l'air de la main.

– Ça va. Il a parfaitement le droit de m'en vouloir.

– C'est vrai, reconnut Heath. Mais ça ne lui donne pas le droit de faire le con.

Roland lui a fait les gros yeux.

J'ai pris Lexie par le coude et je l'ai entraînée vers la cuisine.

– Qu'est-ce qui t'amène ?

Maintenant qu'elle était seule avec moi, elle était de nouveau crispée. Elle me regardait comme elle le faisait avant, le regard empli d'amour. Ses yeux scintillaient comme les étoiles les plus brillantes du ciel.

– Je voulais t'inviter à dîner.

Un dîner en tête à tête dans un restaurant chic était trop intime pour moi. Je me sentais faiblir rien qu'à y penser.

– Très peu pour moi.

La déception a empli son regard.

– Je comprends.

J'ai fourré les mains dans les poches, mal à l'aise. Parfois, les choses coulaient bien entre nous, et d'autres fois, c'était tout aussi douloureux que la première fois que je l'ai vue après notre rupture. Le désespoir s'est emparé de moi.

– Eh ben… je ne te retiendrai pas plus longtemps.

Elle s'est dirigée vers la porte, tête basse. Elle n'a pas regardé Heath et Roland en les saluant.

– À plus, les gars.

– Bonne soirée, Lexie, dit Heath.

Roland est resté silencieux.

J'ai regardé la porte se refermer, encore plus perplexe qu'avant.

16

LEXIE

J'AI MARCHÉ SEULE DANS LES RUES CE SOIR-LÀ. IL Y AVAIT DES plaques de neige sur les trottoirs et de la vapeur s'élevait des bouches d'égout. Je voyais la fumée s'échapper de la bouche des passants.

Je ne me suis jamais sentie aussi seule.

Chaque fois que je faisais un pas en avant avec Conrad, nous reculions de dix cases. C'était ma faute, je le savais, mais je commençais à perdre l'espoir que nous puissions un jour redevenir un couple comme avant. Sa sœur me détestait, et elle me détesterait toujours. Sa mère me méprisait encore plus, et ses amis se fichaient royalement de moi.

Quelles sont nos chances ?

Conrad était le seul homme que je voulais. Il était la seule personne avec qui je pouvais m'imaginer vivre. Si cela ne marchait pas, je reprendrais mes anciennes habitudes : des coups d'un soir et le travail. Cette vie de célibataire superficielle ne me dérangeait pas avant, mais maintenant que j'avais goûté au bonheur, je me rendais compte de la vacuité d'une telle existence.

Mais que puis-je faire ?

Je pouvais attendre Conrad, mais cela me mènerait-il quelque part ? Et lui ? Ma présence ne faisait-elle pas que lui compliquer la vie ? Si je disparaissais, serait-il capable d'aller de l'avant et d'être heureux ? Tomberait-il amoureux de Carrie ?

Est-ce qu'il me reprendrait un jour ?

Je ne le pense pas.

Mettre mon cœur en danger jour après jour n'était pas facile non plus. J'essayais de ne pas avoir d'attentes, mais j'étais quand même déçue. Voir Conrad, mais ne pas l'avoir était une torture. Et je pense que ça le torturait lui aussi.

Pourra-t-on un jour s'en relever ?

La réponse me frappait en pleine face. Et ce, depuis longtemps, mais je ne voulais pas le voir. Je ne pouvais plus l'ignorer maintenant. La vérité sonnait les cloches, et même si j'étais la seule à les entendre, elles résonnaient dans toute la ville, emplissant chaque rue et ruelle.

Conrad et moi, c'est fini.

L'acceptation m'a écrasé la poitrine, comme si une dalle de béton m'était tombée dessus. J'avais la gorge brûlante à force de déglutir et les larmes commençaient à couler.

Peu importe combien je l'aimais. Et peu importe combien il m'aimait. Ce n'était pas suffisant.

Tout espoir est perdu.

Hannah m'a dévisagée, la bouche ouverte.

– Quoi ?

– Tu peux adresser mes clients au Dr Rosenbalm. Il est très bon dans son domaine. J'ai publié un article avec lui il y a quelques années.

Elle tenait les dossiers empilés sur ses bras tendus, ne pouvant toujours pas y croire.

– J'ai résilié mon bail ce matin. Les candidats vont commencer à postuler pour me remplacer. Je l'ai maintenu en cabinet médical pour que tu n'aies pas à t'inquiéter pour ton travail.

– Lexie… je ne comprends pas. Pourquoi tu t'en vas ?

Parce que je ne pouvais plus vivre dans cette ville. Je ne pouvais pas continuer de passer devant le restaurant où Conrad m'avait demandée en mariage. Je ne pouvais plus rôder devant ses bureaux dans l'espoir de le voir sortir du travail. Je ne pouvais pas vivre dans un endroit où sa présence imprimait chaque relief.

– On m'a offert un emploi en Californie. Je pense que le moment est venu pour moi de passer à autre chose.

– Mais… c'est dingue. Tu n'as même pas posé de préavis. Tu pars comme ça ?

Ce n'était pas très professionnel, c'est vrai.

– Je suis désolée, Hannah. Je ne peux pas rester plus longtemps.

J'ai poussé les cartons remplis de dossiers vers elle.

– Tout ce dont tu as besoin est là-dedans. Et tu peux m'appeler si tu as besoin d'aide sur n'importe quoi.

Elle est restée plantée devant mon bureau, abasourdie.

– C'était un plaisir de travailler avec toi, Hannah.

Je lui ai serré la main, mais sa poigne était molle.

Puis je suis sortie.

J'ai résilié le bail de mon appartement et j'ai dit au propriétaire qu'il pouvait garder tous les meubles, car je n'en avais plus besoin. Je ne pouvais pas les emporter à l'autre bout du pays. Et puis je n'étais pas attachée à eux.

Ils ne feront que me rappeler l'homme que j'ai perdu.

La dernière chose qui me restait à faire, c'était de prévenir ma famille. J'appréhendais terriblement ce moment. J'aimais ma mère et je ne voulais pas vivre si loin d'elle. Mais je ne pouvais plus rester ici. Je n'avancerais jamais si Conrad continuait de s'infiltrer par tous les pores de ma peau.

Quand je suis entrée dans la maison, je n'ai pas pu afficher un sourire faux. D'habitude, je pouvais faire semblant que tout allait bien alors que ce n'était pas le cas. Mais aujourd'hui, je n'y arrivais pas. Je suis entrée dans la cuisine où maman buvait du thé en feuilletant un magazine.

– Bonjour, ma chérie, dit-elle joyeusement. Earl Grey ?

– Avec plaisir.

En approchant de la table, mes mains se sont mises à trembler.

Maman a levé les yeux, et quand elle a vu mon visage, elle a su que quelque chose n'allait pas.

– Qu'est-ce qui se passe ?

Je me suis assise parce que je ne sentais plus mes jambes.

– J'ai quelque chose à te dire...

Elle a abandonné son thé et son magazine, me consacrant toute son attention.

– Conrad et moi, on ne se remettra jamais ensemble. J'ai essayé d'arranger les choses. J'ai fait tout ce que j'ai pu. Mais il a trop de chagrin et de rancœur... il ne peut pas oublier.

Maman a opiné lentement.

– Alors tu t'en vas.

J'ai inspiré à fond. Comment le savait-elle ? Comment pouvait-elle toujours tout deviner ? J'ai confirmé d'un hochement de tête. Puis j'ai attendu sa réaction déchirante. J'ai attendu qu'elle pleure et me dise combien j'allais lui manquer.

Mais pas du tout.

– Je comprends, Lexie. Parfois, l'éloignement est la meilleure solution.

J'ai haussé les sourcils machinalement.

– Où vas-tu ?

– En Californie.

– Le plus loin possible, c'est ça ?

J'ai acquiescé de la tête.

– Si c'est ce dont tu as besoin, tu as tout mon soutien. Il n'existe pas d'antidote au chagrin d'amour, mais un changement de décor ne fait pas de mal.

– Je ne peux pas vivre dans la même ville que lui. Je ne pense qu'à lui. J'ai besoin d'être dans un endroit où rien ne me rappelle Conrad. Sinon, je n'avancerai jamais.

– C'est sensé, ma chérie.

– Je suis tellement désolée... je n'ai pas envie de te quitter.

Elle a plissé les yeux de tristesse et a fait le tour de la table pour me prendre dans ses bras.

– Je sais. Ça ira. Tu ne pars pas pour toujours.

J'ai sangloté sur la poitrine de ma mère.

– Pourquoi j'ai dit non ? Pourquoi j'ai bousillé la plus belle histoire d'amour de ma vie ? Je ferais n'importe quoi, vraiment n'importe quoi, pour qu'il revienne.

– Chut...

Elle m'a frotté le dos.

– Il me manque tellement.

– Tu lui manques aussi.

– Mais ça ne suffit pas...

Elle m'a embrassé le front et caressé les cheveux.

– Je sais que c'est difficile à croire en ce moment, mais tu vas t'en remettre. Jared t'a brisé le cœur et tu t'es relevée. Tu peux le refaire, Lexie.

Non, je ne pouvais pas. C'était différent avec Conrad.

C'est l'amour de ma vie.

Je suis restée devant sa porte durant vingt minutes. Je fixais les chiffres sur la porte et la sonnette sur le mur. Le couloir était peint en acajou, avec un carrelage gris perle. L'immeuble dans lequel il vivait était chic.

C'était la chose la plus difficile que j'ai jamais eu à faire et je ne pouvais me résoudre à le faire. Je venais dire adieu à Conrad. Ce serait la dernière fois que je le verrais. Serai-je capable de tenir le coup ? Serai-je capable de parler sans sangloter ? Je devrais peut-être partir sans rien dire. Il ne m'appelait jamais de toute façon.

Mais je n'ai pas bougé.

J'ai respiré à fond et levé mon poing vers la porte. Ma main tremblait. Puis j'ai toqué. Trois petits coups qui ont résonné dans le couloir. Il n'y avait plus de retour en arrière possible. C'était la fin.

Conrad a ouvert la porte en pantalon de survêtement et en t-shirt. Son corps était beau quoi qu'il porte. Il avait la carrure d'un gladiateur, mais le cœur d'un ange. Il m'a regardée de ces yeux bleus dans lesquels je m'étais noyée tant de fois. Ils étaient brillants et vibrants. Je me suis souvenu que je les fixais quand nous faisions l'amour sur tous les meubles de mon bureau. Je voulais rester là pour toujours, à le regarder. Bientôt, ce moment serait un souvenir, un souvenir qui me ferait profondément souffrir. Mais je ne pourrais pas m'empêcher d'y penser en dépit de la douleur.

Conrad a compris que ça n'allait pas. Il a scruté mon visage blême et mes lèvres tremblantes.

– Lexie, ça va ?

– Non.

Son inquiétude a augmenté.

– Qu'est-ce qu'il y a ? Quelqu'un t'a fait du mal ?

– Oui, moi. (Je me suis fait du mal toute seule. J'ai détruit ma vie.) Conrad, je suis venue te dire quelque chose et ce serait plus facile si tu ne parlais pas... pour que j'arrive à le dire.

Il a acquiescé d'un bref hochement de tête.

– Tu avais raison. Tu as dit que ça ne pouvait pas marcher, et c'est vrai. Tu ne me feras plus jamais confiance, et je ne peux pas t'en vouloir. Il y a des moments où tu me regardes comme si tu m'aimais, et d'autres où tu me dévisages comme si j'étais l'incarnation du mal. Tu avances et recules constamment, et ça rend la situation encore plus difficile pour toi. J'aurais aimé ne pas avoir cherché à te récupérer. J'aurais aimé ne pas avoir gâché ta relation avec Carrie. J'aurais aimé... j'aurais aimé avoir dit oui.

La tristesse a empli ses yeux, et sa respiration est devenue lourde et rauque.

– J'ai fait la plus grande erreur de ma vie en te quittant. J'ai eu peur de mon passé et de notre avenir, et ça m'a poussé à détruire la plus belle chose de ma vie. J'ai pensé que te laisser un mot expliquerait tout, voire changerait tout, mais c'était une idée idiote. J'aurais dû t'appeler et te dire ce que je ressentais au lieu d'agir en lâche. Ou mieux encore, j'aurais dû croire en nous et te laisser me passer cette magnifique bague au doigt.

Les yeux de Conrad se sont embués, mais il n'a pas pleuré.

– Je ne peux pas continuer d'essayer de sauver notre couple alors que ça nous fait du mal à tous les deux. Tu ne me fais plus confiance, et même si tu m'aimes, ce n'est pas suffisant. Et je ne peux pas continuer d'espérer que les choses vont changer alors que je sais qu'elles ne changeront jamais. On est du poison l'un pour l'autre. Au lieu d'essayer de te récupérer, je dois te laisser partir. Tu as besoin de repartir du bon pied avec quelqu'un d'autre. Tu mérites d'avoir la femme parfaite, une maison à la campagne. Tu mérites le grand amour. Je veux que tu aies tout ça — même si ce n'est pas avec moi.

Le moment était venu de sortir de sa vie pour toujours, mais mes jambes ne voulaient pas coopérer. L'avenir dont je rêvais avec lui me glissait entre les doigts et, dans quelques secondes, il s'envolerait à jamais.

– Je vais m'installer en Californie. On m'y a offert un emploi, et je pense que c'est un endroit où je peux recommencer ma vie. Une fois que je serai partie, tu seras capable de recommencer à zéro toi aussi.

– Tu pars ? dit doucement Conrad.

L'espoir a jailli dans mon cœur. Je voulais qu'il me demande de rester. C'était un rêve stupide, je le savais. Je voulais qu'il m'entraîne dans son appartement et m'embrasse. Je voulais qu'il me dise que j'étais la seule femme qu'il ne pourrait jamais aimer.

– Oui.

Il m'a regardée, l'émotion palpable dans ses yeux. Mais il est resté silencieux. Il n'a pas dit toutes ces choses que je rêvais d'entendre. Il ne m'a pas pris la main pour la serrer. Il ne m'a pas demandé de rester.

– Quand ?

– Aujourd'hui.

Je ne voulais pas faire durer le supplice. Plus vite je partirais, mieux j'irais. À moins que Conrad ne me reprenne.

Il m'a fixée en silence.

Il va me laisser partir.

Je pouvais le lire dans ses yeux. Il ne croyait pas en un avenir possible avec moi. Il jetait officiellement l'éponge et acceptait une vie sans moi. Il voulait avancer dans sa vie et m'oublier jusqu'à ce que je ne sois plus qu'un lointain souvenir. Un jour, il ne se souviendrait même plus de mon visage. Puis mon nom lui échapperait.

Mes yeux se sont remplis de larmes irrépressibles. C'était l'adieu le plus déchirant de ma vie. Malgré mes erreurs, je savais que je l'aimais et que je pouvais être tout ce qu'il désirait d'une femme. Il m'avait fallu longtemps pour arriver là, mais j'y suis enfin parvenue. S'il me laissait entrer, je pourrais être ce qu'il a toujours voulu.

Mais il ne me laisse pas entrer.

– Au revoir, Conrad.

Prononcer son prénom une dernière fois m'a ramenée aux nuits magiques où nous dormions sur le canapé et dînions au salon. Je me suis souvenu de la façon dont il s'est occupé de moi quand mes parents ont divorcé. Quand Macy s'est jetée sur lui, il l'a repoussée sans un regard.

Les larmes ont brillé dans ses yeux, mais il n'a pas bougé. Il a continué de me fixer, incapable de trouver les mots à dire. Incapable de me dire au revoir. Prononcer ce mot le rendrait irrévocable.

Je ne pouvais plus rester devant sa porte. Je ne pouvais plus voir le visage qui envahissait mes pensées le soir avant de m'endormir. Je ne pouvais pas regarder l'amour de ma vie et le voir me laisser partir.

Alors, sans un autre mot ou regard, je suis partie.

17

JARED

J'étais toujours furieux contre Beatrice.

Elle ne m'avait pas appelé, et je n'allais certainement pas me manifester.

Qu'elle aille se faire foutre.

Elle voyait Conrad derrière mon dos, l'embrassait ou pire. Je lui ai dit que je l'aimais, et elle osait me faire ça ? Me mentir impunément ? J'étais paranoïaque et je pensais que je n'étais pas assez bien pour elle, mais en fin de compte, c'est elle qui était indigne de moi.

Peu importe.

J'ai passé les jours suivants enfermé dans mon appartement. Je n'ai pas été travailler, ni dans mon bar ni au bar à vin, et comme personne ne m'a appelé, j'ai pensé que les deux établissements tournaient sans moi. Beatrice devait s'occuper du bar à vin, sinon j'aurais eu des nouvelles.

Le fait qu'elle puisse s'en occuper seule me fait chier.

Après un délai suffisant, j'ai su que je devais retourner au boulot. Ce bar m'appartenait à moitié et je devais payer les employés et les factures. Beatrice aurait sans doute pu le faire, mais elle aurait merdé.

Comme elle a merdé avec nous.

Je suis arrivé au bar quinze minutes avant l'ouverture. Nous n'étions ouverts que le soir, donc nous avions l'après-midi de libre. J'ai essayé de rester calme en me disant que je me fichais que Beatrice soit là ou non.

Mais je ne m'en fiche pas du tout.

Elle était derrière la caisse et rangeait de la monnaie dans le tiroir. Elle s'est léché le doigt plusieurs fois en comptant les billets. Elle n'a pas levé les yeux vers moi. Je ne savais même pas si elle avait conscience de ma présence.

– Ça fait longtemps qu'on ne t'a pas vu, dit Frank, l'un des cuistots, en enfilant son tablier.

– Ouais, j'avais besoin de faire une pause. Je suis tombé malade.

J'ai pointé du doigt ma gorge, puis regardé Beatrice.

Elle a levé les yeux en reconnaissant ma voix. Et comme si j'étais transparent, elle a tourné la tête. Elle a continué de remplir la caisse sans me prêter attention.

Sérieusement ?

– On est payé aujourd'hui, n'est-ce pas ? demanda Frank.

– Ouaip. Les chèques seront prêts avant que tu partes.

– Cool.

Frank est retourné en cuisine.

J'ai marché jusqu'au bar où se tenait Beatrice.

Elle a gardé les yeux baissés, faisant comme si je n'existais pas.

Ah, elle m'ignorait ? C'est moi qui devrais l'ignorer. C'est elle qui a agi derrière mon dos.

– Tu as un culot monstre, tu sais ?

Elle a fini par me regarder, les flammes de la colère dansant dans ses yeux.

– Non, *tu* as un culot monstre, Jared. C'est un lieu de travail. Sois sympa ou va-t'en.

– Sois sympa ? Et tu ne me dis même pas bonjour ?

– Pourquoi le ferais-je ? lança-t-elle. Tu m'as accusée d'être menteuse et infidèle. Grandis un peu, bon sang.

Elle a fermé le tiroir-caisse d'un coup sec et s'est éloignée.

J'ai serré la mâchoire, énervé, et je l'ai regardée partir. Puis j'ai foncé dans le couloir jusqu'à mon bureau. Une fois à l'intérieur, j'ai claqué la porte pour exprimer ma colère. Elle ne pouvait sans doute pas m'entendre, mais ça n'avait pas d'importance.

Je me suis assis et mis au travail, mais j'avais la tête ailleurs.

Quand la foule des clients est arrivée, j'ai tenu la caisse et je me suis occupé du bar. Mes yeux se posaient constamment sur Beatrice qui assurait le service en salle. Elle avait un talent naturel avec les gens. Elle les mettait à l'aise, et plus ils se plaisaient ici, plus ils dépensaient.

Béatrice ne m'a pas regardé une seule fois. Chaque fois qu'elle avait besoin de communiquer avec moi, elle jetait les additions sur le comptoir ou marmonnait ce dont elle avait besoin. Elle me méprisait, et c'était écrit sur son visage.

Il y avait un type à une table qui n'arrêtait pas de la mater. Son attitude était flagrante, comme s'il voulait qu'elle sache qu'il était intéressé. Il était beau, mais un peu plus âgé.

Il ne me plaît pas du tout.

Quand Beatrice est allée lui apporter l'addition, il a tenté sa chance.

– Une belle fille comme vous doit avoir un copain.

Oui, je confirme.

– En fait, non. Je sors d'une relation.

Qu'est-ce qu'elle a dit, putain ?

– Ah oui ? Je peux vous demander ce qui s'est passé ?

– Mon ex m'a accusée d'être menteuse et infidèle.

Elle savait que j'entendais, mais ça ne l'a pas empêchée de continuer.

– Et c'est le cas ? demanda-t-il amusé.

– Non. C'est pour ça que je suis partie.

– Quelle drôle de coïncidence ! Moi-même, je ne suis ni menteur ni infidèle. Quelles étaient les chances qu'on se rencontre ?

– Très minces, malheureusement.

Il a ri.

– J'aimerais vous inviter à dîner un soir.

Fils de pute.

Je n'ai pas voulu entendre la suite de la conversation. Malgré les dires de Beatrice, nous étions encore ensemble. Et je n'allais pas laisser ce connard me la piquer. J'ai sauté par-dessus le comptoir et foncé vers la table.

– Elle est lesbienne.

Beatrice a tourné la tête vers moi, les yeux écarquillés par la surprise.

Le type a semblé perplexe.

– Pardon ?

Elle a retrouvé ses esprits et sa langue.

– Je ne suis pas...

– J'ai besoin de toi en cuisine. Suis-moi.

Je l'ai éloignée de la table en fixant le type d'un œil noir.

– L'addition est pour la maison. Partez, maintenant.

Je l'ai traînée jusqu'à la réserve où personne ne pouvait nous entendre.

Elle s'est débattue tout du long.

– Lâche-moi, Jared.

Nous étions dans la réserve d'alcool. Il y avait des bouteilles de vin sur les étagères et dans les caisses à nos pieds. Il n'y avait qu'une seule porte pour accéder à cette pièce. Elle était exiguë, mais on se débrouillait.

– Qu'est-ce qui ne va pas chez toi, putain ? s'énerva-t-elle.

– Chez moi ? hurlais-je, car j'étais furax. C'est toi qui clames dans le bar que tu es célibataire.

Elle a tapé du pied.

– Je *suis* célibataire.

– Je ne suis pas d'accord.

– Eh bien, je m'en fiche. Tu débarques chez moi et tu m'accuses de choses terribles sans même vouloir écouter mes explications. Je ne peux pas être avec un mec qui ne me fait pas confiance.

Pour quelqu'un qui trompait sa femme, tu es gravement parano...

Elle s'est dirigée vers la porte.

Je l'ai attrapée et tirée vers moi.

– Tu as embrassé Conrad. C'est impardonnable.

– Avant d'être avec toi !

– Tu n'aurais pas dû l'embrasser du tout.

– Qu'est-ce que ça peut faire ? craqua-t-elle. Tu m'as dit que tu ne ressentais rien pour moi. Je peux embrasser qui je veux, putain. Enfonce-toi la tête dans le cul et va mourir.

– Ça te ferait quoi si j'avais embrassé Lexie avant qu'on soit officiellement ensemble ?

– Ça ne m'aurait pas plus, mais je ne t'en aurais pas voulu pour ça.

– Eh bien, ça me fait pareil. Je sais ce que tu ressens pour Conrad. Le fait que tu l'aies embrassé récemment me rend malade. Il n'est plus avec Lexie, alors qu'est-ce qui me dit que vous n'allez pas vous remettre ensemble ?

Ses yeux sont devenus noirs comme du charbon.

– Si tu avais confiance en moi, cette pensée ne t'aurait même pas effleuré.

Beatrice et moi étions plus distants que jamais, et nous étions tous les deux aussi furieux.

Mais j'étais le seul à avoir le droit d'être en colère.

Je ne voulais pas qu'elle s'offre à des inconnus, et je ne voulais pas la laisser partir. J'étais furieux contre elle — maladivement. Mais je la voulais quand même pour moi tout seul.

Ça n'a aucun sens.

Je me suis rendu à son appartement l'après-midi suivant. C'est elle qui devrait me poursuivre, or c'est moi qui me retrouvais obligé d'aller lui parler. Notre relation venait de commencer et nous nous battions déjà comme des chiffonniers.

Je ne l'ai même pas trompée.

J'ai frappé à sa porte et attendu. J'ai entendu des bruits de pas de l'autre côté, et j'ai su qu'elle regardait par le judas. Puis ses pas se sont éloignés et j'ai compris qu'elle préférait m'ignorer.

– Beatrice, ouvre cette foutue porte.

– Va-t'en.

– Ouvre ou je défonce la porte. Et tu sais que je ne plaisante pas.

Lexie était impétueuse et obstinée, mais ce n'était rien comparé à Beatrice. Comment Conrad avait-il maté cette fille ? Quel était son secret ?

Elle a ouvert la porte, les lèvres pincées.

– Qu'est-ce que tu veux ?

– Ce que je veux ? fulminai-je. Et si tu m'invitais à entrer ?

– Je n'invite que mes amis.

– Je ne suis même plus ton ami, maintenant ? demandai-je consterné.

– Je ne sais plus ce que tu es.

Elle a baissé le bras et m'a laissé entrer dans son appartement.

J'ai claqué la porte derrière moi.

– Je ne t'ai jamais accusée de me tromper. Tu es sortie, tu l'as fait, puis je l'ai découvert. Alors, ne te comporte pas en petite fée innocente.

– Une petite fée ? répéta-t-elle les mains sur les hanches.

– Tu sais ce que je veux dire. Tu agis comme si tu ne pouvais rien faire de mal. Tu chies des paillettes.

Elle a croisé les bras et froncé les sourcils.

– Jared, je n'ai rien fait de mal. Tu as fait irruption dans mon appart et tu m'as engueulée. Je t'ai déjà dit ce qui s'était passé.

– Ça ne te donne pas le droit de dire aux autres que tu es célibataire.

– Eh bien, tu m'as dit qu'on parlerait quand je m'excuserais, et je sais que je ne m'excuserai jamais. Ce qui veut dire que notre histoire est terminée.

– Non.

J'étais fâché, mais je ne voulais pas que notre histoire s'arrête — jamais.

– Non, c'est tout ? Tu m'as posé un ultimatum, et tu es monté sur tes grands chevaux. Je ne pense pas pouvoir être avec quelqu'un comme ça, de toute façon.

– Tais-toi.

Ses yeux se sont arrondis.

– Pardon ?

– Tu m'aimes, on le sait tous les deux. On va faire en sorte que ça marche. C'est juste une engueulade, alors ne fais pas comme si tu étais disponible pour tous les mecs qui bavent sur toi. J'ai peut-être réagi de façon excessive à notre dispute, mais ce que tu as fait aussi était mal. Reconnais-le et ne refais pas la même erreur.

Elle était encore énervée, mais sa colère a diminué.

– D'accord... Je reconnais que je n'aurais pas dû dire ça dans le bar. Je l'ai fait uniquement parce que je savais que tu l'entendrais et que tu serais furieux.

Au moins, nous avancions.

– D'accord.

Elle m'a lancé un regard interrogateur, comme si elle attendait que je dise quelque chose.

– Que ça ne se reproduise plus.

Elle a tapé du pied.

– À toi de t'excuser maintenant, Jared.

– Pour quelle raison ?

Elle a grogné et baissé les bras vivement.

– Oublie. Et sors de chez moi.

– Attends, deux secondes.

– J'en ai marre d'attendre que tu te sortes la tête du cul.

Je devais décider ce qui était le plus important : Beatrice ou ma fierté.

– Discutons calmement... Je veux qu'on trouve une solution.

Cela a quelque peu bridé sa colère. Elle a croisé les bras sur sa poitrine, toujours avec ce regard méchant.

– Ce n'est pas un manque de confiance en toi. Je me souviens juste à quel point tu étais accro de ce mec. Maintenant que Lexie n'est plus avec lui... ce n'est pas absurde de ma part de voir en lui une menace. On sait tous les deux que tu te remettrais avec lui dans la seconde si tu pouvais.

– C'est vrai, admit-elle. Mais c'était avant de te rencontrer.

Mon cœur s'est remis à battre.

– Lexie est célibataire, donc tu pourrais aller la voir à n'importe quel moment. L'as-tu fait ?

– Non.

– Pourquoi ?

– À cause de toi.

– Je pense qu'on est tous les deux d'accord sur le fait qu'on préfère être ici plutôt qu'avec eux.

Son langage corporel trahissait qu'elle était encore furieuse, même si elle parlait d'une voix calme.

– Ouais.

– Alors, il n'y a aucune raison d'être jaloux.

– Sans doute, dis-je en haussant les épaules. Mais ça me fait quand même chier que tu l'as embrassé.

– Pour la énième fois, j'étais célibataire.

Des flammes dansaient dans ses yeux, de celles qui vous marquent à vie.

– Mais pourquoi tu l'as embrassé ?

– Je t'ai dit pourquoi, Jared. Et ce n'était pas le genre de baiser qui me fait décoller. Ton imagination le dépeint sans doute de façon bien plus sexuelle qu'il l'était en réalité.

– À moins qu'il t'ait vomi dans la bouche, c'était trop sexuel.

– Jared, tu deviens ridicule. Tu m'avais jetée. Tu t'en souviens ?

– Mais c'était seulement pour te protéger.

Ses bras lui sont tombés de nouveau le long du corps.

– Et j'aurais dû le deviner, c'est ça ? Je ne lis pas dans les pensées. Même quand tu me dis ce que tu penses, je ne te comprends toujours pas.

– Je...

– Je suis sortie avec Jason quelques fois, mais tu ne me l'as jamais reproché.

– Parce que ce n'est pas l'amour de ta vie, rétorquai-je.

– Ah ouais ? me provoqua-t-elle. Conrad non plus.

Mes deux sourcils se sont levés.

– Quoi ?

– Je suis amoureuse de toi depuis près d'un an, Jared. Tu es mon meilleur ami. Notre lien est bien plus profond que celui que j'avais avec lui. Je n'ai cessé, par ma bêtise, de gâcher ma relation avec Conrad. J'ai appris de mes erreurs et je ne les répéterai pas avec toi.

Je suis resté immobile, mais j'ai senti l'attraction de mon corps vers le sien. Je n'étais pas du genre émotif, alors quand je ressentais quelque chose, ça me rendait aveugle. Beatrice m'a chaviré le cœur. J'ai sauté à la mauvaise conclusion et j'ai dit beaucoup de conneries quand je me suis senti menacé parce que j'ignorais quoi faire d'autre. Avant Beatrice, je ne pensais qu'au cul et au sport. Maintenant, tout avait changé.

– Je suis désolé.

Elle s'est enfin détendue.

– Je ne suis pas doué pour ce genre de chose, tu sais. Je gère mal mes émotions. Je ne m'exprime pas de la bonne façon. Tout ce que je fais, c'est me mettre en colère et perdre les pédales. Je n'aurais jamais cru que j'aurais des sentiments aussi forts pour toi, et quand c'est arrivé, ça a chamboulé mon monde. J'ai dit beaucoup de bêtises, mais sache que ça venait d'un bon sentiment.

Son regard s'est adouci.

– Je le sais.

Maintenant que nous étions réconciliés, je lui ai fait un sourire taquin.

– Parce que je t'aime bien... et je veux que tu restes dans le coin.

– Tu m'aimes bien ? s'esclaffa-t-elle. C'est drôle parce que je t'aime juste un peu.

Elle a levé la main en formant un petit écart entre le pouce et l'index pour illustrer son propos.

Je me suis approché lentement, sans me départir de mon sourire.

– Ah ouais ?

– Ouais.

J'ai posé les mains sur sa taille et je les ai glissées au creux de ses reins. Elle avait des fesses rebondies et j'aimais caler les mains à cet endroit. Les lèvres flottant au-dessus des siennes, j'ai contemplé son visage ravissant.

– Que dois-je faire pour que tu m'aimes plus ?

– Tu peux faire un truc gentil pour moi.

– Comme quoi ?

Je l'ai embrassée à la commissure des lèvres.

Elle a émis un petit soupir.

– Quelque chose comme ça.

Je l'ai embrassée encore, puis j'ai promené mes lèvres sur sa mâchoire, jusqu'à son cou, et j'ai goûté sa peau.

– Ça marche ?

– Ouais...

Je suis remonté vers son oreille.

– Tu m'aimes un peu plus ?

– Beaucoup plus.

Je me suis agenouillé et j'ai relevé son t-shirt. Puis je lui ai embrassé le ventre et les hanches, tout en déboutonnant son jean.

– Et maintenant ?

– Tu chauffes...

J'ai baissé son jean et sa culotte, et fourré ma bouche entre ses cuisses. J'ai embrassé son intimité sucrée en écoutant ses doux gémissements.

– Et maintenant ?

Elle m'a agrippé les épaules et a roulé la tête en arrière.

– Maintenant, je t'adore.

18

CAYSON

Au fond de moi, j'avais envie de démissionner pour rester avec ma femme et mon fils. Skye passait toutes ses journées à l'hôpital, alors que j'étais coincé au bureau à gérer les laboratoires, les médecins et les personnes.

Et Laura.

Comme Skye allait bientôt hériter de Pixel, nous n'avions plus du tout besoin de mon revenu. Je travaillais pour le principe, parce que j'étais l'homme du ménage et que je devais nourrir ma famille.

Et parce que ça me plaît, aussi.

Mais aujourd'hui, j'aimerais être avec Cédric au lieu de rester assis à mon bureau. Les papiers et dossiers étaient éparpillés partout et mon ordinateur ramait parce qu'il était vieux.

Maintenant que j'avais Cédric, je me rendais compte que j'étais vraiment un père.

Je suis le père de quelqu'un.

Je le savais quand Skye était enceinte. Je le savais quand elle a accouché. Mais quand je l'ai tenu dans mes bras pour la première fois, je l'ai compris réellement. Il y avait maintenant quelqu'un dont j'allais devoir m'occuper toute ma vie. Mon héritage se transmettrait à travers lui. Le produit de mon amour pour Skye était encore plus beau que nous deux.

C'est fou quand on y pense.

Mon téléphone s'est allumé et j'ai regardé l'écran. Skye m'envoyait une vidéo de Cédric et elle. Elle le tenait dans ses bras, et il agrippait son index. Quelqu'un d'autre les filmait, sans doute Sean. Skye regardait notre fils les yeux pleins d'amour. Puis la vidéo s'est terminée, alors que je mourais d'envie d'en voir plus.

Je devrais être à l'hôpital, pas ici.

En sortant du boulot, je me suis rendu directement à l'hôpital. Quand je suis entré dans la chambre, Skye était assise sur un fauteuil avec Cédric sur les genoux. Elle s'est penchée vers lui et a frotté son nez contre le sien.

Je les ai observés en silence, ne voulant pas les déranger.

Skye a levé les yeux et elle a souri en me voyant.

– Papa est là

J'ai souri quand elle m'a appelé comme ça et j'ai pris le siège à côté d'eux.

– Oui, c'est papa. Comment va ma petite famille ?

– Bien. On vient juste de jouer à faire coucou.

– Dommage que j'ai raté ça.

Sean et Scarlet étaient assis dans les autres sièges et nous regardaient en silence.

Skye a soulevé Cédric et me l'a tendu.

– Je suis sûre que t'es impatient de le prendre...

Elle l'a glissé dans mes bras et il m'a regardé avec ses grands yeux. Ses traits me rappelaient les miens, à l'exception des yeux. Chaque fois que je les contemplais, je voyais Skye.

– Salut, mon Chef de guerre. Tu t'es bien amusé avec maman ? dis-je d'un ton enfantin — je ne pouvais pas m'empêcher de changer de voix quand je lui parlais.

Cédric me fixait sans cligner des yeux.

– Vous avez eu des visites ?

– Oncle Slade est passé.

Ça ne m'a pas surpris. Il faisait généralement une apparition dans la journée.

– Tu as mangé ?

– Ouais, papa m'a apporté une pizza tout à l'heure.

Je me suis calé au fond du siège et j'ai bercé Cédric contre ma poitrine. Quand j'ai regardé son visage de nouveau, ses yeux étaient fermés.

– Il s'endort toujours dans les bras de son papa, s'extasia Skye.

– Tu as eu du nouveau ? demandai-je en contemplant Cédric.

– Non. Mais j'espère qu'on pourra bientôt le ramener chez nous.

– Mais oui, il faut juste être patient.

C'était plus facile à dire qu'à faire. Skye et moi rentrions rarement à la maison, mais elle était prête pour accueillir notre bébé avant même qu'il naisse.

Le médecin a franchi les portes pour sa visite habituelle.

– Vous arrivez du travail, Cayson ?

– Oui. C'est mon premier arrêt.

– Votre seul arrêt, dit-il en riant.

Skye a appuyé la tête sur mon épaule et contemplé affectueusement le visage de Cédric.

– J'ai de bonnes nouvelles, dit le médecin. Ses constantes et les résultats de ses analyses sont superbes. Ses niveaux de respiration sont normaux. Il est temps de le ramener à la maison.

Skye s'est redressée et a étreint sa poitrine.

– C'est vrai ?

C'était la meilleure nouvelle de la semaine.

– Il peut rentrer à la maison avec nous ?

– Oui.

Le médecin a fait un vrai sourire, comme si c'était pour vivre ce moment qu'il avait travaillé tout le mois.

Sean a pris Scarlet dans ses bras et l'a serrée un long moment.

Je n'arrivais pas à croire que ce moment était enfin arrivé.

– Il est tiré d'affaire ?

– Je veux le revoir dans quelques semaines, déclara le médecin, mais je suis sûr qu'il ira bien à partir de maintenant.

Les yeux de Skye se sont immédiatement voilés de larmes, car elle était à fleur de peau dès qu'il s'agissait de Cédric.

– Notre bébé rentre à la maison...

J'ai baissé les yeux vers Cédric.

– T'as entendu ? Tu vas enfin voir ta chambre. Elle est décorée avec des bateaux pirates. Maman et moi, on l'a aménagée nous-mêmes.

Cédric a ouvert les yeux, mais ils étaient lourds de sommeil.

Skye a rejoint ses parents qui s'étreignaient et les a enlacés. Scarlet pleurait et Sean les consolait toutes les deux.

C'était un moment de pur bonheur pour nous tous. Nous campions à l'hôpital tous les jours et nous stressions constamment pour notre bébé. C'était le mois le plus long de toute notre vie, et certainement le plus éprouvant. Mais nous avions traversé cette épreuve ensemble, avec l'aide de notre famille.

Le plus dur est derrière nous, maintenant.

– Cédric, c'est ta maison, dit Skye au bébé tandis que je le portais dans le siège auto. Ta chambre est à l'étage.

Elle lui parlait comme s'il pouvait comprendre tout ce qu'elle disait. Elle prétendait que c'était essentiel pour son développement.

Je parlais à Cédric juste parce que j'aimais ça.

J'ai posé le siège auto sur le plancher à côté du canapé.

– Je vais chercher le parc pour bébé pour qu'il ne reste pas attaché là-dedans, dit Skye en se dirigeant vers le garage.

– Je m'en occupe, bébé, dis-je en détachant Cédric. Reste ici avec lui.

Elle n'a pas protesté et l'a pris dans ses bras.

Sean et Scarlet ne sont pas venus, sans doute parce qu'ils savaient que nous avions envie d'être seuls avec notre fils pour son premier jour à la maison.

Je suis allé chercher le carton du parc dans le garage. Il était facile à monter, mais ça m'a pris quelques minutes. Skye fredonnait une chanson à Cédric tandis que je bricolais. Noël approchait et nous n'avions pas encore eu l'occasion d'installer le sapin. Avec l'arbre et les décorations de Noël, la maison serait parfaite.

Une fois le parc monté, je l'ai posé au milieu du salon.

– C'est bon.

– Tu as bien sécurisé les côtés ?

Je me suis retenu de lever les yeux au ciel.

– Oui, Skye.

– Il ne peut pas rouler accidentellement et se cogner la tête ?

J'aurais dû savoir qu'elle serait une mère surprotectrice et chiante.

– Il ne lui arrivera rien.

Skye s'est approchée du parc et a vérifié la solidité des côtés, même si elle venait de me poser la question. Quand elle a jugé qu'ils étaient fiables, elle a posé Cédric dedans.

Je n'ai pas exprimé mon agacement parce que je savais qu'elle voulait bien faire.

Elle est restée là, à le contempler, la joie maternelle illuminant son visage.

– Je pourrais le regarder toute la journée.

Je suis venu à côté d'elle et je lui ai enlacé la taille.

– Moi aussi.

– Je suis tellement heureuse qu'il soit à la maison. Il aurait dû être là il y a un mois.

Je lui ai frotté le dos.

– Il est ici maintenant et c'est tout ce qui compte.

– Tu peux croire à quel point notre fils est beau ? Il est absolument parfait. Il n'y a rien chez lui que je changerais.

– Il est parfait.

– C'est le plus beau bébé du monde.

– C'est vrai.

– On devrait le prendre en photo pour en envoyer à tous les gens qu'on connaît.

Elle était excitée et heureuse, et cela m'a permis de mieux respirer.

– C'est une super idée.

Cédric a fermé les yeux et s'est endormi.

Skye et moi sommes restés là à le regarder, sans jamais nous lasser. Nous pouvions tous les deux passer la journée à l'admirer. Nous le chérissions comme le diamant le plus rare du monde. Il scintillait de sa propre lumière.

La voix de Skye s'est élevée comme un murmure.

– Je l'aime tellement...

Je l'ai embrassée sur la tempe.

– Moi aussi.

– Bébé, je ne suis pas sûr qu'il devrait dormir avec nous.

Skye avait déjà installé Cédric au milieu du lit, la couverture tirée sur ses pieds.

– Il sera bien ici.

La question n'était pas aussi simple que ça. Je savais que certains parents le faisaient et d'autres pas.

– Je pense que ça le rendra plus dépendant de nous. Il peut dormir dans le berceau dans sa chambre et apprendre à être indépendant.

Skye n'était pas d'accord.

– Non. Il dort avec nous, Cayson. Il a été enfermé dans une boîte en verre pendant un mois sans aucun contact humain. Si ça ne te plaît pas, tu peux dormir dans une autre chambre.

– Skye, ce n'est pas que je ne veux pas dormir avec lui. Je pense juste à son intérêt.

Elle a passé sa chemise de nuit, puis s'est couchée à côté du bébé.

– Moi aussi.

J'ai soupiré et enlevé mon t-shirt.

– Et si on l'écrase en se retournant ?

– Ça n'arrivera pas.

Elle a placé des oreillers de chaque côté de lui.

Je me suis couché et j'ai mis mon réveil.

Skye était blottie contre un des oreillers et le surveillait les yeux endormis.

Je me suis allongé à côté d'elle et je l'ai regardée en train d'observer Cédric.

– C'est trop bon de dormir dans un lit, murmura-t-elle.

– Ouais.

Je m'étais habitué à dormir dans un fauteuil, et il m'a fallu un moment pour retrouver mes marques.

– Bonne nuit, Cédric, chuchota-t-elle. À demain matin.

Il dormait déjà.

J'étais heureux que mon fils soit enfin à la maison, sa maison. Il avait des parents qui l'aimaient plus que tout, et nos vies avaient été bouleversées par sa naissance. Mais j'étais frustré de ne pas avoir un peu de temps seul avec Skye. Elle me manquait. Ça me manquait de la tenir et de l'embrasser.

Lui faire l'amour me manque.

Un mois s'était écoulé sans aucune intimité. Je n'y pensais pas alors, car j'étais trop inquiet pour Cédric. Mais cela ne voulait pas dire que mon corps avait cessé d'avoir envie de sexe. C'était notre premier jour à la maison, alors je n'allais pas en parler, mais j'y pensais beaucoup.

Je me suis penché et je l'ai embrassée sur le front.

– Je t'aime.

– Je t'aime aussi.

Elle a glissé une main derrière ma nuque et m'a embrassé sur la bouche.

J'ai approché mon visage de Cédric et je l'ai embrassé sur le front.

– Je t'aime, Chef de guerre.

– Il t'aime aussi, Cayson.

La porte de mon bureau s'est ouverte, et quelqu'un est entré sans se faire annoncer. Une seule personne faisant cela, je savais qui c'était. Sans lever les yeux de mon ordinateur, j'ai dit :

– Quoi de neuf, Slade ?

– J'ai besoin de ton avis.

Mon fils venait à peine de rentrer à la maison, et j'étais obligé d'aller au bureau. Je n'avais pas envie de gérer les problèmes des autres. J'ai interrompu l'écriture de mon email et je l'ai regardé.

Il tenait deux grenouillères pour nouveau-né.

– Je voulais offrir un cadeau à Cédric pour son retour à la maison, mais je n'arrive pas à me décider. Tu penses qu'il aimera mieux les guitares électriques ou les dinosaures ?

Il m'a dévisagé avec anxiété, comme si ma réponse était une question de vie ou de mort.

– Je ne veux pas être le genre de parrain qui fait des cadeaux pourris. Je veux qu'il m'aime. Alors, guitare ou dinosaure ?

J'avais envie de rire de son absurdité.

– Slade, il a un mois.

– Donc il ne sait pas ce qu'est un dinosaure, hein ? dit-il en hochant la tête. C'est aussi ce que je craignais. Va pour les guitares.

J'ai pincé les lèvres pour ne pas rire et le vexer.

– Cédric ne sait pas non plus ce qu'est une guitare, alors choisis-en un.

Il a examiné chacune des grenouillères.

– Et si je lui donnais les deux ?

– Ben voilà.

– Mais que faire si c'est la fringue de trop ? Il reçoit sans doute des tonnes de cadeaux de la part de tout le monde.

– Slade, il a un mois. Il n'a aucune idée de ce qui se passe.

– On n'en sait rien. Le cerveau génial de Chef de guerre absorbe toutes les infos. Il ne se rappellera peut-être pas tout, mais son cerveau associera des images, des personnes et des odeurs à des émotions. Quand il me voit, je veux que son cerveau m'associe à une émotion positive.

J'ai arqué un sourcil.

– D'où tu sors ça ?

Il a haussé les épaules.

– J'ai lu quelques bouquins sur les bébés...

– Slade, donne-lui les deux et tout ira bien.

– Peut-être que je ne devrais pas lui offrir de vêtements. Si je lui donnais un jouet ? Un truc coloré ?

– Il ne peut même pas soulever sa tête.

– Des clés en plastique qu'il peut mâcher ?

– Il n'a pas de dents.

– Ah merde...

Il a ouvert et fermé la mâchoire comme s'il cherchait une autre idée.

– Les petits pyjamas sont super, dis-je en tendant la main pour les prendre. Je suis sûr qu'ils plairont à Cédric.

– Je ne te laisse pas lui donner. Je lui donnerai moi-même. Je voulais juste ton avis.

– Pourquoi tu n'as pas demandé à Trinity ?

– Elle est au travail.

Je lui ai lancé un regard noir.

– *Je suis au travail.*

– Mais c'est différent.

– Parce qu'elle dessine des fringues et que je protège tout le pays contre les maladies mortelles ?

Slade était intelligent, mais bon sang, ce qu'il pouvait être bête.

Il regardait les pyjamas sans vraiment m'écouter.

– Ouais, bien sûr.

Je me suis frotté les tempes, sentant une migraine poindre.

– Tu crois que Cédric aimerait la musique ?

– Tous les êtres humains aiment la musique.

– Et si je jouais de la gratte pour lui ? Si je lui écrivais une chanson ?

– Je suis sûr que ça lui plairait, dis-je. Ward Jr adore ta musique.

– Normal, ce gamin va être une rock star. En parlant de ça, ils vont se marier ou pas ?

J'étais trop préoccupé par mon fils pour y penser.

– Aucune idée.

– Ils repoussent depuis longtemps.

Slade s'est assis sur la chaise face à mon bureau et a posé les pyjamas sur ses genoux.

– Ouais, c'est vrai.

– C'est trop cool que Chef de guerre ait un cousin. Ils se sont vus ?

– Pas encore.

– Merde.

Il s'est frotté la nuque.

– Quoi ?

– Je n'ai jamais acheté de fringues à Ward Jr.

Il prenait vraiment son rôle de parrain au sérieux.

– Ward Jr ne s'en souviendra pas, Slade. Tu peux te détendre.

Les yeux de Slade roulaient comme s'il réfléchissait intensément.

– Comment se passe la grossesse de Trinity ?

La question l'a ramené à la réalité.

– Bien. Ça ne se voit pas encore.

– Quand elle sera ronde, ça te rendra fou.

– Dans quel sens ?

– C'est hyper sexy.

Slade ne comprenait toujours pas. Il devait le vivre lui-même avant de savoir de quoi je parlais.

– Je la trouve déjà hyper sexy. Je ne pense pas que le fait qu'elle soit enceinte va changer grand-chose.

– Tu verras ce que je veux dire.

– Trinity pense que je n'aurai plus envie d'elle après la naissance du bébé, soupira-t-il en levant les yeux au ciel. Rapport aux vergetures et à la prise de poids. Cette femme est folle.

Skye avait quelques kilos en plus, surtout au niveau du ventre. Je ne l'avais pas vue nue, mais je savais que ça ne me dérangerait pas. Quand on est amoureux, ce genre de détail ne compte pas.

– Ce n'est pas très grave.

– Alors, vous baisez à nouveau comme des lapins ? demanda-t-il.

J'aimerais bien.

– Non, pas vraiment...

Slade a grimacé.

– C'est la boucherie en bas... du genre bien lâche et tout ça ?

J'ai eu envie de lui balancer mon agrafeuse.

– Mec, Skye est ta cousine.

– Je ne parle pas d'elle spécifiquement. Mais est-ce que ça se distend chez toutes les femmes ? Est-ce que c'est un énorme trou béant avec les escalopes qui font bravo ? Genre, est-ce que je vais sentir quelque chose après que Trinity aura eu le bébé ?

– Slade, t'inquiète pas pour ça.

– Alors, la chatte se resserre ?

– Ben... j'en sais rien.

Je n'ai jamais couché avec une femme qui avait eu un enfant.

– Tu ne sais pas ? Tu n'as pas couché avec Skye depuis un mois ?

– On n'a pas vraiment eu le temps. On était toujours à l'hôpital, et morts d'inquiétude pour Cédric.

– Mais depuis que vous êtes rentrés ?

– Cédric dort avec nous.

Slade a hoché la tête lentement.

– Alors, c'est déjà un casse-coup.

– Je ne dirais pas ça de lui.

– Mais c'est le cas, insista Slade. Ça craint, mec.

C'était vrai, mais j'essayais de ne pas y penser.

– Si je ne sautais pas Trinity pendant un mois, ma queue exploserait.

– Ben, j'en suis pas encore à ce stade.

Mais s'il ne se passait rien bientôt, j'aborderais le sujet avec Skye.

– Et le corps féminin, ajoutai-je, est conçu pour se distendre et se contracter en vue de l'accouchement. Je suis sûr que tout reviendra à la normale en bas.

– Mais si c'est pas le cas…?

– Ça sera le cas, Slade.

– Mais si…

– Je te le dirai quand j'en aurai fait l'expérience moi-même.

Slade m'a regardé d'un air inquiet.

– J'espère que ça arrivera bientôt pour que tu puisses te détendre.

– Je suis détendu.

– T'es tendu comme un string.

– Parce que j'ai du pain sur la planche en ce moment.

– Et tu t'en sortirais mieux si tu tirais un coup…

J'ai saisi l'agrafeuse.

– Oh là… doucement. Je suis le parrain, tu te souviens ? Tu ne peux pas tuer le parrain.

– Tu veux que je te prouve le contraire ?

Slade a bondi de sa chaise.

– Appelle-moi quand ta bite sera jouasse.

Quand Slade a atteint la porte, il a réalisé l'ambiguïté de sa phrase et jugé bon d'ajouter :

– Tu sais, quand ta femme passera à la casserole.

Quand je suis rentré chez moi cet après-midi-là, j'ai roulé sur la neige qui recouvrait la pelouse et l'allée. C'était la maison idéale pour les décorations de Noël, mais je n'avais pas eu le temps de m'en occuper cette année. Ici, en banlieue, il n'y avait pas un bruit. C'était calme et silencieux.

Je me suis garé dans l'allée et dirigé vers la porte. Elle s'est ouverte avant que je l'atteigne. Skye est sortie avec Cédric dans les bras. Il était emmitouflé dans une couverture chaude, et elle portait un jean foncé et un pull.

C'est comme un rêve.

Elle s'est avancée vers moi en souriant. Puis elle m'a fait un baiser d'amour sur la bouche.

– Papa est rentré, dit-elle en approchant Cédric de moi.

Le moment était presque douloureux tellement c'était bon. Il y a eu une période où j'ai cru que nous n'aurions jamais ce bonheur. Elle m'avait fait trop mal, m'avait trahi. Mais aujourd'hui, je vivais mon plus beau rêve. Je rentrais chez moi avec ma femme aimante et mon fils dans ses bras. Le fumet du dîner a passé la porte et fait gargouiller mon ventre.

Je lui ai rendu son baiser, puis j'ai embrassé mon fils sur le front.

– Vous m'avez manqué aujourd'hui, les amours.

– Tu nous as manqué aussi. Viens te réchauffer à l'intérieur.

Elle est entrée dans la maison et a placé Cédric dans le parc. Puis elle m'a enlevé mon manteau et l'a suspendu au crochet. Elle a pris ma sacoche et l'a posée sur la console dans l'entrée.

– J'ai fait un pain de viande pour ce soir.

– Miam.

– Prends une douche, et le dîner sera prêt.

– Parfait.

Elle m'a souri avant de tourner les talons et d'entrer dans la cuisine.

Je suis resté là un moment, encore sous le charme de ce qui venait de se passer. Allait-elle m'accueillir ainsi tous les soirs ? La maison serait-elle remplie de cette même chaleur ?

Est-ce que le reste de ma vie sera aussi idyllique ?

– TA JOURNÉE AU BUREAU ?

Skye était assise à table en face de moi. Nous avions mis le parc dans la cuisine pour pouvoir surveiller Cédric.

Skye ne cuisinait pas beaucoup quand on s'est mis ensemble, mais maintenant qu'on était mariés, elle avait appris quelques trucs. Par exemple, son pain de viande était le meilleur que j'ai mangé. Il était même meilleur que celui de ma mère.

– Bien. J'ai rattrapé le travail en retard de la semaine dernière.

– Ça doit être stressant.

– Jessica est une assistante plutôt efficace. Je vais lui donner une belle prime cette année.

– Tu peux, oui.

– Quand j'étais absent, elle s'est occupée de pas mal de choses pour moi. Elle s'est surpassée et a travaillé tard le soir. Elle ne m'appelait jamais, sauf si elle y était obligée. Et je sais qu'elle l'a fait par bonté de cœur, pas pour me lécher le cul.

– Je ne l'ai pas rencontrée souvent, mais elle a l'air vraiment gentille.

J'étais heureux que Skye ne se sente pas menacée par mon assistante. La plupart des femmes le seraient. Cette sordide histoire avec Laura semblait derrière nous. Nous étions redevenus un couple solide. À un moment de ma vie, j'ai été à deux doigts de m'éloigner définitivement de Skye. J'étais content de ne pas l'avoir fait.

– Et ta journée à toi ?

– Super, dit-elle. Cédric et moi, on a traîné toute la journée.

– Vous avez fait quoi ?

– Je l'ai regardé gigoter dans son parc. Puis il a fait une sieste et je l'ai regardé dormir. Je l'ai nourri plusieurs fois, sa bouche est minuscule. C'est trop mignon.

– Elle va s'agrandir. Tu n'as pas de problème pour le nourrir ?

– Non, il ne réclame que quand il a faim. Souvent, il ferme les yeux en tétant, comme s'il somnolait. C'est adorable.

Elle s'extasiait sur son fils comme toutes les mamans. Elle était totalement gaga.

– Tu en veux un autre ? plaisantai-je.

– Oui. Tout de suite. Je veux qu'ils soient proches en âge, comme Roland et moi.

– Mais Roland et toi n'êtes pas proches du tout.

– Je veux quand même que mes enfants se suivent de près.

Au moins, ça me permettra de tirer un coup.

– Mais le médecin dit que je devrais attendre trois mois au minimum avant d'essayer de retomber enceinte. Tu sais, le temps que mon corps se repose.

– Ouais, c'est logique, dis-je un peu déçu.

Une fois le dîner terminé, Skye a débarrassé la table et emporté

Cédric au salon. Elle l'a allongé sur un matelas fin et une couverture sur le parquet. Elle avait installé le sapin de Noël, et les guirlandes scintillaient comme des illuminations féériques.

– Tu as décoré le sapin.

– Ouais, avec l'aide de Cédric.

– C'est joli.

Je me suis assis sur le sol à côté du bébé.

– Merci.

Skye s'est posée de l'autre côté du matelas, me laissant tout l'espace avec Cédric. Elle me laissait l'accaparer un peu comme j'étais au bureau toute la journée.

Je me suis allongé à côté de lui et j'ai appuyé ma tête sur un bras.

– Quoi de neuf, Chef de guerre ?

Cédric m'a dévisagé, comme s'il me connaissait, mais n'arrivait pas à me remettre.

– J'ai pensé à toi au travail aujourd'hui. Oncle Slade est passé.

Il écoutait comme s'il comprenait.

– Je dois te prendre en photo pour les gens du bureau. Mon assistante, Jessica, est très impatiente de voir ta bouille.

Il a gigoté les pieds.

Je pensais que ce serait bizarre de parler à un nouveau-né, mais ce n'était pas le cas. Cédric ne pouvait pas me comprendre, mais nous communiquions comme un père et un fils. J'ai posé la main sur son petit ventre et j'ai caressé le tissu de son body. Il était orné d'une baleine bleue.

– Clémentine veut venir le voir avec Ward Jr, dit Skye. Je lui ai dit que Cédric avait besoin d'un temps d'adaptation d'abord.

– Oui, c'est mieux.

J'ai remonté la main vers sa poitrine et je l'ai sentie se soulever à chaque respiration.

Skye a bâillé bruyamment.

– Je n'ai pas beaucoup dormi cette nuit parce que Cédric a eu besoin de téter plusieurs fois au milieu de la nuit. Ça te dérange si je dors un peu ?

– Il s'est réveillé cette nuit ?

– Ouais. Je l'ai nourri dans sa chambre pour ne pas te réveiller.

Je ne me suis rendu compte de rien.

– C'est toi qui devrais te reposer, bébé. S'il se réveille en pleine nuit, je m'occuperai de lui.

– Non, tu travailles toute la journée. Et ça ne me dérange pas.

– Bon, repose-toi, je le surveille.

– Super, dit-elle en sortant un biberon d'un sac. Il est plein s'il a faim.

Elle m'a fait un baiser rapide avant de filer à l'étage.

Je me suis tourné vers Cédric, qui avait les yeux sur moi.

– Alors, qu'est-ce que tu veux faire ?

À L'HEURE DU COUCHER, SKYE A DE NOUVEAU BORDÉ CÉDRIC ENTRE nous. Elle a placé un oreiller de chaque côté de son corps pour le séparer de nous. Ses yeux se sont fermés à la seconde où elle l'a mis au lit.

J'adorais passer du temps avec Cédric. C'était un miracle qu'il soit à la maison avec nous. Mais j'avais des besoins sexuels, auxquels Skye semblait insensible. Quand Cédric serait plus grand, il comprendrait.

– Bébé, et s'il dormait dans son berceau cette nuit ?

– Pourquoi ?

Elle a enfilé un t-shirt et s'est glissée sous les draps.

– Tu sais, pour qu'on soit juste toi et moi.

– On est une famille désormais, Cayson. On fait tout ensemble.

Elle n'a pas compris mon allusion.

– Peut-être qu'on peut avoir une heure pour nous...

Skye s'est blottie contre Cédric et a caressé ses cheveux si fins.

Étais-je le seul en manque de sexe ? Sa libido s'était elle évanouie après l'accouchement ? Je savais que c'était possible. Seulement je ne pensais pas que ça nous arriverait.

– Skye ?

– Hum ?

Ça me gênait de parler de sexe devant Cédric, même s'il ne comprenait pas.

– Ça fait longtemps que... tu sais. J'espérais que papa et maman pourraient avoir un moment d'intimité.

Elle a fini par comprendre.

– Oh... je n'y ai même pas pensé.

Aïe.

– Avec Cédric à la maison, je ne pensais pas que tu avais ce genre d'idée en tête.

– Je n'y pense pas tout le temps, mais je n'ai pas... tu sais... depuis un mois.

Elle a continué de caresser les cheveux de Cédric, sans bouger.

– Skye ?

– Hum ?

– Alors... tu vas mettre Cédric dans sa chambre juste un moment ?

Je ne voulais pas me montrer insistant, mais merde, j'étais en manque. Je voulais faire l'amour à ma femme maintenant que notre famille était réunie.

– C'est que... laisse tomber.

– Quoi ?

– Rien.

– Dis-moi, bébé.

– Eh bien... j'ai du bide et mes cuisses sont grosses. Et puis, j'ai des vergetures maintenant. Je ne sais pas comment ça va être en bas. Je n'ai même pas eu le temps de me raser... pas même les jambes.

Ça ne me gênait pas le moins du monde.

– Skye, je m'en fous.

– Ben, pas moi.

– Tu as accouché il y a un mois. Je sais que ton corps a changé.

– Je ne me trouve pas sexy en ce moment.

– Je ne suis pas du tout d'accord.

Elle a détourné le regard.

– Tu dis ça parce que tu te sens obligé.

– Absolument pas. Allons, je suis en train de te supplier de faire l'amour avec moi. Si tu ne m'attirais pas, je me contenterais de dormir. J'ai envie de toi, bébé. Je m'en fous des vergetures ou du ventre. Ne pense pas à tout ça.

– Mais tu es un mec super canon, et je suis, genre, un boudin.

– Un boudin ? m'offusquai-je. C'est faux.

– C'est vrai. Je sais ce que les nanas pensent quand elles nous voient ensemble. « Pourquoi ce mec magnifique est avec cette fille ordinaire ? »

J'ai arqué un sourcil.

– Quelles nanas ?

– Celles qui nous voient tous les jours.

– Tu les as vraiment entendues dire ça ?

– Non… mais je sais qu'elles le pensent.

J'ai levé les yeux.

– Ce sont tes propres insécurités qui s'expriment.

– Cayson, tu vaux un dix sur dix et moi un quatre.

– Selon qui ? m'irritai-je.

– Tous ceux qui ont des yeux.

Là, ça commençait à m'horripiler.

– Cette conversation est débile, j'arrête de parler. Je vais le mettre dans son lit, et quand je reviendrai, on va… bref, tu sais.

J'ai pris Cédric dans mes bras. Il ne s'est pas réveillé.

– Cayson, il ne comprend pas ce que tu dis.

– Je préfère être prudent.

J'ai porté Cédric dans sa chambre et je l'ai couché dans son berceau. Il n'a pas ouvert les yeux. Puis j'ai allumé le babyphone et je suis retourné dans la chambre.

Une fois que nous étions seuls, j'ai enlevé mon pantalon de survêtement et mon caleçon. Ma queue a durci immédiatement.

Skye est restée dans le lit, sans bouger.

– Bébé, ne sois pas ridicule.

Je me suis mis sur elle et j'ai essayé de lui retirer son t-shirt.

– Non, je le garde, protesta-t-elle.

J'ai froncé les sourcils.

– Alors, je n'aurai plus le droit de te regarder ?

– Ben… pas pour l'instant.

J'allais voir ses nichons, qu'elle le veuille ou non.

– Hors de question.

Je lui ai arraché le t-shirt et je l'ai jeté par terre.

Elle n'a pas lutté parce qu'elle savait qu'elle avait tort.

Puis j'ai enlevé sa culotte et je me suis mis sur elle. Ma respiration avait changé, accélérée par l'excitation. Skye et moi avions ramené notre bébé à la maison, sain et sauf. Nous pouvions souffler et reprendre une vie normale.

J'ignorais d'où venaient les insécurités de Skye. Son ventre s'était épaissi, mais rien n'avait vraiment changé. Ses seins étaient plus gros qu'avant, ce qui était plutôt sympa. Les poils ne me dérangeaient pas. Les filles rasées, ça n'a jamais été mon truc.

Elle était tendue sous moi, comme si elle ne pensait qu'à son corps déformé par la grossesse. J'ai pressé le visage contre le sien.

– Skye ? Ne pense pas à ça. Pense seulement à moi. Parce que je pense à toi.

Je l'ai embrassée, forçant ses lèvres à répondre à mon baiser. Elle est restée raide pendant quelques minutes, puis elle s'est enfin détendue. Quand ses mains ont commencé à se promener sur mon corps et qu'elle s'est mise à bouger de façon sensuelle, j'ai su qu'elle était prête.

Je l'ai pénétrée et j'ai remarqué tout de suite les changements subtils. Ce n'était pas tout à fait comme avant. Mais la sensation était divine. Elle était serrée autour de ma bite et tout aussi mouillée.

C'est tellement bon.

J'ai balancé le bassin lentement, prenant tout mon temps. Je savais que je ne durerais pas longtemps, et j'espérais qu'elle n'attendait pas grand-chose de l'amour ce soir. Une fois que j'aurai repoussé mon seuil, je redeviendrai un bon amant.

Skye a traîné les ongles le long de mon dos, et appuyé les pieds contre ma poitrine. Elle avait les jambes écartées, et me griffait les cuisses. Quand elle m'a regardé dans les yeux, elle avait retrouvé sa confiance en elle. Elle ne pensait plus qu'à mon plaisir.

Et moi, je ne pense qu'au sien.

19

SLADE

Quand Trinity est sortie de la douche, j'ai brandi deux grenouillères.

– Tu préfères quoi ? Les guitares ou les dinosaures ?

Elle a souri en les regardant tour à tour.

– Pourquoi pas les deux ?

– Je ne veux pas le déboussoler. Et il risque d'en aimer une plus que l'autre de toute façon.

Elle m'a observé d'un regard affectueux.

– Slade, c'est un bébé. Skye va lui mettre et il va baver dessus, c'est tout.

– Ben, on va prendre des photos de lui, et je veux qu'il sache que c'est moi qui lui ai acheté les habits. Quand il sera assez grand, il sera reconnaissant.

– Je crois quand même que tu devrais lui donner les deux.

– Ouais, sans doute...

Elle s'est approchée de moi et m'a massé les épaules

– Je trouve ça vraiment mignon que tu sois aussi dévoué envers notre filleul.

– Eh ben, s'il arrive quelque chose à Skye et Cayson, il est à nous. On est déjà comme ses deuxièmes parents de toute façon. Je prends la responsabilité au sérieux.

– Et tu le fais bien, dit-elle en m'empoignant le visage et m'embrassant.

Dès que ses lèvres me touchaient, mes pensées cessaient. Elles étaient douces comme des pétales de rose, mais son baiser était chaud comme le feu. Ça me brûlait chaque fois.

Elle a reculé avant de se diriger vers le frigo.

– Qu'est-ce qu'on mange ce soir ?

J'étais encore un peu étourdi.

– Des végé burgers.

– Oh... super.

Elle s'est servi un verre d'eau et en a bu une gorgée.

Je l'ai matée, ne pensant plus au dîner.

Trinity savait ce que j'avais en tête, mais elle s'est laissé désirer. Elle a bu une autre gorgée d'eau avant de remarquer le bouquin que j'avais laissé sur la table.

– *Le grand livre des prénoms ?*

– Je me disais qu'on pourrait choisir le prénom du bébé.

– Mais on ne sait pas encore si c'est une fille ou un garçon.

– C'est un garçon, affirmai-je. Mais on peut aussi choisir un prénom de fille au cas où.

Elle a ouvert le livre et trouvé un signet dedans.

– Tu l'as déjà parcouru ?

– Ouais.

Elle a refermé le livre et a tourné la tête vers moi, ses cheveux blonds dansant avec son mouvement. Elle avait des yeux bleu clair qui me rappelaient les plaines de l'Arctique, infinies, majestueuses. Sa taille était si fine qu'on aurait dit qu'elle flottait dans ses fringues. Ça me plaisait qu'elle soit naturellement petite — partout.

– As-tu trouvé un prénom qui te plaît ? demanda-t-elle.

– Ouais. Hammer.

Trinity a affiché une expression de surprise.

Hammer ? Comme un marteau ?

– Ça sonne cool.

Elle est vite passée au suivant.

– Quoi d'autre ?

– Wolf.

– Ouais, c'est pas mal.

– Pour une fille.

Elle s'est tue un instant, me dévisageant.

– Euh...

Elle n'a pas fini sa phrase, car elle était à court de mots.

– J'aime bien Silver aussi. Pour une fille ou un garçon.

Visiblement, Trinity ne raffolait pas des prénoms que j'avais trouvés.

– Je pense qu'on devrait continuer le brainstorming...

– Il y en a un en particulier que j'aime beaucoup, mais je doute qu'il te plaise.

– Quoi donc ?

Son ouverture témoignait de son amour pour moi.

– Je ne sais pas si je devrais le dire...

– Pourquoi pas ?

– Tu vas te moquer de moi.

– Slade, si je ne me suis pas moquée de Wolf pour une fille, je ne me moquerai pas de ça.

– Très bien.

Je n'avais pas trouvé le prénom dans un bouquin. Je l'envisageais depuis que j'ai appris que je l'avais mise en cloque.

– Ryan, dis-je après une pause.

Trinity n'a pas réagi tout de suite. Elle a mis un instant à assimiler.

– Je sais que ça manque un peu d'originalité, mais mon père est le mec le plus cool que je connaisse. Le prénom d'un enfant est important, et il doit être porteur de respect et d'honneur. Et il l'aura toute sa vie. Si notre fils est un tant soit peu comme mon père, je serais très fier. Mon paternel est un parent génial, et c'est aussi un bon pote. C'est vraiment un type unique en son genre, tu vois ?

J'ai baissé les yeux, car je me sentais bête d'avoir parlé aussi longtemps.

Trinity m'observait, son regard s'attendrissant de plus en plus.

– C'est le prénom que je veux, déclara-t-elle.

– Ah ouais ? demandai-je en relevant la tête, surpris qu'elle ne l'ait pas rejeté comme tous les autres.

– Bien sûr, répondit-elle en s'approchant et enroulant les bras autour de mon cou. C'est parfait.

Je ne m'attendais pas à ce qu'elle accepte, surtout aussi vite.

– Ton père est un homme remarquable et je serai honorée que mon fils porte son nom, dit-elle en prenant mon visage en coupe et me faisant les yeux doux que je lui connaissais si bien. Et je crois que ton père le sera aussi.

– J'en suis sûr, dis-je en posant les mains sur les siennes.

– Ça fait longtemps que tu y pensais ?

– Depuis que t'es tombée enceinte.

– Oh... s'attendrit-elle.

– Tu crois que Mike va être vénère ?

Elle a sourcillé.

– Pourquoi il le serait ?

– Bah, pourquoi on lui donnerait le prénom de mon père et pas du tien ?

Elle a secoué la tête.

– Mon père ne pense pas comme ça. T'inquiète.

– T'es sûr ?

– Certaine, dit-elle en frottant son nez contre le mien. Bon, on a un prénom de trouvé. Et si c'est une fille ?

– Ça ne sera pas une fille.

Je ferais une crise cardiaque si c'était le cas. Je ne la laisserais jamais sortir de la maison sans trois pulls et un sac de toile sur le dos.

– Mais juste au cas où...

J'ai haussé les épaules.

– J'aime toujours Wolf.

– Pas question, répliqua Trinity, avant de réaliser que son ton était agressif et se radoucir. Mais c'est un bon début.

– As-tu des idées ?

– Que dis-tu de Trixie ?

J'ai grimacé.

– Ma fille ne sera pas une traînée.

– C'est pas un nom de traînée.

– Crois-moi, ça l'est.

J'avais fait beaucoup de cochonneries avec une Trixie.

– Electra ?

– Putain, non.

Ça me rappellerait tout le temps Carmen Electra.

– Gray ?

Ce n'était pas une mauvaise suggestion. En fait, ça me plaisait bien. Ça avait le panache d'une femme posée et intelligente, du genre qui évite de s'attirer des ennuis avec des mecs idiots.

– Pas mal.

– Olympia ?

Dès qu'elle a prononcé le prénom, il a résonné dans mes oreilles. J'ai repensé au périple d'Ulysse et Pénélope, et à comment leur amour avait survécu au chagrin et à la distance. Un prénom grec était parfait. Et Olympia était puissant. Ça suggérait qu'elle était digne des dieux de l'Olympe.

– Ça me plaît... ça me plaît beaucoup.

– Ah ouais ? dit Trinity souriante. Ça me plaît aussi.

Je l'ai répété tout bas.

– Olympia... Olympia. Olympia Sisco, ramène tes fesses ici.

Je m'exerçais pour lorsque j'allais devoir la gronder.

Trinity a pouffé.

– Eh ben, je crois qu'on a trouvé.

– C'est un prénom très cool. J'espère juste qu'on n'aura jamais à l'utiliser.

– Tu dis ça, mais s'il y avait une petite fille qui crapahutait dans la maison, tu changerais d'avis.

– Pas du tout. Si j'ai une fille, elle mourra vierge.

Peut-être que si je n'avais pas été un aussi gros pervers dans ma jeunesse, ma vision des choses serait moins sinistre.

Trinity a levé les yeux au ciel.

– Je m'occuperai de lui expliquer d'où viennent les enfants. Et je m'occuperai de sa vie amoureuse quand le moment viendra.

– Et je m'occuperai de tabasser ses petits copains.

Trinity a semblé amusée, comme si elle croyait que je plaisantais.

– Bon, maintenant qu'on a nos prénoms, est-ce qu'on le dit aux autres ?

– Non, gardons le secret. S'ils n'aiment pas nos idées, ils vont essayer de nous faire changer d'avis. Et c'est facile d'être influencé parfois.

– T'as raison.

J'ai passé le bras autour de sa taille et je l'ai serrée contre moi.

– Choisir les prénoms, ça rend la chose officielle... on va être parents.

Elle a posé la main sur son ventre.

– Ouais.

Son visage rayonnait. Trinity n'était enceinte que de quelques mois, mais elle ressemblait déjà à une mère.

– Je suis tellement excitée.

– Et moi donc.

J'ai posé un baiser sur son front sans la lâcher. Tout était tellement différent avant que Trinity débarque dans ma vie et me remette dans la bonne voie. Je n'avais jamais voulu une femme ou des enfants. Mais maintenant que je les avais, je réalisais à quel point j'avais de la chance.

– Merci pour tout, bébé.

Elle a levé les yeux vers moi, un sourire aux lèvres.

– Non, merci à toi.

Le concert commençait bien. La salle était bondée, et malgré les projecteurs qui m'éblouissaient, j'arrivais à voir la mer de gens sur la piste de danse. J'ai passé la courroie de ma guitare en bandoulière et pressé les doigts sur les cordes. Le prénom de Trinity était gravé sur le manche. C'était la gratte la plus spectaculaire que j'avais touchée de ma vie.

– Merci d'être venus, dis-je dans le micro.

Des cris ont fusé de la foule. Ils étaient aigus, car la plupart de nos fans étaient des femmes. Pourtant, on jouait du rock, avec un son semblable aux Red Hot Chili Peppers et aux Foo Fighters, alors la gent féminine n'était pas notre public cible. Les nanas étaient manifestement là pour ma belle gueule et mes tatouages.

– J'ai une nouvelle à vous annoncer. Vous êtes nos fans, alors je veux partager ça avec vous. Ma femme et moi attendons un bébé.

La foule a applaudi, mais cette fois les cris ont été moins enthousiastes.

Ça ne m'a pas dérangé.

– J'ai vraiment hâte. J'ai un peu peur de devenir père, mais je suis sûr que ma femme va m'aider tout au long de cette aventure. Bref, j'ai écrit la prochaine chanson pour mon enfant, qui n'est pas encore né.

Les lumières se sont tamisées, puis nous avons commencé à jouer. Dee avait appris la chanson en une journée et Razor et Cameron l'avaient mémorisée presque aussi vite.

Trinity était dans la foule, mais j'avais du mal à la voir avec les projecteurs. Je ne lui avais pas encore joué le morceau, et j'espérais la surprendre. Il y avait un solo de guitare de ouf à la fin, et j'avais hâte de lui en mettre plein la vue.

La chanson a conclu le concert.

– Merci à tous d'être venus. N'oubliez pas de nous suivre sur Facebook et Twitter, et inscrivez-vous à notre newsletter.

J'ai salué la foule de la main avant de sortir de scène avec mes musiciens.

Une fois en coulisses, Dee s'est immédiatement détendue.

– Dieu merci, c'est fini.

Dee adorait jouer de la musique, mais pas en public. Ce que je trouvais zarb étant donné son assurance.

– On a cartonné, dit Cameron. Vous avez vu la foule ? À notre premier concert il y avait quoi, vingt personnes ? Mais là ils étaient des centaines. C'est dingue.

– Un peu mon neveu, renchérit Razor. On devrait quitter nos jobs et partir en tournée à temps plein.

Je doutais que ce soit possible. Je ne jouais que par plaisir.

– Ouais, peut-être.

J'entrais dans ma loge pour prendre mes affaires quand je me suis figé. Une brune à poil était couchée sur le canapé. Elle ne portait que des talons hauts noirs.

– Je t'attendais, dit-elle en s'asseyant.

Ses énormes nichons ont bondi légèrement.

– Euh…

Elle a tortillé une mèche de cheveux dans ses doigts.

– Je suis ta plus grande admiratrice.

On me le dit souvent.

– Je reviens tout de suite…

Je suis sorti et j'ai senti mes yeux se relaxer. L'image m'avait brûlé la rétine.

– Cameron ?

Il marchait vers moi dans le couloir.

– Ouaip ?

– Y a une surprise pour toi dans ma loge.

Je lui ai tapoté l'épaule avant de m'éloigner.

– Ah ouais ?

Il est entré. Même à travers la porte fermée, je l'ai entendu hurler.

– Merci, Slade !

J'allais devoir récupérer mes affaires plus tard. J'avais beau crier sur les toits que j'aimais ma femme et que j'allais être père, les femmes ne pouvaient pas résister à mon charme. Ça réjouirait n'importe quel mec, mais moi, ça m'emmerdait.

– Slade ?

Je me suis tourné en entendant mon nom. Un type en costard luxueux comme ceux que portent Sean et Mike s'est approché de moi, une carte de visite à la main.

– Super concert.

– Merci… vous êtes qui ?

Il a ri.

– Don Murray. Je suis producteur chez Capital Records.

– Oh… cool.

Quand j'ai réalisé ce qui se passait, j'ai fermé mon clapet.

– J'ai assisté au concert ce soir parce que j'ai beaucoup entendu parler de ton groupe. Je dois dire que je suis impressionné.

– Eh ben, merci.

Mon cœur battait fort et j'avais un début de nausée, mais je l'ai jouée cool.

– Votre son est unique, mais il touche vraiment le public. Vous avez un agent ?

– Un agent ? Euh, non.

– Alors, tu fais tout par toi-même ?

– Non. Mes musiciens et moi on se partage la tâche. Et y a ma femme qui fait le design des t-shirts.

Il a hoché la tête.

– Elle est douée. Je pensais que c'était le travail d'un pro.

Ma femme est une pro, mais je lui dirai plus tard.

– Chez Capital, je représente beaucoup de groupes avec un son semblable au vôtre. Tu connais sûrement les Red Hot Chili Peppers, les Black Keys et Coldplay. Ce ne sont que quelques-uns de mes clients.

Ma mâchoire menaçait de se décrocher, mais je l'ai retenue. C'était un rêve ou quoi ? J'hallucinais ?

– Cool.

C'est tout ce que j'ai trouvé à répondre.

– J'aimerais beaucoup discuter avec toi. Voici ma carte.

Je l'ai prise et l'ai glissée dans mon portefeuille.

– Je cherche toujours de nouveaux groupes à représenter.

– Je suis flatté.

Et complètement abasourdi.

– L'industrie de la musique n'est plus comme avant, surtout avec le streaming en ligne. Les groupes font plus de tournées pour compenser la perte de profits. C'est une autre paire de manches. Mais vous avez le talent pour réussir dans le business.

Je n'arrivais pas à croire les mots qui sortaient de sa bouche.

– Je ne sais pas quoi dire…

– Es-tu libre pour déjeuner demain ?

J'étais libre n'importe quand pour discuter d'un truc du genre. Puis je me suis rappelé ses dernières paroles. Il y aurait beaucoup de tournées, beaucoup de travail. Ça me semblait trop beau pour être vrai, or je n'étais plus célibataire. J'étais marié, et ma femme et moi attendions un bébé. Je m'étais engagé à elle, et je ne pouvais pas lui tourner le dos.

Avant mon mariage, je trouvais la monogamie un peu monotone. Faire des tournées à travers le monde était ce que j'avais toujours voulu. Mon rêve depuis que j'étais gosse. Puis Trinity est devenue une autre sorte de rêve, et aujourd'hui, j'étais plus heureux que jamais.

Si Capital Records nous recrutait, pourrais-je vraiment lui faire ça ? Faire ça à mon bébé ? Je serais tout le temps parti et je rentrerais tard. Je serais constamment assailli par des admiratrices qui me montreraient leurs nibards. Ça chamboulerait la vie tranquille que j'avais maintenant.

Est-ce que je peux vraiment faire ça ?

Don a repris la parole puisque je ne répondais pas.

– Alors ?

C'était une décision difficile, mais au fond de moi, je l'avais déjà prise. Quand j'ai supplié Trinity de m'épouser, je lui ai promis de lui donner la vie dont elle rêvait. Être une rock star riche et célèbre serait génial, mais pas assez pour sacrifier ma vie actuelle. Aux yeux de Trinity, j'étais déjà une rock star.

– Merci beaucoup de l'offre, je suis hyper flatté, mais on n'est pas intéressés.

De toute évidence, Don n'était pas habitué à cette réponse.

– Pardon ?

– Merci, Don. Mais on est bien comme ça.

Il n'arrivait toujours pas à y croire.

– Et si tu prenais le temps d'y réfléchir ?

– Je n'ai pas besoin de temps, dis-je en lui serrant la main, même s'il semblait transi d'étonnement. Bonne fin de soirée.

J'ai tourné les talons, renonçant à l'avenir différent que j'aurais pu avoir. Mais le choix n'était pas difficile. J'aimerais avoir une famille et être un musicien célèbre, c'était tout simplement impossible de faire les deux en même temps.

Je suis retourné dans la salle de spectacle. Les gens s'étaient dispersés et ils étaient maintenant au bar ou à la table de marchandise. J'ai aperçu Trinity avec Theo et Roland.

Ses yeux se sont illuminés lorsqu'elle m'a vu.

– C'était une si belle chanson.

– Ça t'a plu ?

Elle m'a sauté dans les bras, enroulant les jambes autour de ma taille.

Ça y est, je bande.

– Je l'ai adorée.

Elle était pendue à mon cou et ses cheveux me chatouillaient le visage.

– C'est ce que je me disais.

Je l'ai embrassée, les mains sous son cul. Elle était légère comme l'air.

– J'adore être mariée à une rock star.

– Ah ouais ? Et moi, j'adore être marié à une top-modèle.

Elle m'a embrassé fougueusement.

– Rentrons. Je veux te donner la baise de groupie la plus sexy de ta vie.

– J'ai déjà droit à des baises de groupie sexy — chaque soir.

20

CAYSON

J'avais le sourire aux lèvres en permanence.

Quand je buvais une gorgée de bière, mon sourire s'en allait. Mais dès que je posais la bouteille sur le sous-verre, mes lèvres s'étiraient à nouveau. Tirer un coup était la meilleure sensation au monde. Ça arrangeait tout.

Assis en face de moi, Slade a remarqué mon comportement étrange.

– Pourquoi tu fais cette tête ?

– Quelle tête ?

– Une tête de clown sans le nez rouge.

J'ai haussé les épaules et bu une autre gorgée.

– Tu t'es enfin envoyé en l'air ?

J'ai souri en réponse.

– C'était pas trop tôt. Si Trinity me laissait languir aussi longtemps, je devrais la clouer au lit.

– Elle n'était pas enthousiaste à l'idée au début, mais je l'ai convaincue.

Il semblait horrifié.

– Alors, les femmes n'aiment pas baiser après avoir donné naissance ?

– Si. Skye était juste complexée à cause de son corps.

– Tu veux dire qu'elle vient seulement de remarquer qu'elle était laide ?

J'ai plissé les yeux.

– Je plaisante, mec.

– Elle est mal à l'aise avec ses kilos en trop et ses vergetures. Rien de grave.

– Trinity a peur que je ne la trouve plus attirante pour la même raison.

– Je ne pige pas. Ce n'est pas comme si elle était méconnaissable.

– Alors... c'est bizarre à l'étage du bas ? Son bazar a changé de place ?

Slade disait beaucoup de conneries, mais celle-là remportait la palme d'or de l'idiotie.

– Non, rien n'a changé de place.

– C'est pas... relâché ? T'as pas l'impression de lancer une saucisse dans un couloir ?

– Non.

Si n'importe qui d'autre me posait cette question, je ne répondrais pas.

– C'est vrai ?

– C'est aussi serré qu'avant, l'assurai-je à contrecœur.

Il s'est adossé dans le box et a embrassé le ciel.

– Dieu merci, ou le truc qu'il y a là-haut, quoi que ce soit.

J'ai souri malgré moi.

– Vieux, t'as pas idée à quel point je suis soulagé. Je pensais que Trinity allait devoir me laisser l'enculer pour le reste de notre vie.

J'allais boire une gorgée de bière, mais je me suis arrêté.

– Garde ça pour toi, vieux.

– Je dis ça comme ça. Ou bien j'aurais juste eu des pipes.

– Encore une fois, je ne veux pas le savoir.

– Je me sens beaucoup plus léger, soupira-t-il béatement avant de descendre sa bière.

Une personne saine d'esprit aurait fui le bar si elle rencontrait Slade pour la première fois. Mais je le connaissais depuis toujours, alors j'étais habitué.

– Content que tu te sentes mieux.

– Moi aussi. Ça me fait un souci de moins.

– T'as d'autres soucis ?

Aux dernières nouvelles, il nageait dans le bonheur.

Il s'est penché en avant et il a parlé tout bas, comme s'il craignait qu'on nous entende.

– Tu ne croiras jamais ce qui m'est arrivé après le concert l'autre soir.

Une groupie lui a proposé la botte ?

– Quoi ?

– Don Murray de Capital Records m'a approché pour signer mon groupe.

Je ne me serais jamais attendu à ce qu'il dise ça. C'était une si bonne nouvelle que je ne savais pas comment réagir. C'était le truc le plus géant que j'avais entendu depuis longtemps.

– T'es sérieux ?

– Il dit qu'il aime notre son, et il croit qu'on a du potentiel. Il représente déjà les Red Hot Chili Peppers et Coldplay. C'est dingue, hein ?

– Pourquoi tu ne m'as rien dit, mec ? Pourquoi on parle de ma vie sexuelle ?

– Hé, c'est important aussi.

– Pour moi, pas pour toi.

– Bref, dit Slade. J'y croyais pas. J'y crois toujours pas.

J'en ai oublié ma bière — et ma vie sexuelle. Mon meilleur pote réalisait enfin l'un de ses plus grands rêves. Il voulait devenir rock star depuis qu'il avait appris à jouer de la gratte. C'était un événement majeur.

– Alors, tu le rencontres quand ?

– Je ne vais pas le rencontrer.

Qu'est-ce que ça veut dire ?

– Tu l'as déjà fait ?

– Il m'a donné sa carte de visite, mais j'ai dit que je n'étais pas intéressé, dit-il en poussant un profond soupir, comme un ballon qui se dégonfle. Puis je suis parti.

Ma mâchoire s'est décrochée.

– T'as dit que t'étais pas intéressé ? Pourquoi t'as fait ça ? C'est pas le moment de te faire désirer.

– Je ne me fais pas désirer. Je savais que ce n'était pas une bonne idée.

Slade n'a jamais cessé de me surprendre, mais cette fois, j'étais plus perplexe que jamais.

– T'es fou ou quoi ?

– Écoute, je suis marié maintenant. J'ai promis à Trinity d'être le meilleur des maris. Et en plus, je vais être père dans quelques mois. Ce serait puéril et égoïste de ma part de signer un contrat de disque et partir en tournée comme une rock star. Comment ça affecterait mon mariage ? Comment ça affecterait mon gosse ?

L'idée ne m'avait pas traversé l'esprit.

– Trinity t'a dit non ?

C'était Trinity qui portait la culotte dans la relation, mais je ne l'imaginais pas empêcher Slade de poursuivre son plus grand rêve. Elle avait bien accompli le sien, alors pourquoi ne pouvait-il pas faire de même ?

– Non, elle n'en sait rien. Et je ne vais pas lui dire.

– Mais c'est complètement insensé.

Je n'arrivais pas à croire que c'était le même Slade que je connaissais depuis toujours.

– Pas vraiment, dit-il calmement. T'as bien renoncé à ton rêve sans y réfléchir à deux fois. Et regarde-toi aujourd'hui. T'as un boulot encore plus important que si t'avais continué sur ta voie initiale. Et t'as épousé l'amour de ta vie.

– Slade, c'est pas la même chose. Pourquoi tu ne peux pas avoir les deux ?

Il a soupiré en se frottant la mâchoire comme s'il se demandait comment me l'expliquer.

– Je sais que t'es un nerd et que tu ne sais pas ce que c'est d'être populaire...

Je n'ai pas levé les yeux au ciel, car la conversation était trop importante.

– Être une rock star, c'est faire la nouba chaque jour. Les meufs se jettent sur toi, t'es constamment sur la route à jouer en concert ou donner des interviews, et tu deviens une célébrité, alors on répand des rumeurs sur toi. Je serais tout le temps parti. Et c'est pas comme si Trinity pouvait m'accompagner. Elle a son propre empire à gérer. Et je ne veux pas faire subir ça à mon gosse. Il devrait rester à New York, et pas question que je sois un père absent.

Je comprenais un peu mieux maintenant.

– Je vois ce que tu veux dire. Mais Trinity et toi n'êtes pas un couple comme les autres. Vous êtes capables d'avoir ce mode de vie. Je sais qu'elle voudrait que tu réalises ton rêve.

Il a secoué la tête.

– J'ai failli la perdre — pour de bon. Je l'ai suppliée de m'épouser, et je lui ai promis d'être le meilleur mari de tous les temps. J'ai tenu ma promesse jusqu'ici. Et je ne veux pas la briser.

– J'admire ta loyauté, Slade, mais signer un contrat de disques n'est pas briser ta promesse. Parle-lui. Tu n'es pas obligé de refuser d'entrée de jeu.

– Je ne veux pas en parler. Je ne veux pas la stresser. Après tout ce qui s'est passé avec Cédric...

Il a réalisé combien ses mots étaient déplacés après les avoir prononcés. Il a dégluti en évitant mon regard.

– Je ne veux pas qu'elle s'énerve pour rien, conclut-il.

J'ai laissé la gêne passer un moment.

– Lui en parler ne l'énervera pas, Slade. Elle sait que c'est ce que tu veux. Elle sait à quel point tu as du talent. Je parie qu'elle s'attendait à ce que ça arrive un jour ou l'autre.

– Tu ferais quoi à ma place ?

– Je ne veux pas jouer à ce jeu.

– Sérieux, insista-t-il. Qu'est-ce que ferait M. Parfait ?

– Je n'ai jamais voulu être une rock star, alors je ne peux pas répondre.

– Tu n'irais pas, dit-il sur un ton de défi. Je te connais. La famille d'abord.

– J'en parlerais au moins à Skye.

– Dixit le mec qui n'allait pas lui parler de son admission à Stanford. C'est moi qui ai dû te convaincre.

– Encore une fois, pas la même chose.

Il a levé une main pour me faire taire.

– J'ai connu la vie sans Trinity. Crois-moi, c'était de la torture. J'ai détesté ça. Je n'ai jamais été aussi malheureux qu'à ce moment-là. Il n'y a rien de pire. Je ne vais pas risquer ma vie parfaite avec ma femme parfaite. Le seul fait d'aborder le sujet pourrait créer de la tension entre nous. Je ne veux pas qu'elle croie que je lui en voudrai un jour parce que je n'ai pas saisi ma chance. Ça ne ferait que m'attirer des ennuis. Je sais qu'être une rock star était mon rêve. Depuis la première fois où j'ai eu une guitare dans les mains. Mais mon mariage et mon enfant sont plus importants qu'un rêve d'enfance. J'ai beaucoup changé depuis que je suis avec Trinity. Tu peux me dire qu'elle me tient par les couilles ou que je suis un loser, j'en ai rien à foutre. Je suis heureux comme ça.

Manifestement, il était inutile d'insister. J'ai bu une gorgée en regardant par la fenêtre.

– T'as intérêt à ne pas le dire à Skye ou Trin.

Je regardais toujours dehors. Une couche de neige couvrait le trottoir. L'hiver dans cette ville était impitoyable.

– Cayson ?

– Ça ne coûte rien d'essayer, Slade.

– C'est ma décision. Maintenant, promets-moi que tu ne leur diras pas.

J'ai serré la mâchoire.

– Putain de merde, Cayson, dit-il en tapant la table du poing. Promets-le-moi.

J'ai poussé un soupir vaincu.

– Très bien. Promis. Je ne le dirai pas à Skye ni à Trinity.

– Merci.

Il s'est reculé et adossé dans le box, l'air plus calme.

Je n'allais pas le dire à Skye ou Trinity, car je lui avais donné ma parole.

Mais ça ne m'empêche pas de le dire à quelqu'un d'autre.

Ryan n'était pas à la réception quand je suis entré dans le salon. Il s'occupait généralement de la caisse et des clients, mais aujourd'hui il était ailleurs.

Radio m'a reconnu.

– Yo, Cayson. Comment va ton rejeton ?

– Bien. Il est rentré à la maison.

– Félicitations. Il est mignon. Ryan a dû me montrer mille photos de lui.

Il était couvert de tatouages, comme Slade, et il avait des cheveux et des yeux sombres.

– Merci. Il tient ça de sa mère.

Il a ri.

– Tu l'as dit bouffi. Alors, qu'est-ce qui t'amène ? Tu veux un tatouage ?

– Non. Je suis ici pour voir Ryan. Il est en congé aujourd'hui ?

– Non, il travaille sur une cliente à l'arrière.

– Cool. Je ne savais pas qu'il tatouait encore.

– Sur rendez-vous seulement. Et il est très sélectif avec ses clients, dit-il en se dirigeant vers le couloir et pointant au fond. Dernière porte à gauche.

– J'entre comme ça ? Sans m'annoncer ?

– Bah ouais, dit-il avant de retourner à son poste.

J'ai longé le couloir jusqu'au fond, puis je suis entré dans la salle. Ryan était assis sur un tabouret et il finissait tout juste un tatouage. Il l'a montré à la fille avec un miroir.

– Qu'en dis-tu ?

Elle était jolie, environ mon âge. Un cœur pourpre se trouvait sur sa hanche, avec un tourbillon de couleurs autour.

Elle a souri.

– Il est parfait. Merci.

– On ne m'appelle pas le meilleur pour rien.

Il a arraché ses gants de latex et les a lancés dans la poubelle.

La fille s'est levée et a commencé à se rhabiller.

J'ai détourné le regard, car je me sentais mal d'être là.

Ryan m'a vu.

– Salut, Cayson. Quoi de neuf ?

– Je voulais te parler d'un truc... si t'as le temps.

– Tu sais que j'ai toujours du temps pour toi.

Il s'est levé et m'a conduit vers son bureau. Une fois à l'intérieur, il a fermé la porte avant de prendre place dans son fauteuil.

– Alors, qu'y a-t-il ?

– C'est à propos de Slade.

Il a posé les mains derrière la tête et soupiré.

– Qu'est-ce qu'il a encore fait ?

– Rien. C'est ce qu'il n'a pas fait qui m'inquiète.

– Hum... intéressant.

Je lui ai raconté l'histoire du producteur de Capital Records et la réticence de Slade à ne serait-ce qu'envisager son offre.

– Il pense qu'il va foutre son mariage en l'air s'il ne fait que considérer l'idée. Je lui ai dit qu'il devrait au moins en parler à Trinity.

Ryan s'est frotté la mâchoire.

– Une chose est sûre : il est dévoué.

– Et c'est bien et tout, mais je crois quand même qu'il devrait le dire à Trinity. Je doute qu'elle veuille qu'il abandonne son rêve.

Je savais que je ne laisserais pas Skye le faire, car son bonheur comptait trop pour moi.

Ryan a opiné lentement, semblant se perdre dans ses pensées. Il réfléchissait à la question sous tous ses angles. Après quelques instants, il s'est tourné vers moi et il a parlé de nouveau.

– Elle l'encouragerait à le faire... et c'est sans doute pour ça qu'il ne veut pas lui dire.

– Je ne te suis pas.

– Slade se plaît à jouer dans des bars et des petites salles de concert. C'est un gros poisson dans un petit étang. Ça n'a rien de stressant. Jusqu'ici, ce n'était qu'un hobby pour lui. Mais Slade n'est pas idiot. Il est conscient de son talent. Il n'est pas comme tous ces gosses médiocres qui rêvent de devenir des musiciens célèbres en jouant dans leur garage. Slade a plusieurs dons, y compris la musique. Janice et moi l'avons remarqué il y a longtemps. Honnêtement, je ne suis pas surpris que ce soit arrivé.

Je me suis assis sur le fauteuil en face de lui.

– Où veux-tu en venir ?

– Slade a peur.

– De foutre en l'air son mariage ?

– Entre autres. Mais je crois surtout qu'il a peur de sortir de son petit étang... tu vois ce que je veux dire ?

– Pas vraiment.

– Il a peur de troquer ses rades pourris pour des stades. Ses blogs anonymes pour des grands magazines de musique. Il a peur de sortir de sa zone de confort. Sa femme lui donne déjà l'impression d'être une rock star. Elle le couvre d'attention et d'amour, contrairement aux autres autour de lui. Pourquoi il voudrait changer ça ? Sa vie est parfaite en ce moment ; il ne veut pas y renoncer, même si elle pourrait l'être encore plus.

– Donc à ton avis, Slade veut tout ça, mais il a peur ?

– Exact.

– J'en sais rien... il avait l'air plutôt sincère à propos de son mariage.

– Je suis sûr que c'est une raison importante, dit Ryan. Mais ça pourrait aussi être une excuse.

Pour la première fois de ma vie, j'ignorais ce que pensait mon meilleur pote. En temps normal, je le comprenais de façon intuitive. Mais cette fois-ci, son père me coupait l'herbe sous le pied.

– Je lui ai promis de ne pas le dire à Skye ou Trinity. Mais je n'ai pas promis de ne pas t'en parler. Peux-tu faire quelque chose ?

– Je suis surpris qu'il ne m'ait pas demandé conseil.

– Il le fera peut-être. Ça vient juste d'arriver.

Il a opiné.

– Je l'inviterai à prendre une bière pour le tâter.

– Bonne idée.

Ryan m'a étudié un moment.

– Merci d'être venu me voir. C'était la bonne chose à faire.

– Je sais. J'arrive habituellement à lui sortir la tête du cul... mais quand ça ne marche pas, t'es mon plan B. Et t'es toujours à la hauteur.

21

CONRAD

J'étais dans le brouillard.

Mes pensées n'étaient pas solides. C'étaient des volutes de fumée qui s'élevaient dans les limbes et disparaissaient. Constamment inattentif et imprévisible, je n'étais pas stable. Je ne pensais qu'à Lexie.

Parfois, je revivais les bons moments de notre relation. Puis mon esprit sautait à la dernière conversation que nous avions eue sur le pas de ma porte. Des larmes roulaient sur ses joues quand elle m'a dit au revoir. Elle m'aimait et elle savait que je l'aimais, mais elle avait baissé les bras.

Notre amour ne suffit pas.

Elle a déménagé en Californie pour être le plus loin possible. Plus jamais je ne la croiserai à l'épicerie ou au restaurant. Plus jamais je ne recevrai un appel d'elle.

Plus jamais je ne verrai son visage.

C'était à la fois un soulagement et la pire perspective au monde.

Mon esprit balançait constamment d'un côté ou de l'autre. Certains jours, je pensais qu'on pouvait se retrouver. Mais il y avait aussi des jours où je ne pouvais pas supporter de la regarder. Cette irrésolution était nuisible à la relation. Je la blessais autant qu'elle me blessait.

C'était la meilleure solution pour nous deux.

Du moins, c'est que je me disais.

Pourrais-je vraiment vivre avec une femme qui me fait souffrir comme elle ? Pourrais-je vraiment cesser de lui en vouloir de m'avoir quitté trois mois ? Pourrais-je la regarder dans les yeux et lui dire que je la pardonnais ?

C'est peu probable.

Mais je ne pouvais réfuter mes sentiments. J'aimais Lexie.

J'aimerai toujours Lexie.

Maintenant qu'elle était partie, je pourrais peut-être tourner la page. La savoir ailleurs allait me donner la distance nécessaire pour passer à autre chose. Le temps guérirait les blessures de mon cœur. Beatrice l'avait brisé en mille morceaux, mais Lexie les avait recollés. Peut-être que ça se reproduirait un jour.

Je n'arrivais à rien faire au boulot, car je réfléchissais au ralenti. J'étais trop déprimé pour me concentrer sur quoi que ce soit. Heureusement, je n'avais pas de réunions. Elles se seraient mal passées le cas échéant.

Papa m'a demandé ce qui n'allait pas. Je lui ai dit que je n'étais pas dans mon assiette, mais qu'il n'y avait pas de quoi s'inquiéter. J'ignore pourquoi je ne lui ai pas dit la vérité. Peut-être pour que ça ne devienne pas réel.

Le fait que Lexie est vraiment partie.

En sortant du bureau, j'ai retrouvé Roland chez Roger's pour prendre une bière. Il voulait sans doute commencer à organiser le mariage, expérience inédite pour moi. D'habitude, les filles s'occupaient des préparatifs, mais comme Roland était gay, c'était un peu différent. Je ne voulais pas lui transmettre ma déprime, alors j'ai tenté de faire comme si tout était normal.

Roland a parlé de son journal et du prochain numéro à paraître. Heath était revenu à son étage, et ils bossaient de nouveau ensemble. Cela donnait lieu à des scènes assez indécentes dans son bureau.

Je l'écoutais sans prêter attention. Chaque fois que j'apercevais une chevelure blonde, je m'attendais à voir Lexie. Puis je réalisais que c'était une autre fille, qui ne lui ressemblait pas du tout.

Roland a cessé de parler et il m'a étudié comme un échantillon au microscope.

– Tout va bien, mec ?

– Ça va, répondis-je par automatisme, car j'avais l'habitude d'entendre cette question dix fois par jour.

– Tu n'as pas l'air bien.

– Je n'ai pas beaucoup dormi cette nuit.

De tous, Roland serait le plus heureux du départ de Lexie. Il la détestait autant que ma sœur. Seuls Heath et Skye étaient prêts à la pardonner.

Roland a penché la tête.

– Tu peux me parler de tout, même de Lexie.

J'imagine qu'il ne gobait pas mon excuse bidon.

– Allez. Je déteste te voir dans cet état. Ça me fait de la peine, continua-t-il en me regardant d'un air triste.

Je me suis frotté la nuque et raclé la gorge.

– Lexie est partie.

– Partie...?

– Elle a déménagé en Californie.

Une fois ces mots prononcés, la situation est devenue réelle. Son absence était la réalité. La ville avait réellement perdu une habitante. Son cabinet était vacant et son appartement probablement déjà loué par quelqu'un d'autre.

– Elle a déménagé ? glapit Roland.

– Elle est venue chez moi il y a une semaine et m'a dit que ça ne marcherait jamais entre nous. Elle m'aime et je l'aime, mais... je n'arrive pas à me remettre de ce qui s'est passé, et je ne l'oublierai jamais. Les revirements constants lui font du mal, et m'en font aussi. Elle pensait que c'était mieux pour nous deux. Elle ne peut pas m'oublier si on vit dans la même ville, et moi non plus.

Roland m'a dévisagé, perplexe. Il a ouvert la bouche pour dire un truc, mais il l'a refermée.

– Je l'aime. Je le sais. Chaque fois que j'imagine mon avenir, c'est avec elle. Mais je n'arrive pas à oublier le mal qu'elle m'a fait. Elle s'est barrée en courant de ce restaurant et ne m'a pas donné signe de vie pendant trois mois. Elle ne m'a pas appelé une seule fois. Peut-être que si elle m'avait contacté au bout d'un mois, ça aurait été différent. J'ai fait tellement de conneries quand elle est partie. Merde, j'ai même baisé Georgia Price ! Trois mois, c'est trop long. Elle prétend qu'elle a glissé une lettre sous ma porte, mais je ne l'ai jamais eue. Elle n'est pas le genre de fille à mentir, mais je n'ai jamais vu ce mot. Alors, comment la croire ?

J'ai fixé ma bière, observant les bulles remonter à la surface. Confier mes états d'âme à Roland ne m'a pas réconforté. Je me sentais encore plus mal. La vérité me frappait en pleine face. Il n'y avait qu'une seule fille que j'aimais, mais je ne pourrai jamais être avec elle.

Où est la justice ?

Roland a baissé la tête et poussé un soupir profond. Il a fermé les yeux un moment comme s'il combattait une migraine. La peine a déformé ses traits. Il lui a fallu plusieurs minutes pour me regarder dans les yeux.

– Tu penses que la situation serait différente si elle avait laissé une lettre ?

Quel genre de question était-ce ?

– Comment ça ?

– Si elle avait glissé un mot sous ta porte la nuit où elle s'est enfuie… penses-tu que la situation serait différente ?

– Je n'aime pas jouer à faire des suppositions.

Roland a continué de me dévisager.

– Je ne sais pas, répondis-je. Ça dépend du contenu de la lettre. Mais il n'y a pas de lettre, alors ça n'a pas d'importance.

J'ai fixé ma bière de nouveau. J'aurais aimé ne l'avoir jamais demandée en mariage. Nous serions dans une relation sans avenir, mais au moins nous serions toujours ensemble. Et je serais heureux.

Roland s'est glissé hors du box sans prévenir.

– Où tu vas ?

– Je dois partir.

Il a jeté des billets sur la table.

– Ben… pourquoi ?

– Je… je dois y aller, c'est tout.

Il est parti sans se retourner.

Je suis resté planté là, totalement déconcerté.

Je me promenais seul dans les rues parce que je ne savais pas quoi faire de ma peau. En général, Apollo me réconfortait, mais même lui ne pouvait adoucir ma peine. Il y avait sept millions d'habitants à New York, mais depuis que Lexie n'était plus l'une de ces sept millions de personnes, ça ressemblait à une ville fantôme.

Je ne savais pas quelle heure il était. Sans doute tard. Les vendeurs de rue avaient remballé pour la nuit, et les clochards sortaient des ruelles maintenant que la circulation était fluide. J'avais les mains enfoncées dans les poches et je regardais droit devant moi sans vraiment faire attention à mon environnement.

J'étais un grand balèze, aussi ça m'étonnerait que quelqu'un tente de m'agresser. Mes muscles ne pouvaient pas arrêter une balle, mais mon poing pouvait arrêter un cœur. Cela dit, pour l'instant, je ne me souciais pas du tout de cela.

Je me fiche de tout.

Mon téléphone a sonné dans ma poche, et je l'ai sorti et j'ai répondu sans regarder qui m'appelait.

– C'est moi. Que fais-tu ?

La voix de mon père était affectueuse, accordée aux sanglots de mon âme.

Il savait. Roland lui a dit. Je l'entendais à son ton.

– Je marche.

– Je suis en ville. Je peux venir te chercher ?

Je savais ce qui s'était réellement passé. Il est venu chez moi et je n'ai pas répondu. Il a pensé que j'étais sorti, et comme je n'étais chez aucun de mes potes, il en a déduit que j'étais seul.

– Je suis à l'angle de Rachel et de la Cinquième.

– Je suis en bas de la rue.

J'ignorais où je me trouvais par rapport à mon appartement. J'ai été surpris qu'il le sache.

J'ai raccroché et je me suis remis en marche.

Quelques minutes plus tard, une Jaguar flambant neuf s'est garée le long du trottoir. Papa en est sorti, vêtu d'un sweat épais et d'un jean. Il s'est approché de moi, les mains dans les poches.

– Je t'emmène ?

– Ça ne me dérange pas de marcher. Tu l'as depuis quand ? demandai-je en caressant la peinture blanche de sa caisse.

– Quelques semaines.

– Je croyais que maman t'avait interdit les bagnoles de sport ?

Il a haussé les épaules, avec un sourire forcé.

– Je l'ai amadouée... Et si on allait se mettre au chaud quelque part et manger un morceau ?

– Pas faim.

– Alors une bière ? Tu ne refuses jamais une bière.

– Pas envie non plus.

Je me suis remis en marche.

Papa m'a emboîté le pas. Il est resté silencieux un long moment, comme s'il me laissait une chance de parler le premier.

Je n'avais rien à dire.

– Roland m'a raconté ce qui s'est passé.

J'ai fixé le sol, observant les fissures du trottoir.

– Je suis désolé, ajouta-t-il.

– C'est probablement mieux comme ça. Mais ça fait mal, tu sais ?

– Ouais, je sais, dit-il doucement.

– Tu sais ce que je ressentais pour Beatrice. Je l'aimais vraiment. Je l'imaginais devenir ma femme et tout le bazar... mais avec Lexie, c'était différent. J'ai vraiment cru que...

Je ne pouvais pas le dire à voix haute, c'était trop douloureux.

– Elle me manque, dis-je à la place.

– Je sais, fiston.

Papa a mis un bras autour de mes épaules.

– Pourquoi elle m'a fait ça ? Pourquoi elle m'a fait cette chose impardonnable ? Pourquoi m'a-t-elle privé de mon bonheur ? J'aimerais pouvoir lui pardonner et oublier, mais je ne peux pas.

– Je comprends.

– Son départ est mieux pour nous deux... mais ça fait tellement mal. Je pensais avoir trouvé la femme de ma vie. Je pensais qu'on allait se marier et acheter une maison ensemble. Je pensais que j'allais être bêtement heureux toute ma vie. Je me sens tellement con.

– Tu seras de nouveau heureux, Conrad.

– Non, dis je amèrement. J'ai eu deux femmes géniales dans ma vie et les deux m'ont largué comme une merde. Je renonce officiellement à l'amour. Je ne suis simplement pas fait pour vivre un bonheur comme celui de Skye et Cayson.

– Tu te souviens de tout ce qui s'est passé entre Skye et Cayson ? Ce n'était pas vraiment une relation idyllique. Ils se sont fait beaucoup de mal, mais ils se sont réconciliés. Ça n'a pas tout le temps été un conte de fées.

– Ce sont des âmes sœurs.

– Non. Ils pensent l'être, mais ça ne veut rien dire pour toi et moi.

Ce sont juste deux personnes qui s'aiment et qui font des efforts et des compromis parce qu'ils ne peuvent pas supporter l'idée de vivre l'un sans l'autre.

– Où veux-tu en venir ?

– Ce que je veux dire, c'est que les relations sont ce qu'on en fait.

– Autrement dit, j'aurais dû reprendre Lexie ?

– Pas du tout. Simplement je ne veux pas que tu renonces à l'amour. Parce que même des relations vouées à l'échec survivent. Regarde ta sœur. Slade et elle sont heureux et leur mariage est parti pour durer toute la vie. Est-ce parce qu'ils sont faits l'un pour l'autre ? Non. C'est parce qu'ils s'aiment.

– Tu crois vraiment que je vais retomber amoureux ? demandai-je incrédule.

– Bien sûr, répondit-il en me regardant dans les yeux. Quand tu seras prêt.

– Je ne serai jamais prêt.

J'ai regardé le sol de nouveau.

– Tu semblais bien aimer Carrie.

– Elle est sympa et jolie, mais… je ne l'ai jamais aimée.

– Laisse faire le temps. Tu l'aimerais peut-être un jour.

– Papa, je sais que tu veux être optimiste, mais c'est inutile. Lexie était la femme de ma vie. La seule. Je ne peux même pas m'imaginer avec une autre. Je ne sais pas ce qui m'attire à ce point chez elle, mais c'est quelque chose d'unique.

– Mais elle est partie, n'est-ce pas ?

– Ouais.

– Alors tu dois arrêter de penser de cette façon et passer à autre chose.

– Plus facile à dire qu'à faire.

Il m'a frotté le dos.

– Prends la vie comme elle vient. Tu penseras un peu moins à elle chaque jour. Et un jour, tu n'y penseras plus du tout, et tu ne t'en rendras même pas compte, car tu l'auras oubliée. Et puis, quelques semaines plus tard, tu le remarqueras. Et c'est alors que tu sauras qu'elle est vraiment dans le passé. Je sais que ça semble très lointain maintenant, mais ça arrivera, Conrad. Sois patient.

Je voulais que ce soit vrai, mais le doute me rongeait le cœur. Je ne pouvais pas imaginer ma vie sans Lexie, mais je ne pouvais pas non plus supporter qu'elle en fasse partie. Pourquoi ne pouvais-je pas être avec la femme que j'aimais ? Pourquoi a-t-elle tout gâché ?

Pourquoi m'a-t-elle bousillé ?

22

ROLAND

J'ai sorti la lettre de mon tiroir et regardé le recto de l'enveloppe. En écriture féminine s'étalait le nom de Conrad. Rien ne prouvait que la lettre venait de Lexie, mais il était peu probable qu'elle émane d'une autre.

Je n'ai pas donné la lettre à Conrad en pensant lui rendre service. Il était déjà tombé bien bas à son retour d'Italie et je ne voulais pas empirer son état. J'ai cru prendre la bonne décision à l'époque, mais je n'en étais plus si sûr.

Heath me dévisageait d'un air critique.

– Je t'avais dit qu'on devait lui donner.

– C'est du passé. Laisse tomber.

Je n'étais pas d'humeur à supporter ses discours moralisateurs.

– Tu ferais mieux de lui donner, Ro. Il a le droit de savoir.

La lettre était pliée et froissée à force d'être manipulée. J'hésitais vraiment.

– Je ne sais pas...

– Si, tu sais, dit Heath fermement. Donne-lui.

– On était d'accord pour lui cacher. Ça ne fera que semer la merde si je lui donne aujourd'hui.

– Non, tout le monde n'était pas d'accord avec toi. Cayson et moi, on voulait lui donner. Et j'ai l'impression qu'on avait raison.

Je me suis frotté la tempe.

– Ça n'a pas d'importance de toute façon. C'est son courrier. Sa propriété. Qui sommes-nous pour décider quelles lettres il doit recevoir ou ne pas recevoir ? déclara-t-il d'une voix où pointait la colère. Comment peux-tu prétendre qu'il est ton meilleur ami et lui cacher ça ?

J'ai bondi sur mes pieds et senti la veine de mon front enfler.

– Parce que j'ai peur pour lui. Tu crois que c'était facile pour moi de le voir se barrer en vrille ? Et s'il recommençait ? Et si c'était pire cette fois ?

– Et si la lettre disait exactement ce dont il a besoin pour reprendre sa vie en main ? demanda Heath. Et si ça les aidait à se remettre ensemble ?

– Je ne veux pas qu'ils se remettent ensemble.

Heath m'a regardé comme s'il avait envie de me cogner.

– On s'en fout de ce que tu veux, Roland. C'est à Conrad de décider. Il fera ce qu'il veut et on le soutiendra, bordel. C'est ce que font les vrais amis.

– Elle a foutu sa vie en l'air, Heath. Elle a vraiment bousillé mon pote.

– Ce n'est pas à nous de décider à sa place, Roland.

– Je veux qu'il soit heureux, dis-je avec sincérité, désireux de pouvoir arranger les choses. Tu n'as pas entendu sa voix le soir des fiançailles, quand il m'a appelé. Tu ne l'as pas vu en Italie. Tu n'as pas été témoin de sa descente aux enfers comme moi. Il a disparu de ma vie et il est devenu quelqu'un d'autre. Cette grosse pute n'a rien à faire dans sa vie.

Heath a croisé les bras.

– Elle lui a fait beaucoup de mal, j'en ai conscience. Mais tu m'as blessé aussi. Skye a blessé Cayson. Slade a blessé Trinity. Mike a blessé Slade. La liste est longue, Roland. Les relations peuvent faire souffrir. Mais ce n'est pas à toi de tirer les ficelles de leur couple.

J'ai plié la lettre dans ma main.

– Je pense que tu ne lui donnes pas en réalité parce que tu as peur. Tu as peur que ça affecte ta relation avec lui. Tu as peur qu'il ne te le pardonne jamais.

J'ai fui son regard.

– Et si c'est la raison, je te méprise.

Ça fait mal, très mal.

– Reconnais ton erreur et donne-lui. Si tu gardes cette lettre, alors ça veut dire que Conrad n'est pas important pour toi. Tu n'es pas un véritable ami et tu ne l'aimes pas comme tu le prétends.

Plus facile à dire qu'à faire.

– Ce n'était pas seulement moi. J'ai consulté la bande parce que la décision n'était pas facile à prendre.

– Mais tu es son meilleur pote. Tu n'aurais pas dû consulter les autres pour commencer. Tu n'aurais pas dû voler son courrier.

– Je ne peux pas revenir en arrière.

– Mais tu peux te rendre chez lui et lui remettre cette lettre.

– Je devrais peut-être la lire d'abord…

Heath m'a menacé du regard, et il m'a vraiment fait peur.

– Ne. Fais. Pas. Ça. Donne cette lettre à Conrad ou je lui raconte tout. Je te laisse une chance de réparer ton erreur comme un grand.

Il est parti dans la chambre et a claqué la porte de toutes ses forces.

La lettre était encore dans ma main, cachetée.

23
―――――

ARSEN

J'avais demandé à Silke de me retrouver à Central Park, mais je n'étais pas convaincu qu'elle allait se présenter. Elle avait accepté à force d'insistance, mais son hésitation était manifeste. Elle risquait de se dégonfler et me poser un lapin, surtout qu'Abby ne serait pas avec moi.

Je me suis assis sur un banc en l'attendant. La neige couvrait le sol, et l'air froid me rafraîchissait agréablement la peau. Je préférais de loin l'hiver à l'été. Je portais un chandail chaud et un jean sombre, des fringues que Silke avait choisies pour moi.

Silke a fait son apparition quinze minutes plus tard. Je l'ai vue s'approcher du banc prudemment, à croire qu'elle pourrait s'enfuir dans la direction opposée à tout moment.

Au moins, elle est là. Ça me redonne espoir.

Je me suis levé pour la saluer, mais sa beauté époustouflante m'a renversé. Je savais qu'elle était belle, car je la voyais tous les jours avant, mais ne plus la voir au quotidien me faisait apprécier sa splendeur encore plus.

Ses cheveux bruns étaient tressés et ramenés sur une épaule, sous un bonnet gris. Elle portait un manteau rouge avec un jean sombre et des bottillons.

Elle est à croquer.

Elle ne m'a pas dit bonjour. Elle s'est contentée de me fixer, sans doute aussi prise de court que je l'étais.

– Salut.

J'aurais aimé trouver mieux à dire.

– Salut.

Elle dégageait de l'assurance, mais son regard la trahissait.

– Merci d'avoir accepté de me voir.

– Ne me le fais pas regretter.

Elle n'allait pas changer d'avis. Elle gardait ses distances même si son regard montrait l'amour qui rayonnait dans son cœur.

– Promis.

Je me suis mis à marcher vers le trottoir, les bras ballants.

Elle m'a suivi, gardant un bon mètre de distance entre nous.

– Pourquoi tu voulais me voir ?

– Je veux te montrer quelque chose.

– Quoi donc ?

– Tu verras.

Nous sommes sortis du parc et avons traversé la rue. Après quelques rues, nous étions devant une ancienne caserne de pompiers. La bâtisse était abandonnée depuis au moins un an. Le service avait déménagé dans un immeuble plus grand.

Silke a observé la brique rouge.

– Qu'est-ce que ça veut dire ?

J'ai sorti une clé de ma poche, puis j'ai ouvert la porte du côté.

Silke m'a suivi, sa curiosité de plus en plus palpable.

Nous avons traversé le bureau pour arriver au garage, où nous nous sommes retrouvés au centre d'une énorme salle vide. Les murs étaient en brique à l'intérieur aussi, et la poussière s'était accumulée sur le plancher de béton depuis l'abandon du bâtiment.

J'ai laissé Silke explorer la pièce avant de parler.

– Alors… j'ai eu une idée, commençai-je.

Silke a croisé les bras sur sa poitrine.

– Et si tu ouvrais ta galerie ici ? C'est parfait. Ce bâtiment a presque soixante-dix ans, c'est pratiquement un monument historique. On peut repeindre les murs et concevoir une salle d'exposition parfaite, dis-je en me promenant dans la pièce pour stimuler son imagination. On peut mettre les fours ici pour que tu puisses faire cuire plus d'une sculpture à la fois. Et il y a de grandes fenêtres, donc beaucoup de lumière naturelle. Et puis, c'est un endroit vachement cool, non ?

Je suis revenu vers elle en attendant de voir son visage s'illuminer. Elle serait excitée, voire aux anges, à cette idée.

Mais non.

– Ça ne te plaît pas ?

– Arsen, je t'ai dit de me laisser tranquille.

Mon cœur a chaviré.

– Silke, je passais dans le coin l'autre jour et je suis tombé dessus par hasard. J'ai tout de suite pensé à toi. Je voulais absolument te le montrer.

Elle évitait mon regard.

– Silke, je crois en toi, insistai-je. Je ne dis pas seulement ça parce que je suis amoureux de toi.

Elle a grimacé à ces mots.

– T'es la femme la plus sûre d'elle que je connaisse. Comment tu peux ne pas avoir confiance en toi ?

– Exposer des œuvres d'art n'a rien à voir avec réparer des bagnoles, s'irrita-t-elle. Quand t'es artiste, les gens critiquent constamment tes créations, qu'ils soient connaisseurs ou pas. Et les prix sont déterminés par des critères aléatoires. En gros, c'est ton âme qui est jugée. C'est dur, Arsen.

– Je comprends. Je t'assure.

– Je ne crois pas, non.

– Qui ne risque rien n'a rien. Vois les choses ainsi.

Elle a levé les yeux au ciel.

– Tu parles comme une affiche de motivation dans un lycée.

– Parce que je suis ringard et je crois en toi. Je t'ai vu créer de mes propres yeux. C'est incroyable. Peut-être que des gens vont te critiquer, mais ça ne veut rien dire. Les gens critiquent bien Van Gogh. On se fout de leur opinion. Pense à ceux qui aiment ton travail et qui veulent que tu continues.

Elle a fixé le mur.

– Silke, je sais que t'aimes ton job au musée, mais je crois qu'être artiste est ta vraie vocation.

– Si je quitte mon boulot pour me lancer là-dedans, c'est fini pour moi là-bas. Qu'est-ce qui arrivera si je ne réussis pas ? demanda-t-elle en se tournant vers moi. J'aurai perdu un job que j'adore.

– Pourquoi ne pas faire les deux jusqu'à ce que tes œuvres se vendent ? C'est raisonnable, non ?

Elle a soupiré.

– Et si ça marche au début, mais qu'ensuite elles ne se vendent plus ?

J'ai haussé les épaules.

– Tu pourras vivre avec moi et être femme au foyer.

Des flammes ont incendié son regard.

– Quoi ? fis-je innocent. L'offre tiendra toujours, Silke. Ne prétendons pas que ce n'est pas le cas. Et je sais que tu veux qu'elle tienne toujours. T'es blessée et fâchée contre moi en ce moment, mais on sait tous les deux que tu me veux et je te veux.

Elle a pincé les lèvres et secoué la tête.

– Je ne t'ai pas amenée ici pour te parler de nous, honnêtement. Mais tu sais que je prendrai toujours soin de toi si tu en as besoin.

– J'ai dit que c'était fini.

– Alors, si je commençais à sortir avec une fille, ça ne te dérangerait pas ?

Elle a baissé les yeux de nouveau.

– C'est ce que je croyais. Maintenant, que penses-tu de l'endroit ?

Elle a répondu d'une voix à peine audible.

– J'en sais rien…

– Ben moi, je l'adore. Pas toi ?

– Ce n'est pas une galerie traditionnelle.

– Encore mieux, répliquai-je. C'est parfait pour New York.

Elle a reculé en croisant les bras.

– Je ne pourrai jamais m'offrir cet endroit, même s'il a soixante-dix ans.

– Je peux te filer le blé.

– Comme si je le prendrais.

– Ton père, alors.

– Je n'accepterai pas un centime de lui. Il en a assez fait pour moi.

Elle restait fermée et inflexible, ne faisait que trouver des excuses. Elle évitait son propre destin.

– Bon, je dois y aller. À plus...

Elle s'est dirigée vers la sortie.

– Silke ?

Elle s'est arrêtée, mais pas retournée.

– Je crois vraiment en toi. Ça ne vaut rien à tes yeux ?

Elle est restée là sans bouger. Quelques secondes se sont écoulées, mais elles m'ont semblé interminables. Puis elle a parlé.

– Si. Mais plus maintenant.

Ryan m'a dit qu'il ne m'aiderait pas à reconquérir Silke. Il me laissait me démerder, car j'étais le seul responsable de la rupture. J'ai blessé sa fille chérie. Il n'allait quand même pas m'aider à réparer les dégâts.

C'est compréhensible.

J'ignorais quoi faire d'autre. Silke ne voulait rien savoir de mon idée, mais je croyais profondément qu'ouvrir une galerie était la prochaine étape de sa vie. Elle avait trop de talent pour travailler dans un musée à regarder l'art des autres. C'était une artiste, et elle devait briller.

Lorsque je suis passé au salon de Ryan, il était dans son bureau, les pieds sur son plan de travail. J'ai remarqué un trou dans son jean. Il était sur son téléphone, en train d'envoyer un texto.

– Salut, t'es occupé ?

Il a posé son portable en reconnaissant ma voix, baissant les pieds et faisant pivoter son fauteuil vers moi.

– Jamais trop occupé pour toi, gamin. Quoi de neuf ?

Même après ce que j'ai fait à Silke, il me traitait comme avant. Il aurait pu me renier, mais il ne l'a pas fait. Il était toujours là, à croire en moi. Son amour pour moi était inconditionnel, et je commençais enfin à le comprendre.

– C'est à propos de Silke.

Il a secoué la tête.

– Arsen, je t'ai dit que je ne t'aiderais pas. Je suis de son côté.

– Je sais. Ce n'est pas ça.

Je me suis assis sur le vieux canapé. Il était plein de trous, avec le bourrage qui en sortait.

– Qu'y a-t-il ?

– Je pense qu'elle devrait être artiste. Une sculptrice avec sa propre galerie, sa propre affaire. Elle est vraiment douée. Je ne m'y connais pas en art, mais je sais qu'elle a du talent.

Les yeux de Ryan se sont égayés légèrement.

– C'est vrai qu'elle a la bosse.

– Et puis, j'ai trouvé cette ancienne caserne de pompiers au coin de...

– Broadway et la sixième, me coupa-t-il. Ouais, je connais.

– J'ai fait le tour du propriétaire, et je crois que c'est l'endroit parfait. Silke pourrait installer des fours contre le mur du fond, et le reste de l'espace pourrait servir de salle d'exposition. Ce n'est pas une galerie traditionnelle, mais c'est encore mieux comme ça. C'est unique.

– Ça pourrait marcher. C'est toujours bien de se démarquer de toute façon.

– Je lui ai fait visiter, et je voyais que ça lui plaisait. Elle avait l'air dans son élément. Puis elle s'est dégonflée et elle a rejeté l'idée. Elle a dit qu'elle n'avait pas les moyens. Je lui ai dit que je l'aiderais volontiers. Mais elle ne veut rien savoir de mon fric. Puis je lui ai dit de te demander...

Il a pouffé.

– Être parent coûte vachement cher.

– Mais elle a refusé, disant que tu as déjà beaucoup fait pour elle. En gros, elle n'ose pas. Elle ne veut pas démissionner de peur de perdre un job qu'elle aime pour toujours. J'ai essayé de la faire changer d'avis, mais elle ne m'écoute pas.

– Et que veux-tu que je fasse ?

– Tu es son père. Elle écoute tout ce que tu dis.

Il a ri.

– Pas quand elle était petite, en tout cas.

– S'il te plaît, Ryan. Parle-lui.

Il a appuyé le coude sur le bureau et posé le menton dans la main, regardant par la fenêtre. Des toiles d'araignées ornaient le cadre et le rebord était poussiéreux. Ryan semblait se moquer de tout ce qui n'avait pas à voir avec le tatouage.

– Elle a peur. Et je la comprends. Quand j'ai ouvert mon premier salon à dix-sept ans, j'avais la trouille grave. J'avais demandé un prêt et je ne savais même pas si je pourrais le rembourser. Se lancer en affaires est un gros risque, et même si Silke agit comme la femme la plus forte du monde, je sais qu'elle est très sensible. Ça lui a pris des lunes à me montrer ses sculptures, et encore, elle ne croyait même pas que je les aimais.

– Dis-lui qu'elle n'a rien à craindre. Je sais qu'elle m'écouterait si... si on était encore ensemble.

Je détestais prononcer ces mots.

Ryan m'a observé, sans retourner le couteau dans la plaie.

– Silke et Slade sont incroyablement brillants et talentueux. Mais ils ont tous les deux la même faille : ils n'ont pas confiance en eux.

Je n'avais jamais eu cette impression de Slade.

– Je vais lui parler, dit-il. Et je crois que tu devrais être là quand je le ferai.

Mon cœur s'est allégé.

– Ah ouais ?

– Deux personnes qui lui disent qu'elle a du talent valent mieux qu'une seule.

Ryan et moi sommes entrés chez Silke et l'avons trouvée assise à la table. Son laptop était ouvert devant elle, et elle semblait bosser sur un truc pour le musée. Elle portait encore sa tenue de travail, une jupe fourreau et un chemisier bleu.

Elle a souri en voyant Ryan. Mais son sourire a disparu lorsqu'elle m'a aperçu derrière lui.

Il a sorti deux bières du frigo avant de s'asseoir à table.

Je l'ai imité.

Silke a vite compris la raison de notre visite.

– Je t'ai dit de ne pas mêler mon père à ça.

– Non, t'as dit que tu n'accepterais pas un centime de lui, répliquai-je.

Elle m'a lancé un regard noir.

– Tu sais ce que je voulais dire.

J'ai haussé les épaules.

– Manifestement, non. Et je ne peux pas revenir en arrière, alors écoute-le.

Elle a fermé son laptop en soupirant.

– Ma chérie, commença Ryan.

Il était toujours tendre lorsqu'il parlait à sa fille. Il ne la dorlotait pas, mais il était affectueux d'autres façons. Il l'était avec Slade aussi, mais différemment.

– Tu n'aimerais pas te faire un nom dans la sculpture ?

Elle a haussé les épaules.

– J'aime sculpter, mais je ne me vois pas en faire mon métier.

– Pourquoi pas ?

– C'est beaucoup plus de travail que seulement sculpter. Il faut convaincre les gens d'acheter tes œuvres, et les apprécier. Et le marketing n'est pas fait pour moi. Et je ne suis pas si talentueuse que ça de toute façon.

– Pourquoi tu penses ça ?

– Parce que j'étudie l'art. C'est mon job. Je suis entourée de chefs-d'œuvre au musée. Et crois-moi, mes sculptures n'arrivent pas à la cheville de ce que je vois au quotidien.

– Tu ne crois pas que ta perception est biaisée ? demanda Ryan.

– Non.

– Je sais par exemple que Van Gogh n'a jamais été satisfait de son œuvre de son vivant, poursuivit-il doucement. Et je sais que Picasso détruisait souvent ses toiles parce qu'il les trouvait ratées. Tu n'es pas différente d'eux, Silke.

Elle a lâché un rire sarcastique.

– Je ne suis pas du même avis.

– Ma chérie, regarde-moi.

Jusqu'ici, Silke regardait vers la cuisine. Après une profonde inspiration, elle s'est tournée vers lui.

– Est-ce que je t'ai déjà encouragée à faire un truc dont je ne te croyais pas capable ? Est-ce que je te mettrais dans une situation où tu pourrais te ridiculiser ? Est-ce que je te dirais de quitter ton job et te lancer dans ce projet si je ne croyais pas en toi ?

Elle n'avait rien à répondre à ça. Elle l'a regardée, muette.

Comment Ryan faisait-il ? Ce n'était pas la première fois que j'étais témoin du pouvoir de ses mots.

– Silke, si je pensais que c'était une erreur, je te le dirais. Si je pensais que tes œuvres étaient médiocres, je te le dirais. Je préfère de loin te désillusionner pour éviter que la société le fasse à ma place. Mais je ne pense rien de tout ça. Je crois réellement que tu as du talent. Au lieu d'être un pion au musée, tu devrais être une artiste que les gens admirent. Tes œuvres devraient être dans leur maison, à leur provoquer des émotions. Le monde devrait se souvenir de toi longtemps après ta mort.

Elle s'est attendrie à ces paroles. Mais elle se triturait toujours les doigts sous la table.

– Si c'est quelque chose qui te passionne, fais-le. Si c'est quelque chose qui te rendra heureuse, tu devrais absolument le faire. Silke, c'est ce que tu veux ?

Elle n'a pas répondu tout de suite. Elle a continué de tripoter ses mains. Ses yeux ont balayé la surface avant de retourner vers la cuisine. Puis elle a parlé, d'un filet de voix. C'était une facette d'elle que je n'avais jamais vue.

– Papa, j'ai peur, dit-elle sans le regarder.

J'ai observé leur interaction et découvert un nouveau côté de chacun d'eux. Silke agissait tout le temps comme si elle n'avait besoin de personne pour prendre soin d'elle, mais ce n'était pas la vérité.

J'arrive pas à croire que je l'ai rejetée. Elle avait besoin de moi et je l'ai détruite.

Elle a continué tout bas.

– Et si personne n'aimait mon travail ? Et si j'ouvrais cette galerie et que je ne faisais pas la moindre vente ? Et si les gens se moquaient de moi ? Et si...

– Tu réalisais ton rêve ? l'interrompit doucement Ryan. Ma chérie, je crois que ça vaut le risque. Tu as tellement de potentiel inexploité. Et je serai toujours là pour te soutenir.

Elle tortillait toujours les doigts.

Ryan a tendu le bras vers elle et enroulé sa large main autour des siennes.

– Silke, tu peux le faire. Je le sais.

Elle a enfin relevé la tête, les yeux humides.

– Tu le crois vraiment ?

Il s'est penché en avant.

– Oui. À mes yeux, tu es la femme la plus intelligente et la plus talentueuse du monde. Je sais que je suis ton père et je suis un peu partial, mais je le crois, dit-il en lui tapotant la main, souriant. Alors, on l'ouvre cette galerie ? Ensemble ?

Elle a cligné des yeux pour chasser ses larmes. Un léger sourire s'est formé sur ses lèvres et elle a pris une grande inspiration. Puis elle a hoché la tête.

– Merci, papa.

– Pas besoin de me remercier, ma chérie.

– T'es le meilleur des pères...

Le regard de Ryan s'est adouci, comme s'il était profondément touché.

– Slade et toi êtes des gosses géniaux. Vous me rendez la tâche facile.

Elle a gloussé.

– Slade ? Un gosse génial ?

Il a haussé les épaules.

– Il a mis plus de temps que toi, mais il y est arrivé.

– Grâce au revers de la main de maman.

– Et sa paume aussi, dit-il en se frottant la joue. J'y ai goûté quelques fois.

Elle a ri.

– Pas moi, heureusement.

– Parce que t'as toujours été une fille parfaite.

Il s'est levé pour la serrer dans ses bras, l'étreignant comme il le faisait avec moi lorsque j'étais déprimé. Puis il a posé un baiser sur son front avant de reculer.

– Bon, on a du pain sur la planche.

– Ouaip.

Ryan s'est tourné vers moi.

– Et on a un autre expert des affaires pour nous aider.

– Je ne dirais pas expert. Mais j'aiderai comme je peux.

Le regard de Silke a trouvé le mien, et comme si elle était gênée que j'aie été témoin de son échange avec son père, elle a détourné la tête.

24

SLADE

J'ai retrouvé mon père au Mega Shake après le boulot. À cette heure de la journée, j'avais habituellement les crocs, aussi dès que j'ai mis les pieds dans le fast-food, j'ai commandé un Mega Burger double avant de porter mon plateau jusqu'au box dans le coin, où m'attendait mon paternel.

Sans perdre une seconde, je me suis attaqué à mon repas.

Papa mangeait à un rythme normal en m'étudiant.

– Tu viens de sortir d'hibernation ?

J'avais la bouche pleine, mais j'ai répondu quand même.

– Trinity mange juste de la bouffe saine.

– Et alors ?

– Je dois le faire aussi. C'est un travail d'équipe.

– Il n'y a rien de mal à manger sainement.

– J'en ai ma claque du chou frisé et des courgettes. Je suis content de pouvoir enfin bouffer un truc masculin. Tu sais, du gras et des glucides.

– Il y a des glucides dans les légumes, remarqua-t-il.

Il mangeait ses frites une à la fois.

– Ouais, mais pas aussi délicieux.

– Et le chou frisé est bourré d'antioxydants.

J'ai levé les yeux au ciel.

– Il pourrait être bourré de sang de licorne que j'en aurais rien à foutre. C'est de la bouffe de lapin, dis-je en finissant mon burger, puis passant aux frites. La vache, ça fait du bien.

J'ignore comment c'était possible, mais j'avais encore faim. Mon corps était un puits sans fond.

Papa m'observait en sirotant son soda.

– Alors, quoi de neuf de ton côté ?

La question m'a semblé affectée. Je ne saurais l'expliquer, mais ce n'était pas sa façon habituelle de me parler. C'était comme s'il me mettait au défi, s'il essayait de fouiner.

– Quoi de neuf de *ton* côté ? répliquai-je.

Il mangeait ses frites calmement.

– Ta sœur va ouvrir sa propre galerie d'art, et Arsen et moi allons l'aider.

– Ah ouais ? m'étonnai-je. J'en savais rien.

– Arsen lui a proposé l'idée, mais elle n'était pas enthousiaste au début. Puis je lui ai parlé et elle a changé d'avis.

– Pourquoi elle n'était pas enthousiaste ? Avoir sa propre galerie d'art et être son propre patron, c'est le pied. Je sais qu'elle aime bosser au musée, mais c'est pas aussi cool.

– Elle cherchait des excuses, du genre qu'elle n'a pas de blé et ne veut pas en emprunter à qui que ce soit. Mais je connais la vraie raison.

– Quoi donc ?

Il a fini ses frites, puis bu une gorgée de soda avant de répondre.

– Elle avait peur. Peur de ne pas être à la hauteur. Peur de quitter son job au musée et perdre tout ce qu'elle a bâti. Peur de ne pas pouvoir payer le loyer. Elle a la trouille pour plusieurs raisons.

– Silke ?

Je connaissais ma sœur depuis toujours, et c'était une intrépide. Elle avait une échine d'acier et des griffes en lames de rasoir. Elle pouvait affronter la peur en face et lui crever les yeux.

– Ses sculptures sont géniales. Je me souviens de celle qu'elle t'a faite pour ton anniversaire.

– Elle est toujours dans le salon.

– Silke a beaucoup de talent. Sérieux, j'aurais jamais deviné qu'elle n'avait pas confiance en elle.

– Eh ben, c'est le cas.

Il s'est adossé dans le box en appuyant un bras sur le dossier.

– Ça veut dire qu'elle reprend Arsen ?

Arsen avait merdé et il ne méritait sans doute pas une deuxième chance, mais j'espérais secrètement que Silke lui donne quand même. Si je n'avais pas pu expier mes péchés, je ne serais pas marié à la plus belle femme de l'univers aujourd'hui. Nous méritions tous une autre chance — pourvu que nous soyons réellement repentants.

– Non. Mais je crois qu'il essaie de la récupérer.

– C'est pour ça qu'il lui a suggéré l'idée de la galerie ?

– Non. Il l'a fait de bon cœur.

– En tout cas, j'espère que ça va marcher entre eux.

Papa ne semblait pas d'accord, car il restait coi.

– Tu ne crois pas qu'Arsen mérite une deuxième chance ?

Il a détourné la tête, et son esprit a semblé s'égarer. Après quelques instants, il est revenu à lui.

– Je ne crois pas que ma fille mérite de se faire traiter comme une merde, et s'il veut vraiment la retrouver, il va sérieusement devoir y mettre du sien.

L'affection que mon père avait pour lui avait visiblement faibli.

– Ouais...

– Silke pourrait avoir n'importe quel mec. Elle est belle, drôle, intelligente... Je ne lui ai pas appris à se caser avec un type qui ne l'apprécie pas à sa juste valeur. Elle doit être avec quelqu'un qui la rend heureuse — rien de moins.

Je n'ai pas donné mon avis, car je savais que ce ne serait pas sage. Il semblait particulièrement passionné à ce propos. Même s'il cachait ses émotions derrière ses yeux, je les distinguais.

Il s'est relaxé après quelques instants de silence.

– Quoi de neuf alors, Slade ?

Encore une fois, j'ai eu l'étrange impression que c'était un interrogatoire. Ce n'était pas une question désintéressée. Elle avait un sens caché. Comme il m'a invité à dîner, je le soupçonnais maintenant d'avoir des motifs inavoués.

– Rien. Trin et moi on se prépare pour l'arrivée du bébé.

– Vous avez des idées de prénoms ?

Trinity et moi avions trouvé, mais nous avions décidé de garder le secret. Et je ne voulais quand même pas annoncer à mon père que j'allais donner son nom à mon fils devant un hamburger.

– Non.

– Eh ben, vous avez le temps.

– Comment t'as choisi le mien ?

Il a haussé les épaules.

– Je ne sais pas. Ta mère et moi l'avons trouvé et ça nous plaisait.

– Il n'a pas de signification particulière ?

– Non. Mais on ne voulait pas des noms avec une signification, parce qu'on ne voulait pas que nos enfants soient influencés. C'est ta sœur et toi qui donnez un sens à votre prénom, pas le contraire.

J'ai hoché, car je comprenais sa logique.

– Alors, il se passe autre chose dans ta vie ? demanda-t-il.

– Euh, non.

J'ai bu mon soda.

– Rien du tout ?

Où est-ce qu'il veut en venir, merde ?

– Ma vie n'est pas aussi intéressante qu'on le croit.

– Je trouve ta vie fascinante, Slade. Ça a toujours été le cas.

– Eh ben, je devrais peut-être écrire un blog que tu pourras lire tous les jours.

Il n'a pas semblé amusé.

– Y a un truc dont tu veux parler, papa ? Parce que je sens venir le genre de discours auquel j'avais droit quand j'étais gosse.

Au lieu de se fâcher à ma provocation, il a souri.

– J'imagine que je ne suis pas aussi subtil que je le pense.

– Allez, crache le morceau.

– Cayson m'a rendu visite.

Il a cafté à mon propre père ?

– Oh l'enfoiré, grognai-je en cognant le poing sur la table.

– Techniquement, tu lui as dit de ne pas en parler à Skye ou Trinity. Et il n'a pas brisé sa promesse.

J'ai maugréé dans ma barbe.

– Cet enfoiré de génie m'a déjoué.

– Eh ben, t'aurais pu lui faire promettre de ne le dire à personne...

– Ouais, ben, je n'avais pas toute ma tête.

– Comme ça, Don Murray est intéressé par ton groupe ?

Il semblait à la fois impressionné, et pas du tout surpris.

– Ouais. Il m'a donné sa carte de visite.

– C'est un gros bonnet de l'industrie. J'ai beaucoup entendu parler de lui.

– Il représente Coldplay et les Red Hot Chili Peppers.

J'avais des frissons rien qu'à penser qu'il les avait rencontrés en personne. Un seul type me séparait de ces légendes. C'était dingue.

– Waouh. De quoi être intimidé.

– Je l'étais un peu, admis-je.

– Honnêtement, je ne suis pas surpris que ça soit arrivé. Tu as du talent, Slade. Ta mère et moi on le sait depuis que t'as deux ans.

– Deux ans ? sourcillai-je.

Je ne me souvenais même pas de cette époque de ma vie.

– Ouais. T'étais très doué pour un enfant de cet âge. Et quand t'as commencé la maternelle, ils t'ont fait passer un test. T'étais tellement avancé qu'ils n'en croyaient pas leurs yeux.

J'ai toujours eu de la facilité à l'école, mais je n'y ai jamais vraiment réfléchi.

– Puis tu as grandi, et j'ai réalisé que tu n'excellais pas à l'école parce que tu t'emmerdais. C'était trop facile pour toi. Mais quand tu t'investissais vraiment dans quelque chose, tu étais le meilleur. Y compris dans la musique. Tes doigts glissent sur les cordes comme si tu étais né pour jouer de la gratte. Tes paroles de chansons sont brillantes et originales. Sérieux, je te trouve meilleur que Paul McCartney.

– Ouah...

C'était le plus beau compliment que j'avais reçu de ma vie.

– Ce que j'essaie de dire, c'est que je ne suis pas surpris qu'un type comme Don Murray s'intéresse à ton groupe. Il sait flairer le talent.

J'ai baissé les yeux, car ça me réchauffait le cœur d'entendre ça. Je ne savais pas comment réagir aux compliments, car je n'en recevais que rarement, mais mon père me mettait carrément sur un piédestal.

– Quand Cayson m'a dit que t'avais refusé son offre, je suis resté perplexe. Et c'est de ça que je veux parler.

– Il ne t'a pas dit pourquoi ?

Nous avions dû en parler pendant une heure au bar. Je trouvais étrange qu'il ait oublié.

– Si. Il a dit que comme t'es maqué avec Trinity et que vous attendez un bébé, tu crois que devenir rock star n'est pas une bonne idée.

– Exact.

Papa ne semblait pas convaincu.

– Ce que j'aurais peut-être cru si tu en avais parlé à Trinity. Mais Cayson m'a dit que tu n'en avais pas l'intention.

– C'est compliqué. Je ne veux pas la stresser. Ça ne ferait que l'énerver, et je ne veux pas que ma femme enceinte de mon bébé s'énerve pour quelque raison que ce soit. Elle doit se relaxer et me laisser la soigner aux petits oignons.

– Pourquoi elle s'énerverait ? Elle est toujours au premier rang à tes concerts. Elle t'a acheté la meilleure guitare sur le marché et elle a fait le design de vos t-shirts.

– Je joue par pur plaisir. On donne quelques concerts par année, et le reste du temps, je suis avec elle. Ça n'a rien à voir avec la vie de musicos professionnels.

– Tu crois vraiment que Trinity n'a jamais envisagé la possibilité qu'un agent essaie de vous recruter ?

– Peut-être. Et alors ?

– Slade, pourquoi tu ne veux pas lui en parler ?

– Je viens de te le dire, m'énervai-je. Je ne veux pas la stresser.

– Elle serait heureuse pour toi. Qui ne le serait pas ?

– Écoute, je lui ai promis d'être un mari exemplaire. J'ai fait une croix sur ce rêve quand je l'ai épousée.

– Quoi ? s'étonna-t-il. Pourquoi tu ne peux pas avoir les deux ?

La situation était trop compliquée pour que je puisse l'expliquer en quelques phrases.

– Parce que... je ne peux pas, c'est tout. Je l'ai blessée dans le passé, et si je signais un contrat de disque, je la blesserais encore une fois. Je serais constamment sur la route et je deviendrais célèbre. Je ne vais pas abandonner ma femme et mon gosse pour partir en tournée les trois quarts de l'année.

– Ouh là... dit-il en levant les mains. Qui a dit que tu devais signer le contrat ? Je ne fais que t'inciter à en parler à Trinity. C'est tout.

J'ai détourné le regard.

Papa s'est penché en avant.

– Je crois que tu ne veux pas lui dire parce que tu as peur qu'elle te soutienne. Je connais Trinity depuis aussi longtemps que toi. Elle veut ton bonheur — en tant que femme et amie. Et si elle te soutient, elle te poussera à explorer les possibilités.

J'évitais toujours son regard.

– La vraie raison pour laquelle tu ne veux pas lui dire, c'est parce que t'as la trouille.

J'ai pincé les lèvres.

– Je n'ai pas la trouille.

– Je crois que tu ne veux pas lui en parler en partie pour sauver ton mariage, mais je crois aussi que c'est seulement une excuse. Tu as toujours été doué dans tout ce que tu entreprends, même quand tu ne t'appliquais pas, comme à la fac. Maintenant que tu te retrouves face à ton rêve, ce que tu veux réellement, tu as peur de merder. Tu as peur de ne pas être à la hauteur.

– C'est pas vrai.

Papa est devenu plus insistant.

– Alors, regarde-moi dans les yeux et dis-le-moi.

J'ai mis quelques secondes à obtempérer. Quand mon regard a croisé le sien, mon estomac s'est noué.

– Quand je t'ai parlé de ta sœur, t'as dit qu'elle avait du talent et qu'elle devrait se lancer. Suis ton propre conseil.

– C'est complètement différent.

– Pas vraiment. Tu es un musicien talentueux. Pourquoi ne pas partager ta musique avec le monde ?

J'ai baissé les yeux à nouveau.

– Regarde-moi, Slade.

J'ai soupiré avant d'obéir une fois de plus.

– C'est normal d'avoir peur, dit-il doucement. C'est géant. Mais ne jette pas ton rêve seulement parce que t'as peur de ce qui va arriver. Ce n'est pas l'homme que je connais. Ce n'est pas le fils que j'ai élevé. Dis au moins à Trinity ce qui s'est passé.

Maintenant qu'il m'avait coincé au pied du mur et mis à nu, je n'avais plus d'excuses derrière lesquelles me cacher.

– Mais elle va me dire de l'appeler.

– Ouaip.

Je me suis frotté la nuque.

– Si ça mène quelque part, ce ne serait pas un simple changement de carrière pour moi. C'est un énorme projet qui implique du pognon, et la célébrité. Ces trucs-là changent les gens. Je ne voudrais pas que ça bousille mon mariage.

Il ne semblait pas inquiet le moins du monde.

– Souviens-toi que c'est de Trinity et toi qu'il s'agit. S'il y a un couple qui peut survivre à tout, c'est bien le vôtre.

– Mais pourquoi prendre le risque ?

– Parle-lui.

– Et si ça foire ? Et si je rate mon coup et que je lui fous la honte ?

– Slade, si elle n'a pas honte de toi en ce moment, elle n'aura jamais honte de toi, railla-t-il avec un sourire espiègle pour me remonter le moral.

Je me sentais physiquement incapable de sourire.

– Une chose à la fois. Parle d'abord à ta femme. Puis on verra.

– Je ne sais même pas quoi lui dire…

– Tu lui parles tout le temps. N'y réfléchis pas trop. Fais-le, c'est tout.

J'ai tripoté l'emballage papier de ma paille.

– Souviens-toi, c'est Trinity. Tu peux tout lui dire.

J'ai hoché la tête.

– Maintenant, va lui parler.

25

CONRAD

J'ÉTAIS ALLONGÉ SUR LE CANAPÉ AVEC APOLLO. JE NE FAISAIS PAS souvent de câlins à mon chien, mais je me sentais déprimé en ce moment. La télé était éteinte et je regardais la lumière du jour quitter mon appartement, un peu plus chaque minute. Puis il a fait nuit. Les lumières de la ville sont entrées dans la pièce.

La sonnette a retenti, mais je n'ai pas bougé. Ce n'était pas Lexie, alors je n'avais pas envie de répondre.

Apollo s'est redressé et a pointé les oreilles.

Nouveau coup de sonnette.

Cette fois, Apollo a gémi. Il m'a regardé comme s'il essayait de me dire quelque chose.

– Tu penses que je devrais ouvrir ?

Il a couiné.

– Très bien.

Je me suis assis et il a sauté par terre. J'ai marché jusqu'à la porte au ralenti. Je ne voulais voir personne. C'était probablement mon père. Il me surveillait comme du lait sur le feu, redoutant une nouvelle crise.

Quand j'ai ouvert la porte, j'ai été surpris de voir Roland.

– Salut, mec. Qu'est-ce qui t'amène ?

Il était blanc comme un linge.

– J'étais dans le coin...

Il ressemblait à un matin d'hiver avec ses lèvres exsangues et ses yeux vides.

– Ça va ?

– Euh...

Il est entré sans répondre à ma question.

J'ai fermé la porte et je l'ai suivi dans le salon, mon niveau d'inquiétude augmentant. Avait-il rompu avec Heath ? J'étais trop déprimé en ce moment pour consoler quelqu'un.

Je me suis assis sur le canapé et Apollo s'est couché à mes pieds.

Roland a pris l'autre sofa. Il évitait de croiser mon regard.

– Il fait sombre ici...

– Je roupillais.

– Oh...

Il a posé les mains sur ses genoux.

– Alors, quoi de neuf ?

– Hé, tu te souviens de cette fête où on est allés à l'université ? dit-il. On a rempli la chope de Theo de bière sans alcool, et il lui a fallu un bon moment pour s'en apercevoir.

Le sujet sortait de nulle part, et je ne savais pas quoi en penser.

– Ouais.

– C'était marrant, hein ?

– Sans doute...

– Et tu te souviens quand on avait besoin d'un prêtre pour le mariage de Skye, mais qu'on n'en trouvait pas, alors j'ai ramené un rabbin ?

– Ouais... une journée galère.

– Marrant, hein ? dit-il d'une voix aiguë comme s'il était nerveux à mort.

– Ouais, très marrant.

À l'époque, je croyais que ma tête allait exploser. Il ne restait qu'une heure avant la cérémonie et nous n'avions personne pour les marier. Heureusement, Slade avait été ordonné en ligne.

– Où veux-tu en venir ?

– Je voulais juste te rappeler les bons moments...

Ça n'augurait rien de bon. Avait-il une mauvaise nouvelle ? Au sujet de Lexie ? D'une autre personne ?

Il a sorti une enveloppe de sa poche et l'a tripotée. Elle était froissée comme si elle avait été pliée dans tous les sens. On aurait dit une lettre ancienne écrite il y a vingt ans et laissée au fond d'un tiroir.

– Ro, tout va bien ?

Il a poussé un soupir peiné.

– Non... je dois t'avouer quelque chose.

– D'accord.

J'ai gardé un air brave, mais j'étais nerveux. J'avais eu mon lot de merdes et je ne pensais pas pouvoir encaisser plus.

– Je veux que tu te souviennes que je suis ton meilleur pote. Tout ce que je fais pour toi est dans ton intérêt. Je ne te ferais jamais de tort exprès.

Euh, je n'aime pas du tout cette conversation.

– Et... je t'aime, ajouta-t-il.

Merde, ça a l'air grave.

– Dis-moi juste, Roland.

Il a continué de tripoter l'enveloppe.

– À ton retour d'Italie, tu nous as demandé d'emballer les affaires dans ton appart. Quand on est arrivés... on a vu une lettre sous la porte.

Mes tempes se sont mises à pulser.

– Ça ressemblait à l'écriture de Lexie, et on ne savait pas qui d'autre glisserait une lettre sous ta porte, alors on en a conclu qu'elle venait d'elle. On était terrifiés à l'idée de te la donner parce que tu étais très fragile. Tu n'étais plus toi-même. Et si la lettre empirait ton état ? Et si elle te renvoyait au fond du trou ? Après en avoir discuté pendant une bonne heure, on a décidé de ne pas te la donner.

J'ai entendu tout ce qu'il disait, mais j'avais du mal à comprendre.

– Alors... elle m'a bien laissé une lettre ?

Roland a hoché la tête.

– Et elle l'a laissée après je sois parti en Italie ?

Roland a acquiescé de nouveau.

– Ça dit quoi ? demandai-je d'une voix tremblante.

– Je ne sais pas... on ne l'a pas ouverte.

J'ai fixé l'enveloppe dans ses mains. Lexie disait la vérité. Elle m'a bel et bien écrit une lettre. Elle a essayé de m'expliquer. Mais je ne l'ai jamais eue.

– Je sais que tu l'aimes encore et... que son départ te fait souffrir. Peut-être que cette lettre te donnera la conclusion dont tu as besoin. La fin de votre histoire ou la possibilité de la pardonner. J'en sais rien... mais j'ai pensé que tu devrais la lire.

Je n'arrivais pas à détacher mes yeux de l'enveloppe.

– Je m'excuse de l'avoir prise. C'était pour te protéger.

J'ai tendu la main.

– Donne-la-moi.

Roland n'a pas bougé.

– Tu es sûr que...

– Donne-la-moi.

Il me l'a remise d'une main tremblante.

Je lui ai arrachée et j'ai regardé le devant. C'était incontestablement l'écriture de Lexie. La forme de ses lettres était reconnaissable. Surtout le C. Elle était la seule personne à l'enrouler de cette façon.

Roland m'observait en silence.

J'ai fixé l'enveloppe pendant une bonne minute, débattant intérieurement pour savoir si je devais l'ouvrir. Qu'est-ce que ça changerait ? Cela m'aiderait-il à l'oublier ? Ou cela aviverait-il au contraire mes sentiments ?

Mais comment ne pas l'ouvrir ? Comment ne jamais connaître son explication ?

Mes doigts ont déchiré le haut de l'enveloppe et une feuille simple est tombée. Elle était pliée en trois. Je l'ai ouverte et j'ai regardé la page sans la lire. J'ai contemplé ses pattes de mouche et les taches de larmes séchées sur le papier. Je suis remonté dans le temps, me retrouvant le soir où elle m'a brisé le cœur.

Puis j'ai lu.

Conrad,

Je viens de traverser la ville à pied parce que je ne savais pas quoi faire de ma peau. Je me suis enfuie du restaurant sans avoir nulle part où aller, parce que tu es le seul port d'attache que je n'aurai jamais.

J'ai paniqué. J'en suis sincèrement désolée.

Jared m'a trompée maintes fois, et notre divorce a été l'une des périodes les plus sombres de ma vie. Se séparer de l'être avec qui on pensait passer sa vie est la chose la plus douloureuse qu'on puisse imaginer. J'ai perdu foi en l'amour et j'ai cru que je ne pourrais plus jamais aimer.

Puis je t'ai rencontré.

J'ai essayé de combattre mes sentiments, mais rien n'a marché. Je suis tombée si passionnément amoureuse de toi. Tu étais tout ce dont je rêvais depuis que j'étais petite fille. Ça m'a fait réaliser que Jared n'a jamais été l'homme avec qui j'étais censée être.

C'était toi.

Je suis tombée profondément et désespérément amoureuse de toi. J'étais si heureuse.

Mais ensuite, mon père a quitté ma mère. Il l'a trompée et n'a pas eu la décence d'être discret. Puis il a signé les papiers du divorce d'une main leste et l'a abandonnée au bord de la route. Voir ma mère traverser cette épreuve... m'a fait perdre la foi de nouveau. Je n'ai jamais douté de mon amour pour toi. J'ai seulement douté qu'il dure pour toujours.

Quand tu m'as dit ces choses merveilleuses et que tu t'es agenouillé, je voulais dire oui. Je voulais porter cette bague et être à toi pour toujours. Mais je me suis souvenu que toutes les relations auxquelles je croyais avaient échoué. Et si tu me laissais toi aussi ? Je ne m'en remettrais pas. Ça serait la fin pour moi.

Alors j'ai dit non. Parce que j'étais terrorisée.

Mais maintenant que j'ai traversé toute la ville à pied, je réalise l'erreur que j'ai faite. Il n'y a personne d'autre pour moi. Jamais je ne voudrais un autre homme que toi. Tu es celui que je veux chaque jour pour le reste de ma vie. Tu es l'homme avec qui je veux vieillir.

Mais je sais que j'ai tout gâché.

Après ce que je t'ai fait, je sais que tu ne veux plus me voir. Tu es meurtri et brisé. Ce qui aurait dû être un moment magique est un moment que tu regretteras toujours. Je ne mérite pas cette bague. Je ne mérite pas ton amour. Je ne mérite rien.

S'il y a la moindre possibilité que tu me donnes une autre chance, dis-le-moi. Si je peux m'excuser en personne, j'aimerais le faire. Si je pouvais te voir... je me mettrais à genoux et te supplierais de me pardonner.

Je sais que je ne mérite pas de te regarder — plus jamais. Je sais que je ne mérite pas ta sympathie. Je sais que je ne mérite rien. Je te laisse en paix, car je n'ai pas le droit de venir à ta porte.

Mais si jamais tu veux me voir, je suis là.

Je serai toujours là.

Lexie

J'AI LU LA LETTRE UNE DEUXIÈME FOIS, M'IMPRÉGNANT DE CHAQUE mot. Un flot d'émotions m'a submergé. Je n'ai pas bougé et ma respiration est restée la même, mais une tornade a fait rage en moi.

Elle m'aimait.

Elle me voulait.

Pendant tout ce temps, je l'ai détestée parce qu'elle ne voulait pas de moi. Pendant tout ce temps, j'ai souffert alors qu'elle attendait que je sois prêt. J'ai sauté des filles dont je ne me souviendrai jamais, et j'étais tellement bourré que je ne pouvais pas distinguer mon nez de mon cul. J'ai chaviré dans la dépression la plus sombre de toute ma vie. Toutes ces nuits, j'ai dormi avec des filles au hasard en souhaitant qu'elles soient Lexie.

Ça aurait pu être Lexie.

J'étais encore blessé par son refus, mais je comprenais pourquoi maintenant. Et je comprenais aussi qu'elle regrettait de m'avoir donné cette réponse. Elle m'aimait, elle m'a toujours aimé.

Elle avait seulement peur.

Roland m'observait, sans faire un bruit.

J'ai caressé le papier, puis j'ai levé les yeux vers lui.

Il savait que j'étais furieux. Je voyais la peur dans son regard.

– Comment as-tu pu me cacher cette lettre ?

Ma voix était calme, mais elle contenait toute ma colère.

– Conrad, je...

– Des mois de ma vie auraient pu être sauvés. Si j'avais lu cette lettre, ça aurait tout changé. Je n'aurais pas eu une liaison avec Georgia Price. Je n'aurais pas été un connard avec tous les gens que je connais. Je n'aurais pas acheté ce stupide penthouse dont je n'ai pas besoin.

J'ai jeté la lettre sur la table et j'ai serré les poings.

– Je ne savais pas ce qu'elle disait...

– Quelle importance ? C'est mon appart. C'est mon courrier. Tu n'avais pas le droit de me cacher ça.

Roland s'est recroquevillé.

– Écoute, je ne suis pas le seul à avoir pris cette décision...

– Mais tu aurais dû t'assurer que je reçoive cette lettre. C'est toi qui l'avais pendant tout ce temps. Je suis ton meilleur ami et tu aurais dû penser à moi.

– J'ai pensé à toi, dit-il en se levant. J'essayais de te protéger. Rien de bon ne pouvait sortir de cette lettre. Elle t'aurait juste déboussolé et tu aurais repris Lexie.

Je me suis approché de lui, les muscles bandés.

– C'est. Ma. Décision.

– Conrad, n'oublie pas ce qu'elle t'a fait. Elle a dit non et elle s'est enfuie. Comment peux-tu l'oublier à cause d'une simple lettre ?

– Elle a fait une erreur, m'énervai-je. On est tous coupables d'erreurs. On dirait que tu as gardé cette lettre dans ton propre intérêt. Tu n'as pas pensé au mien une seconde.

– C'est faux. J'ignorais le contenu de la lettre. Elle aurait pu demander que tu lui rendes ses affaires. Ça t'aurait mis dans tous tes états.

Incapable de contenir ma rage, j'ai saisi ma table basse et je l'ai renversée. La tasse posée dessus est tombée sur le carrelage et s'est fracassée. La télécommande s'est cassée, et les piles ont volé. Apollo a immédiatement reculé, les oreilles dressées.

Roland a tressailli et fait un pas en arrière.

– Va te faire foutre, Roland.

Il a soutenu mon regard, le souffle haché.

– Tout ce chagrin et cette douleur auraient pu être épargnés si tu m'avais donné cette lettre.

– Non, si Lexie n'avait pas dit non, rien de tout ça ne serait arrivé.

J'ai écrasé mon poing dans sa mâchoire. Je l'ai frappé si fort qu'il est tombé.

– Tu n'as pas le droit de décider quel courrier je reçois et lequel je ne reçois pas. Lexie avait le droit de m'expliquer ce qu'elle ressentait, mais tu l'en as privée. Tu nous as séparés pendant des mois. Comment tu peux te regarder dans la glace ?

Roland s'est relevé, la lèvre en sang. Il ne m'a pas rendu mon coup.

– J'ai fait ça pour ton bien. C'était une décision commune. Tu réagis comme si je l'avais fourrée dans ma poche sans hésiter. J'ai demandé à tout le monde ce qu'on devait faire. Si t'es en colère contre moi, t'es en colère contre les autres aussi.

– Tu penses vraiment que je vais croire que Cayson était d'accord avec toi ?

Je connaissais très bien Cayson et il n'aurait jamais suggéré une chose aussi extrême.

– Et Heath ? Heath n'accepterait jamais ça.

– Eh bien… pas eux. Mais tous les autres étaient d'accord.

– Pourquoi ce sont des personnes extérieures à mon couple qui décident de mon sort ? Qu'est-ce qui ne va pas chez toi ! J'en ai marre de cette famille dysfonctionnelle agglutinée comme une meute de lions. C'est malsain.

La voix de Roland s'est faite toute douce.

– Conrad, on s'inquiétait tous pour toi. On ne savait pas quoi faire d'autre. On a pensé que cacher cette lettre était la meilleure chose à faire pour toi.

– Eh bien, ça ne l'était pas.

– Que dit-elle ?

– Ça ne te regarde pas, connard.

J'ai foncé dans ma chambre et j'ai passé un pantalon de survêtement et un t-shirt. J'ai attrapé un sac et fourré rapidement mes affaires à l'intérieur, puis je suis ressorti.

– Qu'est-ce que tu fais ?

– Je vais chercher Lexie.

– Mais elle a déménagé en Californie.

– Je sais, Ducon.

Roland a baissé les bras.

– Tu vas aller la chercher ? Qu'est-ce qu'elle a bien pu dire pour te faire changer d'avis aussi rapidement ?

– Tu ne le sauras jamais.

J'ai pris mon portefeuille et mes clés, puis j'ai vérifié qu'Apollo avait à manger et à boire.

Roland est resté immobile, mais on aurait dit qu'il voulait m'arrêter.

– Conrad, réfléchis deux secondes. Tu as passé du temps avec elle ces deux derniers mois et tu ne pouvais pas retourner avec elle. En quoi une lettre écrite il y a quatre mois change-t-elle quelque chose ?

– Ça change tout.

Roland s'est passé les mains sur le visage, désespéré.

– Conrad, je suis désolé. Si je pouvais revenir en arrière et agir différemment, je le ferais.

– Ça ne veut rien dire pour moi.

Je me suis dirigé vers la porte. Il m'a rattrapé.

– Je croyais te protéger.

– Ben, non.

Il m'a saisi par le bras.

– Conrad, s'il te plaît.

Je me suis dégagé de son emprise et je l'ai repoussé.

– Je ne suis plus ton témoin.

Le chagrin a dilaté ses pupilles.

– Et je ne suis plus ton ami.

Il a respiré à fond, et ses yeux se sont mouillés.

– Ne verrouille pas la porte. Mon père viendra chercher Apollo.

Je suis sorti sans un regard et j'ai claqué la porte.

J'AI FRAPPÉ À LA PORTE DE LA MÈRE DE LEXIE, LE CŒUR douloureux. Il battait si vite qu'il était sur le point de lâcher. Il était tard et j'espérais que mon irruption ne la dérangerait pas.

Elle a ouvert au bout d'un moment, en pyjama et peignoir. Ses cheveux étaient décoiffés comme si elle venait de se relever. Il lui a fallu un moment pour me reconnaître.

– Conrad ?

Je suis entré sans y être invité et j'ai refermé la porte. Il faisait froid dehors et les bruits de la rue couvriraient nos paroles.

– J'ai besoin de l'adresse de Lexie.

Elle a continué de me dévisager, incrédule. Elle a posé une main sur mon épaule comme pour s'assurer que j'étais bien réel.

– Tu aimes toujours ma fille ?

J'ai hoché la tête.

Elle s'est caché le visage et ses yeux se sont immédiatement remplis de larmes. Elle a respiré à fond, et reniflé. Puis elle s'est mise à s'éventer de la main comme si le geste allait chasser ses émotions.

– Je le savais... j'ai toujours su que tu lui pardonnerais.

– Je peux avoir son adresse ?

– Bien sûr.

Je ne suis arrivé là-bas qu'à dix heures du matin.

Lexie était probablement au travail, alors je devrais attendre qu'elle rentre chez elle. Elle avait un appartement à San Francisco. Un immeuble agréable, juste à côté du métro.

Je suis entré dans le hall et j'ai pris l'escalier jusqu'à son étage. J'avais mon sac sur l'épaule, et je l'ai lâché en arrivant devant sa porte. J'avais plusieurs heures à attendre. Je dormirais sans doute un peu si je n'étais pas si agité.

J'ai frappé à la porte au cas où elle serait chez elle. On était mercredi ; il y avait peu de chance qu'elle soit là. Elle était hyperactive, alors même si elle ne travaillait pas, elle faisait sans doute une autre activité.

À ma grande surprise, Lexie a ouvert la porte.

Elle m'a fixé avec des yeux ronds, totalement incrédule. Elle avait les cheveux emmêlés comme si elle se levait. Ses yeux n'étaient pas aussi bleus qu'avant. Ils s'étaient ternis. Elle portait un t-shirt et un pantalon de survêtement, n'attendant manifestement personne.

– Conrad...? hésita-t-elle, pas sûre d'être bien réveillée.

– C'est moi.

C'est la première fois que j'ai réalisé qu'elle souffrait autant que moi. Cette rupture ne m'a pas seulement bousillé. Ça l'a détruite aussi. J'avais tellement ruminé mon chagrin que je n'avais pas pensé au sien.

– Qu'est-ce que tu fais ici ?

– Je voulais te voir.

– Mais... pourquoi ?

Ses yeux se sont embués tandis que nous parlions.

– J'ai eu ta lettre.

Sa lèvre a tremblé.

– Roland l'avait subtilisée parce qu'il pensait que je ne devais pas la lire. Il me l'a donnée seulement hier soir.

Elle a croisé les bras sur sa poitrine et essayé de ralentir sa respiration.

– J'aurais aimé la lire plus tôt. J'aurais aimé savoir que tu voulais de moi à cette époque. J'aurais aimé ne pas passer trois mois à essayer de t'oublier. J'aurais aimé... qu'on ne perde pas tout ce temps.

Ses yeux ont continué à se remplir de larmes. Il y en avait tellement qu'elles ont fini par couler.

– Lexie, je te pardonne.

Les larmes ont cascadé sur ses joues et ses lèvres. Elle a fermé les yeux comme si elle ne pouvait pas endiguer toute cette émotion. Elle s'est couvert la bouche comme si ça allait empêcher les sanglots de s'échapper.

– À mon tour de m'excuser, maintenant.

Elle a fermé les yeux de nouveau, trop émue.

J'ai franchi le seuil et enlacé sa taille. Elle n'avait jamais été aussi maigre. Avant, elle était mince avec des courbes, mais là, on lui voyait pratiquement les os. Je l'ai tenue contre ma poitrine et j'ai écouté ses pleurs.

Lexie a enfoui le visage dans mon t-shirt et sangloté de plus belle. Elle essayait de s'arrêter en retenant sa respiration ou en me serrant, mais rien n'y faisait. Elle était secouée de sanglots.

C'est en goûtant le sel d'une larme que je me suis rendu compte que je pleurais aussi. Je l'avais repoussée durant des semaines parce que je pensais que c'était mieux pour moi. Mais maintenant que je lui avais enfin pardonné et l'avais laissée entrer dans mon cœur, je réalisais que j'aurais dû le faire depuis le début. Cette lettre m'a rappelé la force de notre amour. Elle m'a fait comprendre que Lexie souffrait autant que moi. Elle regrettait vraiment son geste. Et comme je ne pouvais pas vivre sans elle, je m'en suis servi comme excuse pour nous donner une autre chance.

– Je suis désolée, dit-elle d'une voix à peine audible, mêlée de larmes. J'aimerais pouvoir revenir en arrière.

– Je sais.

– Je suis désolée de t'avoir fait du mal. Je suis désolée d'avoir détruit notre couple. Ce que nous avions était tellement parfait.

– Je le sais aussi.

– Je ne te ferai plus jamais de mal. Je te le promets.

J'ai fermé les yeux et senti mon cœur commencer à guérir. Il était encore brisé, mais certains morceaux se recollaient déjà.

– Merci… de me donner une autre chance.

– Je n'ai pas le choix. Mon cœur n'arrive pas à t'oublier.

Elle m'a serré plus fort.

– Et mon corps non plus.

Je me suis écarté et j'ai ramassé mon sac dans le couloir.

Lexie avait le visage rouge et tacheté, la peau brillante de larmes.

J'ai fermé la porte et j'ai pris sa main. Il n'y avait qu'une seule chambre dans l'appartement, vers laquelle je l'ai emmenée. J'ai posé mon sac par terre et retiré mon jean et ma chemise.

Lexie s'est mise au lit et a attendu que je la rejoigne.

Les stores étaient fermés et il faisait sombre dans la pièce. Elle est restée allongée à côté de moi, m'observant comme si elle avait peur que je disparaisse. Je me suis tourné sur le côté et j'ai passé un bras autour de sa taille. Je la voulais tout contre moi, sentir son souffle sur ma peau.

Elle me regardait comme subjuguée par cette vision. Elle ne voulait pas fermer les yeux pour ne pas manquer un seul instant de la scène.

Je ne savais pas où cela nous menait, et ce que nous allions faire maintenant. Je savais juste que je voulais qu'on trouve une solution ensemble. Je ne pouvais pas me résoudre à être avec une autre femme. Je ne voulais pas passer ma vie à me demander ce qui se serait passé si j'avais donné une autre chance à Lexie. Peut-être que j'allais droit vers un nouveau chagrin d'amour.

Ou alors vers le bonheur dont j'ai toujours rêvé.

Elle a posé la main sur ma poitrine.

– Ta famille me déteste...

– Je m'en fous.

– Non, tu ne t'en fous pas.

– Eh bien, on fera en sorte qu'ils cessent de te détester.

DU MÊME AUTEUR

Cet amour-là

Tome trente-quatre de la série *Pour toujours*

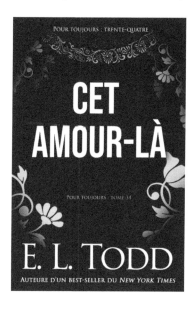

Commandez maintenant